KB264577

코리언X파일

金聖鍾
長篇推理小說

코리언X파일

金聖鍾
長篇推理小說

코리언X파일 · 下巻

스메샤 요원 · 알파25
대청사 요원 · 오메가
경부고속철도 대표 · 최서린
야당대통령후보 · 강철우
여당대통령후보 · 남창우
카오스 책임자 · 남중하
남중하의 비서 · 허비서
카오스의 행동대장 · 로맨티스트

반역의 무리

피골이 상접한 늙은 사나이는 우울한 얼굴로 창밖을 바라보고 있었다. 눈을 가리고 있는 검은 뿔테 안경은 그의 바짝 마른 얼굴에 비해 너무 크고 무거워 보였다.

드넓은 정원에는 잔디가 곱게 깔려 있었고, 수십 년 된 거목들이 산책로를 따라 일정한 거리를 유지한 채 서 있었다. 나뭇가지들은 심한 비바람에 금방이라도 부러질듯 흔들리고 있었다.

그는 그 드넓은 정원을 사랑했고, 거의 10년 가까이 정원 안의 산책로를 달리기도 하고 걷기도 하면서 국정을 구상해 왔던 것이다. 그리고 그와 같은 구상의 기초 위에서 이 나라를 다스려왔던 것이다. 그러나 몇 달 후면 이 정원을 뒤로 하고 떠나야 할 입장이었다. 솔직히 말하면 그는 이곳을 떠나고 싶지가 않았다. 욕심 같아서는 죽을 때까지 이곳에 있고 싶었다. 그러나 그것은 속마음일 뿐 그것을 겉으로 드러낸 적은 한번도 없었다.

이번 임기를 끝으로 자신은 이곳을 영원히 떠나야 한다는 것을 그는 자신에게 먼저 다짐했었고, 그 다음에 국민들에게 약속했던 것이다.

그가 이 나라의 대통령이 된 것은 51세 때였다. 그는 열정을 가지고 나라를 다스렸고, 어떻게든 통일을 이루어 평화로운 나라를 건설하기 위해 온힘을 기울여 왔었다. 그의 단순소박한 열정은 국민들을 감동시켰고, 그래서 그는 첫번째 임기를 끝낸 다음 두번째 임기에 도전, 재선될 수가 있었다. 그러나 두번째 임기부터는 모든 일들이 바라는 대로 되지가 않았다. 너무도 어렵고 많은 문제점들이 마치 파도처럼 한꺼번에 덮쳐오는 바람에 계획대로 일을 추진할 수가 없었고, 그보다는 문제점들을 해결하기에도 벅차 항상 거기에만 매달려 있어야 했다.

가장 큰 문제점은 북한의 위협이었다. 그가 두번째 임기를 막 시작했을 때 북한에서는 쿠데타가 일어나 군부 강경파가 권력을 장악했다. 그야말로 예상치도 못한 최악의 사태가 발생한 것이다.

당시 남북 사이에는 정상회담을 갖는 등 통일문제를 놓고 빈번한 접촉이 이루어지고 있었다. 그는 자신의 임기중에 반드시 통일을 달성하고야 말겠다고 약속했고, 국민들은 그 약속을 믿고 꿈에 부풀어 있었다. 그것이 쿠데타 발생으로 한 순간에 물거품이 되어 버리고 만 것이다.

권력을 장악한 북한 군부는 그동안 남한과 접촉을 해온 협상파들을 대거 숙청했다. 그들의 목에 미제의 앞잡이니 반역자니 하는 혐의를 씌워 그들을 무자비하게 처형했다. 그렇게 한 차례 피비린내가 휩쓸고 지나가자 북한 사회는 다시 얼어붙었고, 남북 사이에는 모든 접촉이 끊어진 채 일촉즉발의 전운이 감돌게 되었다.

그는 그때 비로소 열정만으로는 안 된다는 것, 그리고 역사는 후퇴할 수도 있다는 것을 실감했다.

북한 군부의 쿠데타 배후에는 중국이 있었다. 거대 중국은 한반도의 통일을 바라지 않았고, 그래서 남북한 접촉을 불안한 눈으로 지켜보다가 군부를 충동질해 쿠데타를 일으키게 했던 것이다.

러시아는 북한 군부를 충동질하지는 않았지만 쿠데타로 권력을 장악한 군부를 적극 지지하고 나왔다. 양어깨에 두 강대국의 지원을 받은 북한은 북한 전역을 전시체제로 몰아넣고 금방이라도 남한을 침공할듯이 한반도에 전쟁 공포 분위기를 조성해 나갔다. 때맞춰 핵탄두를 장착한 사정거리 4천 킬로미터의 미사일을 공개함으로써 전세계를 경악케했다.

그동안 북한의 핵개발은 국제기구의 감시를 받아왔고, 그래서 개발이 억제되어온 것은 사실이었다. 그러나 북한이 극비리에 이미 핵개발을 완료했다는 소문은 오래 전부터 끊이지 않고 나돌고 있었는데, 그 소문이 마침내 사실로 나타난 것이다.

세계를 경악케한 것은 북한이 핵무기 개발을 완료했을 뿐만아니라 그것을 사정거리 4천 킬로미터의 미사일에 장착함으로써 이미 실전배치를 완료했다는 사실이었다. 그리고 그것은 미국의 뉴욕까지도 공격할 수 있는 거리였다.

가장 놀란 것은 남한 국민들이었다. 지진이라도 난 것 같은 경악과 소란스러움이 한바탕 휩쓸고 지나가자 뒤이어 공포가 엄습했다. 공포와 함께 일대 혼란이 거리를 휩쓸기 시작했다. 한국 사회의 상층부를 이루고 있던 부류들과 엘리트 의식에 젖어 있던 지식인들은 다투어 해외로 빠져나가기 시작했고, 그렇지 못하고 국내에 남아 있는 국민들은 식량과 일용품 사재기에 정신이 없었다. 경기는 얼어붙고 무질서와 범죄가 판을 쳤다.

엎친 데 덮친 격으로 혼란을 틈타 강대국들이 한국을 손아귀에 넣으려고 다투어 몰려들었다. 거기에 기생충처럼 빌붙어 한국을 팔아먹으려고 날뛰는 반역자들까지 생겨났다.

사면초가에 몰린 한국은 마치 파도에 휩쓸리고 있는 침몰직전의 난파선 같았다. 그 위기를 구해준 것이 미국과 일본이었다. 미국과 일본은 북한을 앞세운 중국이 남한을 집어삼키는 것을 그대로 두고볼 수가 없었다. 미국은 재빨리 핵무기를 한국에 배치했고, 일본도 핵탄두를 탑재한 미사일의 공격목표를 북한 쪽으로 잡아놓고 비상사태에 돌입했다. 그 바람에 금방이라도 밀고 내려올 것처럼 기세등등하던 북한군은 기세가 많이 수그러들었고, 그것을 고비로 남과 북은 팽팽한 긴장감과 함께 대치상태에 놓이게 되었다.

결국 통일은 더 멀어지게 되었고, 그 와중에서 대통령은 무능력자로 낙인찍히는 수모까지 겪어야 했다. 그의 인기는 더이상 떨어질래야 떨어질 수 없는 데까지 다달아 있었다.

노크 소리가 나더니 비서가 들어왔다.

「남박사님께서 오셨습니다.」

대통령은 고개를 끄덕였다.

비서가 나가고 조금 있자 작달막한 사내가 집무실 안으로 들어섰다.

「아, 남박사……」

「안녕하십니까?」

남박사라고 불린 사내는 고개를 깊이 숙였고, 그런 그를 향해 대통령은 손을 내밀었다.

남박사의 정체에 대해서 알고 있는 사람은 정부 고위층 내에서도 극소수에 지나지 않는다. 그는 그냥 남박사로 통하고 있었고, 그런데도 자유롭게 대통령 집무실을 드나들고 있었다.

그의 공식적인 직함은 대통령 고문이었다. 그렇다고 사무실이 따로 있는 것도 아니고, 거기에 따른 부하 직원들을 거느리고 있는 것도 아니었다. 그는 언제나 낡은 가죽 가방만을 달랑 들고 혼자 대통령 집무실에 찾아와 독대를 하고는 조용히 돌아가곤 했다. 그가 대통령과 무슨 이야기를 나누었는지 그것은 아무도 알 수 없는 비밀이었다.

대통령 고문이면서도 그는 공식석상에 모습을 나타낸다거나 정부 고위직 인사들과 자리를 같이 하는 경우가 거의 없었다. 파티석상에서도 그의 모습은 찾을 수가 없었다. 그래서 고위직 인사들은 그와 이야기를 나눌 수 있는 기회도 거의 없었고, 그에 대해서 알고 있는 것도 별로 없었다. 그들이 그에 대해서 알고 있는 것이라고는 물리학 전공의 대학 교수로, 지금도 S대학교에 나가 가끔씩 강의를 하고 있다는 것 정도였다. 그 밖에 그에 대해서 알려진 것이라고는 영국 옥스포드대 출신이라는 것, 그리고 오랫동안 미국에서 교수 생활을 하다가 수년 전에 귀국했다는 것 등이었다.

「위스키 한잔 하겠소?」

「네, 한잔 주십시오.」

「얼음 넣어 줄까?」

「네, 넣어 주십시오.」

대통령은 집무실 한쪽에 놓여 있는 탁자로 가더니 유리잔에 술을 따랐다.

그동안 작달막한 사나이는 창밖을 내다보고 있었다.

그는 모든 것이 둥글둥글하게 생긴 사나이였다. 살찐 얼굴은 찐빵처럼 둥글었고, 눈도 코도 둥글었다. 대머리는 반들반들했고, 옆에 조금 남아 있는 머리칼은 잿빛이었다. 살찐 턱은 그렇지 않아도 짧은 목과 거의 붙어 있었고, 그런 얼굴에 달려 있는 콧수염은 일부러 붙여 놓은 것처럼 희극적인 분위기를 보여 주고 있었다.

「자, 한잔 하지.」

「감사합니다.」

남박사가 잔을 받자 대통령은 잔을 부딪쳤다.

「우리의 옥스포드 시절이 그리워.」

「네, 저도 가끔 그때가 그리울 때가 있습니다.」

「그때는 공부하기 힘들었지만, 모든 것이 낭만으로 가득 차 있었지. 그때로 돌아가고 싶어. 갈 수만 있다면 말이야.」

그들은 창가에 자리를 잡고 앉았다.

대통령은 옥스포드대 시절을 회상하는 듯 잠시 허공에 시선을 주고 있었다.

그들은 같은 옥스포드대 출신이었다. 전공은 달랐지만 그들은 같은 유학생으로서 형제 이상으로 가까이 지냈었다. 대통령은 국제정치를 전공했고, 남박사보다 네 살이 더 많았다. 그들은 외모도 성격도 판이했지만 이상할 정도로 잘 어울려 지냈다.

남박사는 비교적 부유한 집안 출신이었기 때문에 유학생활을 하는데 있어서 경제적으로 별로 어려움이 없었지만 대통령은 집안이 가난했기 때문에 도중에 유학생활을 포기하려고 한 적이 한두 번이 아니었다. 그때마다 나서서 도움과 용기를 준 사람이 남박사였다.

대통령은 늦게 유학을 왔기 때문에 나이는 남박사보다 많았지만 학년은 비슷했다. 대통령이 기숙사비도 못내 쩔쩔 매는 것을 보고 남박사는 자기 아파트로 그를 불러들였고, 그것을 계기로 해서 그들은 더욱 절친하게 지내게 되었다.

그런 그들 사이에 변화가 일어난 것은 남박사의 누이가 영국으로 유학을 와 같은 아파트에서 함께 기거하게 되면서부터였다. 여자가 한 명 끼어 들자 단번에 집안 분위기가 달라지면서 활기와 따뜻함이 넘쳐 흐르게 되었다. 남박사의 누이는 얼른 눈에 띠는 미녀는 아니었다. 영문학을 전공하는 그녀는 평범한 외모에 수줍음이 많은 여자였다. 그리고 나이에 비해 사려깊은 데가 있어서 남자들도 그녀를 함부로 대하지를 못했다. 그런데 놀랍게도 1년쯤 지난 어느 날 남박사는 그녀의 배가 눈에 띠게 부른 것을 발견하고 누이를 추궁했다. 누이는 울면서도 끝내 말하지 않았고, 결국 대통령이 나서서 자신의 짓임을 밝혔다. 두 사람은 처음으로 남박사 앞에서 서로 사랑하고 있다고 고백했다. 남박사는 화를 내지 않았다.

대신 그들에게 동거생활을 하라고 이른 다음 그 아파트를 나왔다. 그리고 부모님한테는 그 사실을 당분간 알리지 않고 덮어두기로 했다.

그러나 두 사람의 동거생활은 그렇게 오래가지 못했다. 누이가 아기를 낳은 지 몇 달 후에 세상을 떠나고 만 것이다. 병명은 백혈병이었다.

누이가 낳은 아기는 딸이었다. 대통령과 남박사는 그 아기를 유학기간 내내 길렀고, 그러는 동안 두 사람은 더 끈끈한 우정으로 맺어질 수가 있었다. 그때의 그 딸아이가 어느 새 자라 지금은 성숙한 여인으로 변해 있었다.

대통령과 남박사 사이에 그런 과거가 있었다는 것을 알고 있는 사람은 가족들 외에는 거의 없었다.

그들에게 있어서 옥스포드 시절은 결코 잊을 수 없는 시절이었고, 남들에게는 알리고 싶지 않은 아픔과 함께 은밀하고 낭만적인 추억들로 가득찬 시간들이었다.

「어떻게 됐나?」

추억에 잠겨 있던 얼굴이 현실로 돌아오면서 긴장하는 빛을 보여 주고 있었다.

「문제가 복잡해지고 있습니다. 사태는 심각합니다.」

남박사는 통통한 손을 마주 비비면서 초조한 표정을 지었다. 그가 그렇게 초조한 모습을 보이기는 아주 드문 일이었다.

「그게 무슨 말이야? 아직도 파일을 못 찾았나?」

「죄송합니다.」

남박샤는 고개를 숙였다.

「그게 어디에 가 있지?」

「이미 놈들의 손에 들어간 것 같습니다. CPA기 안에서 살해된 자는 단지 미끼였을 뿐입니다. 그자가 들고 있던 가방 안에는 빈 껍데기만 들어 있었습니다. 그것도 모르고 놈을 따라다닌 겁니다. 그동안 진짜 파일을 가진 자는 손쉽게 입국해서 그것을 넘긴 것 같습니다.」

「아주 여유있게 따돌리고 그것을 전해 주었겠군.」

대통령의 중얼거림은 비수처럼 남박사의 귀를 후비고 들어왔다.

「면목없습니다. 워낙 각국의 스파이들이 날뛰는 바람에 마음 먹은 대로 잘 되지가 않습니다.」

「난장판이야. 이런 난장판이 어디 있느냐 말이야. 무법천지 야.」

대통령은 괴로운지 얼굴을 찌푸리더니 한 손으로 얼굴 한쪽을 가렸다.

남박사의 둥근 얼굴이 풍선처럼 부풀어올랐다. 그의 코밑수염 이 경련을 일으키고 있었다.

「어떤 단호한 조치가 없이는 이 난국을 수습하기가 불가능합 니다. 목숨을 내건 단호한……」

「버블, 잘 알면서 왜 그래?」

안경 너머로 버블을 쏘아보는 대통령의 두 눈에는 괴로운 빛 이 너무도 뚜렷이 드러나 있었다.

「하, 하지만 다른 방법이 없습니다.」

「버블, 내가 단호한 조치를 취할 수 없다는 거 잘 알잖아? 그 런 조치를 내린다 해도 먹혀들지가 않아. 이젠 내 말을 들으려 고 하지를 않아. 나를 허수아비 정도로 알고 있어!」

분노를 억제하려고 하는 바람에 그의 얼굴이 붉어지고 있었 다.

「그러니까 정상적인 방법으로는 안 됩니다. 저에게 맡겨 주시 면 집행은 카오스가 하겠습니다. 카오스는 각하의 충실한 부 하입니다. 마지막 기회입니다. 반역자들을 찾아내어 제거하지 않으면 이 나라는 지구상에서 없어지고 맙니다! 명령만 내려 주십시오!」

억제된 목소리였지만 그는 단호한 어조로 말했다.

대통령은 고개를 흔들었다.

「명확한 증거도 없이 추측만으로 반역자로 낙인찍어 제거한다는 것은 말도 안 돼. 난 피를 좋아하는 도살자는 아니야. 난 무능하다는 비판을 받는 한이 있더라도 법과 질서를 존중하고 민주주의를 하느님처럼 신봉한 대통령으로 기억되고 싶어. 그 파일을 보기 전에는 어떤 명령도 내릴 수 없어. 파일 자체가 없는 게 아닐까?」

「그렇지 않습니다! 그건 분명히 있습니다! 저에게 보내온 그 정보는 아주 정확한 겁니다!」

그는 대통령의 신뢰에 금이 갈까 봐 언성을 조금 높였다.

대통령은 버블의 뜨거운 시선을 피하면서 술잔을 흔들었다. 얼음조각이 달그락거리는 소리를 냈다.

「그렇다면 빨리 나에게 그 파일을 좀 보여 주게. 이렇게 목이 빠지게 기다리게 하지 말고 말이야.」

「빠른 시일 내에 보여 드리겠습니다. 그런데 그것을 찾는 과정에서 상당한 희생이 따를지 모릅니다. 그것이 반역자의 수중에 들어가 있는 이상 손쉽게 빼내온다는 것은 어려운 일입니다. 그들도 보안을 철저히 하고 있을 것이고, 다른 조직에서도 그것을 찾고 있기 때문에 어차피 충돌은 불가피합니다.」

대통령은 잔을 비우고 나서 그것을 탁자 위에 내려놓았다. 그리고 두 팔을 벌렸다.

「우리 인간들은 왜 끊임없이 충돌하는 것일까? 왜 인간들은 끊임없이 죽이고 파괴하는 것일까? 우리 인간들은 자손을 낳아 정성들여 기르고, 평생 동안 열심히 일해 재산을 모으고 사회를 건설하지. 그런 다음에는 자식들을 도로 살육하고 애써 건설한 사회를 파괴한단 말이야. 그런 어리석음이 또 어디 있을까? 인간은 영리한 것 같지만 또 인간처럼 어리석은 존재는 없어. 세계 역사를 보라구. 세계사가 그것을 말해 주고 있어. 인류의 어떤 문명도 영원히 살아남지 못했어. 아무리 찬란했던 문명도 결국 어느 기간이 지나서는 모두 짓밟히고 파괴되고 말았어. 그리고 새로운 건설이 시작되는 거야. 그렇다고 새로 건설된 문명이 위대하다거나 훌륭하다고 볼 수는 없어.」

「역사는 반드시 발전한다고 볼 수 없습니다. 요즘의 지구촌을 보면 역사는 오히려 퇴보하고 있다는 생각이 듭니다.」

「그건 나하고 같은 생각이군. 나는 대통령에 취임하면서 무지개 같은 미래를 국민들에게 약속했었지. 하지만 어느 것 하나 제대로 이루어진 것이 없어. 지금으로 봐서는 무지개 같은 미래는 없어.」

「우리가 20세기에 살고 있을 때 21세기를 내다보는 청사진은 그야말로 환상적인 꿈의 세계였습니다. 세계를 움직이는 엘리트들은 그와 같은 꿈의 세계가 21세기에는 반드시 이루어진다고 주장했고, 사람들은 모두가 그것을 믿었습니다. 그러나 그것은 완전히 빗나갔습니다. 그것은 허구에 불과했고, 우리는 지금 생존문제에 매달려 있습니다. 도로 원시적인 상태로 돌아간 겁니다. 대량 파괴와 살육으로 우리가 20세기에 건설한 한국이라는 나라는 이 지구상에서 영원히 사라져 버릴지도 모르는 위기에 봉착해 있습니다. 그래서 저는 이 위기를 벗어나기 위해, 카오스의 힘을 모두 동원해서 위기를 조장하는 위해 요소들, 즉 반역자들을 소탕할 생각입니다. 지금 이 위기상황에서 철학은 더이상 통하지 않습니다. 수학공식으로만 이 위기를 돌파할 수 있습니다. 그것은 곧 눈에는 눈, 이에는 이의 공식입니다. 적들은 우리에게 다른 선택의 여지를 주지 않습니다.」

「그 공식으로 과연 거대 중국과 일본, 그리고 러시아와 미국을 물리칠 수 있을까?」

「물리치는 게 아니라 이용하는 겁니다. 이용하지 않고는 생존할 수 없습니다.」

대통령은 감동어린 눈으로 카오스 책임자를 바라보았다. 그 눈에 눈물이 어려 있었다.

「만일 신이 있다면…… 자네야말로 신이 나에게 보내준 선물이야. 만일 자네가 없었다면 나는 질식해서 더이상 대통령직을 수행할 수 없었을 거야.」

「과하신 말씀입니다.」

「아니야. 나는 지금 자네 때문에 버티고 있는 거야. 믿을 놈은 아무도 없어. 모두가 기회만 엿보고 있고, 자기 먹을 것만 챙기고 있어. 나 같은 건 안중에도 없어. 자네 외에는 믿을 놈은 아무도 없어.」

사실 대통령은 처음 남박사를 비밀리에 카오스 책임자로 임명할 때 몹시 망설였었다. 신뢰는 가지만 물리학자인 그가 관연 그런 비밀기관의 책임자로서 업무를 수행할 수 있을지 걱정이 되었던 것이다. 단순히 업무만 수행하는 정도로는 안 되고 탁월한 능력이 요구되고 있었던 것이다. 그런데 남박사는 그와 같은 우려를 말끔히 씻고 기대 이상으로 카오스를 이끌어 주었던 것이다. 이제 정부에서 대통령이 가장 믿고 신뢰하는 사람은 남박사였다.

카오스는 기존의 정보기관이 부패하고 무능해지면서 국민들의 원성을 사게 되자 대통령이 고심 끝에 새로 만든 비밀기관이었다.

대통령은 처음 구상단계에서 누구를 책임자로 앉힐 것인가 하는 문제로 한동안 고심해야 했다. 그의 주위에는 고급인력들이 많았다. 고위 관리, 국회의원, 기업인, 대학교수, 법조인, 장성 등 일일이 들먹일 수 없을 정도로 많았지만, 누구 하나 그의 마음을 끄는 인물이 없었다. 하나같이 부패구조에 익숙하게 길들여진 냄새나는 인물들이었다.

카오스의 초대 책임자는 그것을 직접 창설해야 하기 때문에 참신하고 탁월한 인물이어야 했다. 그러나 아무리 눈을 씻고 봐야 그와 같이 중요한 인물은 눈에 띄지가 않았다. 생각 끝에 대통령은 외국 정보기관 책임자들에게 자문을 구해 보기도 했지만 이렇다하게 결정을 내릴 수 있는 기회는 좀처럼 오지 않았다.

그런데 책임자 선정 문제로 고심하고 있던 어느 날 대통령은 한국을 방문한 영국 대외정보국 MI5 책임자를 만날 기회가 있었다. 이런 저런 이야기 끝에 대통령이 인물난에 대해 이야기하자 그는 추천할만한 좋은 한국인이 있다고 알려 주었다.

「그는 물리학자로, 현재 미국의 어느 핵연구소에서 일하고 있는데, 매우 우수한 학자로 알고 있습니다. 그가 초청에 응할지는 모르겠지만, 잠재력이 큰 인물이니까 이용하기에 따라서는 대단한 솜씨를 발휘할지도 모릅니다. 한국에서 그런 인물을 아직까지 발굴하지 못했다니 이해할 수가 없군요.」

「물리학자가 정보관계 일을 할 수가 있을까요?」

MI5 책임자는 그런 질문이 나올 줄 알았다는 듯 즉시 다음과 같이 이야기했다.

「그는 한때 우리 MI5에서 일한 적이 있습니다. 우리는 영국에 공부하러온 세계 각국의 유학생들 가운데서 여러 가지 점에서 우수하다고 판단되는 학생들을 선정해서 은밀히 지원해 왔습니다. 장학금 명목으로 지원을 받은 학생들은 자기도 모르는 사이에 그때부터 우리와 관계를 맺게 되고, 학업을 마치고 떠날 즈음에는 어느 새 MI5를 위해 일하는 정보원이 되어 있습니다. 물론 다 그렇다는게 아닙니다. 강제 규정이 아니기 때문에 정보원이 되고 안 되고는 전적으로 본인 의사에 달려 있습니다. 하지만 대부분이 자진해서 정보원이 되어 주고 있습니다. 우리로서는 보람이 있는 일이죠. 그 사람은 한국으로 돌아가지 않고 미국으로 갔는데, 거기서 적지 않은 정보를 보내왔습니다. 정보 내용에 대해서는 말씀 안 드리겠습니다. 대신 그가 아주 훌륭히 업무를 수행했다는 것을 말씀드리겠습니다. 그 사람은 훌륭한 물리학자이자 우수한 정보원이었습니다. 지금은 물론 우리와 손을 끊었습니다만, 잠재력이 많은 인재인 것만은 틀림없습니다.」

「그 사람 이름을 말씀해 주시겠습니까?」

「중하……남……한국식으로 말하면 남중하라고 부를 겁니다.」

남중하(南中河)라는 이름에 대통령은 소스라치게 놀랐다. 그리고 혹시 잘못 듣지 않았나 해서 그 이름을 확인한 다음 지금 즉시 그에게 연락을 취할 수 있겠느냐고 물었다.

「연락처를 알고 있습니다. 남박사와 각하께서는 과거 옥스포드에서 함께 공부하셨죠?」

모든 것을 알고 있는 영국 신사를 보고 대통령은 속으로 혀를 내둘렀다.

연락을 받은 남박사는 이틀 후 귀국하여 대통령을 만났다. 대통령 집무실에서 만난 두 사람은 두 시간 남짓 이야기를 나누었다.

「난 자네가 옥스포드 시절 MI5와 관계가 있는 줄은 꿈에도 생각지 못했지. 그러고 보니까 자네한테는 음흉한 데가 있었어.」

「그건 비밀이었기 때문에 말씀드릴 수가 없었습니다.」

집무실에서 나올 때 남박사의 얼굴은 상기되어 있었다. 그의 마음은 이미 결정되어 있었다. 한달 후 그는 미국 생활을 정리하고 한국으로 돌아왔다. 그가 그렇게 빨리 정리하고 귀국할 수 있었던 것은 그가 홀몸이기 때문이기도 했지만 무엇보다도 그의 결심이 그만큼 굳었기 때문이었다.

대통령으로부터 비밀특명을 받은 그는 귀국하자마자 조직을 만들기 시작했는데, 출발 당시 직원이라고는 책임자인 그 자신 한 명뿐이었다. 그는 모든 것을 처음부터 새롭게 만들어 나갔는데, 카오스라는 기관명도 그 자신이 지은 것이었다.

그가 카오스를 무시못할 강력한 기관으로 창설해 놓는데는 불과 1년밖에 걸리지 않았다. 그것을 보고 대통령은 MI5 책임자의 말이 빈 말이 아니었음을 깨달았다.

시간이 지나면서 대통령은 버블에게 점점 깊이 빠져들어갔다. 그것은 깊은 신뢰감에서 온 것이었다. 이제 버블은 그에게 있어서 없어서는 안 될 존재였고, 그가 기댈 수 있는 마지막 언덕이었다.

카오스는 창설된 지 3년 사이에 실로 눈부신 발전을 거듭했고, 많은 업적을 남겼다. 그 업적 가운데 가장 두드러진 것은 강대국들의 치열하고 야비한 음모로부터 국가를 지킨 것이었다.

한국을 손아귀에 넣으려는 강대국들의 끊임없는 탐욕 때문에 한국은 그 존립마저 위협받고 있었다. 그때 등장한 것이 카오스였다. 카오스는 강대국들의 음모를 차례차례 분쇄해 나갔고, 그 때문에 한국은 급한 대로나마 위기상황에서 어느 정도 벗어날 수가 있었던 것이다.

그러나 싸움이 끝난 것은 아니었다. 적들은 한동안 주춤했다가 전열을 가다듬고, 새롭고 보다 강력한 힘으로 밀어닥치기 시작했던 것이다.

「놈들은 이제 노골적으로 나오고 있습니다. 그리고 그 기세가 과거와는 비교가 안 될 정도로 대단합니다. 놈들은 우리 한국을 자기들의 놀이터 정도로 여기고 있습니다. 그것을 보고 있노라면 분통이 터져 견딜 수가 없습니다.」

둥글둥글한 얼굴이 분노로 벌겋게 부풀어 오르면서 관자놀이께가 터질듯이 팽팽해지고 있었다.

「어떻게 해야 하지? 이럴 때는 어떻게 해야 하지? 그렇다고 주저앉을 수는 없지 않나? 지금까지 우리는 끈질기게 한반도를 지켜 오지 않았나?」

대통령이 어떻게 해야 하느냐고 물어올 때는 이미 일국의 통치자로서 통치의지를 상실했거나 그 능력을 잃었음을 의미한다. 한 마디로 대통령은 지금 어떻게 할 줄을 몰라, 구세주가 나타나 자신을 구해 주기만을 기다리고 있는 것이다. 그러나 구세주는 없다. 이 싸움에서는 양보도 없고 타협도 없다. 교활하고 힘센 자만이 살아남는 것이다.

「우리도 강력하게 나갈 수밖에 없습니다. 그러나 정면대결하면 결국 우리가 패배하게 됩니다. 게릴라식으로 치고 빠지면서 에너지와 에너지의 충돌을 이용해야 합니다. 에너지와 에너지가 충돌할 때는 당연히 에너지의 낭비가 심하기 마련입니다. 그 남아도는 에너지를 우리 것으로 활용하는 겁니다. 그것을 잘 활용하기만 하면 전화위복이 될 수도 있습니다.」

물리학자다운 말이라고 대통령은 생각했다. 그러나 과연 버블의 말대로 될 수 있는지, 그는 믿을 수가 없었다. 하지만 안 믿을 수도 없었다. 그가 믿을 수 있는 사람은 버블밖에 없기 때문이었다.

「그렇게만 되면 얼마나 좋겠나.」

「저는 지금의 상황이 절망적이라고는 생각지 않습니다. 적극적으로 대처하면서 역공을 취하면 의외로 손쉽게 국면을 전환시킬 수가 있습니다. 국면을 전환시킬 수 있는 카드가 없는 것은 아닙니다. 하지만 그것은 중대한 사안이기 때문에 각하의 결단이 필요합니다.」

대통령은 버블을 지그시 바라보았다. 왜 하필이면 기관의 이름을 카오스라고 했을까. 물론 카오스는 공식적인 이름은 아니다. 공식적으로 등록된 기관도 아니기 때문에 공식적인 이름이 있을 리가 없다. 하지만 카오스를 지칭하는 것은 K-970MSS이다. 대통령에게 보고되는 극비보고서에는 K-970MSS라고 표기된다. 그러나 그것을 지칭할 때는 카오스라고 부른다. 버블은 이미 혼란의 세기를 예견했던 것일까.

「아까부터 나에게 결단을 내리라고 하는데, 구체적으로 어떤 것을 말하는 것인가? 대국민 발표를 통한 결단 같은 것은 더 이상 먹혀들지 않는다는 것을 잘 알지 않나? 국면을 전환시킬 수 있는 중대한 사안이란 뭔가?」

「대국민 발표 같은 것은 필요치 않습니다. 그것은 은밀히 추진해야 할 사안입니다. 하지만 각하의 명령이 필요합니다. 아니, 명령이라기보다는 허락입니다.」

두 사람의 시선이 차갑게 부딪쳤다. 버블은 입안에 들어 있는 음식을 조심스럽게 밀어내듯 힘들게 입을 열었다.

「No를 제거하는 일입니다.」

그렇지 않아도 큰 대통령의 두 눈이 크게 확대되고 있었다. 그는 천천히 고개를 흔들다가 술잔을 입으로 가져갔다. 그리고 잔이 비어 있는 것을 알고는 자리에서 일어나 홈바 쪽으로 걸어갔다.

「한잔 더 하겠나?」

생각난 듯 대통령이 돌아서서 물었다.

「저는 됐습니다.」

버블은 대통령이 자리에 돌아올 때까지 조용히 앉아 있었다. 지금 당신에게 필요한 것은 내 의견에 따라 주는 것입니다. 만일 따라 주지 않는다면 나는 독자적으로 행동할 수밖에 없습니다. 그것은 당신에게도 불행한 일이 될 것입니다. 대통령을 바라보고 있는 버블의 두 눈은 그렇게 말하고 있는 것 같았다. 대통령은 버블에게서 위압감 같은 것을 느끼고 있었다. 전에는 그런 적이 없었다.

「No를 없애자는 것인가?」

「그렇습니다.」

버블은 아무렇지도 않은 듯 말했다. 얼굴에는 당연하지 않느냐는 그런 표정이 나타나 있었다. 대통령은 핏기가 가신 얼굴로, 자리에 앉지도 않은 채 고개를 세게 흔들었다.

「그건 안 돼! 말도 안 되는 소리야! 어떻게 그런 발상을 할 수가 있지? 누가 들을까 봐 겁나는군.」

「생각 끝에 말씀드린 겁니다. 여러 가지 정보를 검색하고 분석한 끝에 이 상황을 타개하기 위해서는 그를 제거하는 것이 최선책이라는 결론에 도달했습니다.」

「이유야 어떻든 그건 안 돼! 내 손에 피를 묻힐 수는 없어!」

흥분을 억제하고 목소리까지 낮추느라고 대통령의 안색은 더욱 창백해져 있었다. 그런 그를 냉정한 눈으로 살피면서 남박사는 여유있게 상대방을 압박해 들어갔다.

「위기에 처한 나라를 구하기 위해 전쟁까지 불사하는 마당에 한 사람의 목숨을 그렇게 아끼는 것은 이해할 수가 없습니다. 만일 전쟁이 나면 수백 수천만 명이 죽게 됩니다. 강대국에 나라를 고스란히 먹히게 되더라도 많은 희생자가 생길 것은 뻔합니다. 제 말은 그 전에 그와 같은 희생을 막자는 것입니다. No라는 인물 한 명을 제거함으로써 국민들의 희생을 막을 수만 있다면 한 번 시도해 볼만 하지 않겠습니까? 더구나 그는 제거당해 마땅한 인물입니다. 결코 억울한 희생양이 되지는 않을 겁니다.」

대통령은 미친 듯 고개를 흔들었다. 주먹을 쥐었다 폈다 하면서 안절부절 못하고 있었다.

「도대체 왜 이러나, 버블? No가 총탄에 쓰러지면 어떤 결과가 초래될지 알고나 하는 소리야?! 진정코 날 돕겠다면 입 다물고 썩 나가게! 그런 말은 없었던 걸로 할 테니까 당장 나가 주게! 그건 악몽이야, 악몽!」

격노한 대통령은 온몸을 바들바들 떨기까지 하고 있었다.

버블은 그에게서 시선을 떼지 않은 채 천천히 몸을 일으켰다. 그가 그런 말을 꺼냈을 때는 이미 각오한 바가 있었던 것이다. 그래서 그는 대통령에 비해서 침착하고 태연할 수가 있었던 것이다.

「각하께서 더이상 제가 필요하지 않으시다면 저는 언제라도 물러날 준비가 되어 있습니다. 세상 사람들은 제가 누구인지 모르기 때문에 저는 거품처럼 소리없이 사라질 수 있습니다. 각하의 뜻을 거스르게 해서 죄송합니다. 잘 보필해 드리지 못한 점 두고두고 한이 될 것 같습니다. 용서해 주십시오.」

「자네가 필요하지 않다고 말한 적 없어! 물러날 준비가 되어 있다니, 그런 무책임한 말이 어딨어?! 일단 카오스를 맡은 이상 내 허락없이는 떠날 수 없어! 그대로 앉아 있어! 나하고의 관계를 그렇게 간단히 끊을 수 있을 것 같아?」

그러나 버블은 자리에 앉지 않고 그대로 서 있었다.

「카오스가 가장 중요한 일을 할 수 없다면, 더이상 거기에 책임자로 머물러 있는다는 것은 무의미한 일입니다.」

「이 봐, 버블. 다른 방법도 있잖아?! 왜 굳이 그를 제거하려는 거야? No는 내가 지지하고 있는 후보야! 그리고 나하고 오랫동안 함께 정치를 해온 동지야! 그와 내가 절친한 동지라는 것은 세상 사람들이 다 알고 있어! 그런 사람을 어떻게 내 손으로 죽이라고 명령하느냐 말이야?! 자네 같으면 할 수 있겠나?!」
「저 같으면 하겠습니다.」
　대통령은 망연자실한 표정으로 버블을 쳐다보았다. 지금까지 보지 못했던 낯선 얼굴이 거기에 있었다.
「어떻게 그런 말을 할 수가 있나? 자네한테 그런 잔인한 일면이 있는 줄은……」
「잔인하지 않으면 카오스의 책임자가 될 수 없습니다. 잔인하지 않으면 카오스는 무너지고 맙니다. 지금까지 카오스는 다른 강대국들의 조직에 비해서 열세였습니다. 아까운 요원들이 무참히 희생되었지만 그들은 떳떳이 장례식도 치르지 못한 채 쓸쓸히 묘지에 묻혀야만 했습니다. 국가를 위해서 음지에서 일하다가 희생되었지만 훈장 하나 받지도 못했고, 아무도 그들이 왜 죽어야 했는지 그 이유를 알지도 못했고, 또 알려고도 하지 않았습니다. 우리 카오스 요원들이 그렇게 희생될 수밖에 없었던 것은 적들처럼 잔인하지 못했기 때문입니다. 물론 다른 여러 가지 이유도 있겠지만, 가장 큰 이유는 잔인하지 못했기 때문입니다. 그래서 저는 우리 요원들에게 제발 적들에게 잔인하게 대하라고, 적들보다 한수 더 떠서 더 잔인하게 행동하라고 가르치고 있습니다. 눈에는 눈으로 이에는 이로 갚으라고 지시하고 있습니다. 우리 카오스 요원들에게 공포심을 갖도록 말입니다. 그 결과 우리 요원들의 희생이 현저하게 줄어들고 있습니다. 음지에서 싸우는 전사들의 세계에는 인간적인 것이나 양심, 정의, 이런 것은 통하지가 않습니다. 오로지 힘만이 진리로 통하고 있을 뿐입니다.」
「서글프군. 그렇게 하지 않으면 안 되는 인간들의 세계가 너무 서글퍼.」

「저희는 그런 감정을 느낄 겨를도 없습니다.」

그건 감상일 뿐입니다 라고 말하고 싶은 것을 버블은 참았다. 그러나 대통령은 버블이 다음에 하고 싶어하는 말이 무엇인가를 충분히 짐작하고 있었다.

「어떻든 No는 안 돼. No의 목에 국가의 운명이 걸려 있다면 몰라도……」

「걸려 있습니다. 그래서 말씀드리는 겁니다.」

「그걸 증명할 수 있나?」

「증명할 수 있습니다. 파일에 그 내용이 들어 있고, 그가 그 파일을 가지고 있습니다.」

「그 파일을 입수하지 못한 마당에 어떻게 그렇게 단정을 내릴 수 있나? 자넨 그 파일을 봤나?」

「아직 보지 못했습니다. 하지만 그 파일이 어떤 것인지 그 내용에 대해 대강 이야기는 들었습니다. 상대쪽에 심어 놓은 우리 정보원이 정보를 보내 왔습니다. 그 정보원의 정보는 지금까지 틀린 적이 없습니다.」

「그 이야기는 이미 들어서 알고 있어. 그래서 그 정보원의 말만 듣고 No를 죽이자는 건가? 어떻게 그렇게 경솔할 수가 있나?」

「그 정보원의 말만 듣고 그런 게 아닙니다. 그 정보의 비중이 크긴 하지만 결정적인 증거는 아닙니다. 아직 제 손에 그 파일이 들어오지 못했으니까요. 그래서 저는 No에 대해 은밀히 정보를 수집할 것을 지시했습니다. 사소한 것도 놓치지 말고 철저히, 그리고 집중적으로 수집하라고 지시했습니다. 그의 전화통화와 대화 내용은 모두 도청했고, 만나는 사람, 발언 내용, 국가관, 인생관, 가족관계, 재산 정도, 국가 정책, 비전 등등 조사할 수 있는 한 빼놓지 않고 모두 조사했습니다. 그리고 그 정보들을 한데 모아서 H컴퓨터에 입력시킨 다음 분석을 시켜 보았습니다. 그 결과 카오스가 자랑하는 인공지능 컴퓨터는 No를 가장 위험한 인물로 지목했습니다. 여기에 그 결과가 나와 있습니다.」

버블은 가방 속에서 서류철을 꺼내더니 거기서 종이 한 장을 뽑아내 대통령 앞에 밀어 주었다.

대통령은 그것을 집어들고 뚫어지게 들여다보았다.

「No 외에 다른 몇 명도 추가로 조사했습니다.」

대통령은 미동도 하지 않고 거기에 나와 있는 내용을 읽어보았다.

＊최고 기밀

〈Black List-위험인물〉
제1호＝암호명…………No
        직업……………대통령 선거 입후보자
        당선 가능성……90%
        전망……………당선될 경우 한국과 북한을 중국에 통
                        합시키려는 음모를 진행중임. 3국 통
                        합 프로젝트의 한국측 주모자가 틀림
                        없음. 증조부가 화교 출신으로, 한족
                        의 혈통을 물려받은 사실을 숨겨 왔

음. 치아의 조종을 받고 있는 스파이.

개전 가능성……불가

결론…………… 공적1호. 반드시 제거해야 함. 빠를
수록 좋음.

제2호＝암호명…………Ko

직업……………대통령 선거 입후보자

당선 가능성……10~20%

전망………… 일본의 신대동아공영권을 적극 지지
하고 있는 친일분자로, 향후 일본과의
통합을 획책하고 있음. 국가를 팔아먹
으려고 하는 매국노.

개전 가능성……불가

결론…………… 공적 2호. 당선 가능성은 없으나 국가
를 계속 혼란에 빠뜨릴 가능성이 크므
로 반드시 제거할 필요가 있음.

제3호＝암호명…………Cho

직업……………기업인

국가관…………국가 이익보다 개인의 이익을 우선시
하고 있음. 한국과 한국민을 다만 이
윤추구의 대상으로만 이용하고 있을
뿐 애국애족의 정신은 전혀 없음. 기
업의 이윤추구를 위해 한국을 이용하
거나 팔아먹을 가능성이 많은 매국노.

전망…………Ko를 뒤에서 실질적으로 후원하고 조종하고 있는 친일그룹 JAK의 주역으로, 일본의 신대동아공영권에 적극 찬동하고 있음. 한국을 신대동아공영권에 예속시킴으로써 일본의 식민 지배를 가속화시키는 작업을 하고 있음. 신대동아공영권이 이루어질 경우 한반도 개발의 거대한 프로젝트를 독점하려는 계획을 추진중임.

개전 가능성……불가

결론…………국가를 팔아먹으려는 가장 악질적인 매국노이므로 법적 절차 없이 조속한 시일 내에 제거해야 마땅함.

제4호＝암호명…………He

직업…………정보기관 책임자

혐의…………미국에 의한 선제 핵공격을 강력히 주장하고 있는 전쟁주의자. 미국의 핵우산 아래에서만 한국의 존립이 가능하다고 보는 광신적인 친미주의자.

전망…………미국이 주도하는 핵전쟁을 일으키기 위해 광분하고 있음. 한국에서의 주도권을 잃어가고 있는 미국이 동북 아시아의 교두보로 한국을 다시 지배하기 위해서 은밀히 추진하고 있는 한반도

시나리오의 한국측 실무자. 후일 미국
의 지원 아래 대권을 잡으려는 야망을
품고 있는 미국의 앞잡이.

결론…………… 한반도를 자멸시키는 핵전쟁을 유도
하고 있는 위험분자. 목적을 위해서는
수단방법을 가리지 않는 자로, 미국의
한국 지배와 핵전쟁을 막기 위해서는
반드시 제거할 필요가 있음.

　종이를 쥐고 있는 대통령의 손끝이 가늘게 떨리고 있었다. 그
는 그것을 감추려고 얼른 종이를 탁자 위에 내려놓았다.
　「이럴 수가…… 이건 말도 안 돼. 믿을 수가 없어. 나한테 어
떻게 이런 걸 믿으라는 거지? 이게 사실이라면 난 도대체 누
굴 믿으라는 거지? 모두가 나라를 팔아먹겠다는 놈들뿐이잖
아. 그래도 이 나라에서 가장 혜택받은 지도층 놈들이 이렇다
면 이 나라 장래는 어떻게 되는 거지?」
　떨리는 목소리로 나직이 중얼거리는 대통령의 모습은 위기에
처한 나라를 구하기에는 너무도 지치고 나약해 보였다. 그런 그
를 바라보는 버블의 심정은 말할 수 없이 착잡하기만 했다. 하지
만 그가 희망을 걸 수 있는 사람은 현재로서는 대통령밖에 없었
다. 적어도 그는 나라를 팔아먹을 위인은 아니니까.
　「믿기 어려우시겠지만 모두가 사실입니다. 사실에 입각해서
H컴퓨터가 내린 결론입니다. 4명 모두 제거하지 않으면 이 난
국을 타개하기 어려울 뿐아니라 결국 한국은 붕괴하고 말 것
입니다. 허락을 내려 주십시오. 허락해 주시면 그 처리는 제가

책임지고 하겠습니다. 계획은 모두 수립해 놓았습니다. 뒤에 발생할 사태에 대한 책임은 모두 제가 지겠습니다. 이것은 각하와 저만이 아는 비밀입니다.」

버블은 홈바로 가서 위스키병을 들고와 대통령의 잔에 술을 가득 따랐다. 대통령이 술에 약하다는 것을 그는 잘 알고 있었다. 그러나 지금 같은 분위기로 보아서는 얼마든지 술을 마실 것 같았다. 그리고 술을 마시지 않고는 결단을 내리기가 어려울 것 같았다.

잔에 넘칠듯 위스키가 차오르는 것을 지켜보고 있던 대통령은 사양하지 않고 그것을 집어들어 입으로 가져갔다. 그가 마시는 것을 가만히 바라보고 있다가 버블도 자기 잔에 술을 따랐다.

「마, 만일 No를 제거하면 선거는 어떻게 되는 거지? No를 제거한 상태에서 선거를 치른다면 Ko가 당연히 당선되는 것이 아닌가?」

대통령은 더듬거리기까지 하고 있었다. 그를 바라보는 버블의 두 눈은 충혈되어 있었다.

「바로 그 점이 문제입니다. 각하께서는 그럴 경우 어떻게 하시겠습니까? 위험인물 제2호에게 통치권을 물려 주시겠습니까?」

대통령은 멈칫하다가 심하게 기침을 하기 시작했다. 갑자기 독한 술이 목구멍에 걸리는 바람에 기침이 나온 것 같았다. 그는 손과 머리를 함께 흔들었다.

「그, 그건 안 돼! 그자한테 이 나라를 맡길 수는 없어! 그건 안 돼! 절대 안 돼!」

그럴줄 알았다는 듯 버블의 얼굴 위로 가는 미소가 잠깐 스치고 지나갔다.

「저도 같은 생각입니다.」

「계획을 이야기해 봐. 어떻게 하겠다는 건지 말해 봐.」

「No가 제거되면 당연히 선거는 취소되어야 합니다. 그리고 Ko까지 제거되면 선거는 자동적으로 취소될 수밖에 없습니다. 만일 Ko가 제거되지 않더라도 선거는 취소시켜야 합니다. 비상계엄령을 선포하고 각하께서 계속 통치권을 행사하셔야 합니다!」

「뭐라고?!」

소스라치게 놀라는 바람에 들고 있던 술잔에서 술이 넘쳐 흘렀다. 뭘 그렇게 놀라느냐는 듯 버블은 침착하게 대통령을 바라보았다.

「자네 지금 제정신으로 말하는 건가?」

대통령은 상기된 표정으로 거칠게 숨을 몰아쉬고 있었다.

「저는 신중히 생각한 끝에 말씀드리는 겁니다.」

「미쳤어! 미친 짓이야! 완전히 미친 짓이야!」

「그렇지 않습니다.」

「시끄러!」

급기야 넘쳐흐른 술이 대통령의 손등을 적셨다. 버블은 얼른 손수건을 꺼내 그의 손을 닦아 주었다. 그의 손은 부들부들 떨리고 있었다.

「자넨 지금 제정신이 아니야! 날 아예 망칠 생각을 하고 있어!」

「아닙니다. 각하와 국가를 위해서 말씀드린 겁니다. 그 방법밖에는 없습니다. 그것이 최선의 방법입니다.」

「말도 안 되는 소리야!」
「깊이 한번 생각해 보십시오!」
「생각해 볼 것도 없어! 내가 그들을 죽이고 비상계엄 하에서 계속 통치하겠다는 것은 가장 파렴치한 독재자가 되겠다는 것이나 다름없어! 난 권력에 눈이 먼 독재자가 아니야!」
「그렇게 생각하시면 안 됩니다. 그것은 독재하고는 다릅니다. 저도 각하께서 독재자가 되는 것은 결코 바라지 않습니다. 한번 생각해 보십시오. 이 상태대로 방치해 두면 이 나라는 존립이 위태로워집니다. 곧 무너지고 맙니다. 놈들이 나라를 팔아먹고 맙니다. 그걸 알면서 이대로 두실 겁니까? 독재자라는 비난이 두려워서 나라가 망하는 것을 그대로 두고 보실 겁니까? 지금 그런 것을 따질 때가 아닙니다. 독재가 문제가 아닙니다. 각하께서 나서서 나라를 구하셔야 합니다. 왜냐하면 각하께서 현재 대통령직에 계시기 때문입니다. 대통령직에 계시기 때문에 사태를 수습하실 수 있는 권한이 있습니다. 위기에 처한 나라를 구하시겠다는데 어느 누가 감히 반대를 하겠습니까? 물론 처음에는 사정을 모르기 때문에 반대자들이 좀 있을 겁니다. 하지만 사정을 알고 나면 사정은 달라질 겁니다. 모두가 각하의 결단을 환영할 것입니다. 각하, 각하가 아니면 이 나라를 구할 사람이 없습니다. 독재자라는 비난이 그렇게 두렵습니까?! 저 같으면 그런 비난쯤은 얼마든지 감수하겠습니다. 죄송합니다. 이런 말씀을 드려서……」
할 말을 쏟아놓고 나서 버블은 얼른 술을 들이켰다. 대통령도 그를 쏘아보고 있다가 남아 있는 술을 단숨에 마셨다. 그의 얼굴은 벌겋게 달라올라 있었다. 버블의 말에는 일리가 있었다. 아니, 전적으로 옳은 것 같았다. 그러나 그는 그것을 인정하고 싶지 않았다. 인정할 수가 없었다. 버블은 지금 감당할 수 없는 것을 요구하고 있었다. 그는 그것을 감당할 자신이 없었다. 그 결과를 생각하자 오싹 소름이 돋기까지 했다.

「신중히 한번 생각해 주십시오. 이 나라는 각하의 희생을 바라고 있습니다. 각하에게 영광을 안겨 드리려고 그런 요구를 한 게 아닙니다. 각하야말로 이 나라를 구하기 위해 자기 한 몸을 던져 희생시킬 수 있는 분이기에 그런 말씀을 감히 드린 겁니다. 각하가 아니면 아무도 할 수가 없습니다. 그리고 지금 우리가 얼마나 심각한 위기에 직면해 있는가를 아무도 모르고 있습니다. 그래서 더욱 문제가 심각한 것입니다. 저는 감히 각하의 희생을 바라고 있습니다. 각하께서 기꺼이 희생되시겠다면 저 역시 각하의 뒤를 따라 그 길을 택하겠습니다. 받아 주십시오.」

대통령은 고개를 흔들었다. 그러나 아까처럼 완강한 거부의 표시는 아니었다. 그는 혼란에 빠져 있었다.

「안 돼. 이유야 어떻든 그건 수락할 수 없어.」

「수락하셔야 합니다.」

버블은 강경했다. 그가 대통령에게 이처럼 강경하게 나오기는 처음이었다.

「파일을 보기 전에는 어떤 결정도 할 수 없어.」

「그 파일을 보시고 제 말이 사실로 판명된다면 제 요구를 받아 주시겠습니까?」

대통령은 충혈된 눈으로 버블을 응시하다가 힘없이 고개를 끄덕였다.

「고려해 보지.」

「감사합니다. 빠른 시일 내에 그 파일을 손에 넣겠습니다. 그때까지 심사숙고해 주시기 바랍니다. 저는 이만 가보겠습니다.」

버블은 정중하게 인사하고 나서 조금도 흐트러지지 않은 자세로 걸어갔다. 대통령은 그의 모습이 사라질 때까지 그를 바라보고 있다가 문이 닫히자 천천히 자리에서 일어났다. 그러나 다리가 후들거려 서 있을 수가 없었다. 그래서 도로 자리에 털썩 주저앉았다.

왜 이렇게 내가 나약해졌지? 저놈이 나보다 훨씬 강해 보이지 않은가. 그는 처음으로 버블에게 질투심을 느꼈다. 무서운 놈이야. 순수하지만 무서운 놈이야. 대통령은 고개를 가로 흔들다가 한숨을 내쉬었다.

「각하, 괜찮으십니까?」

매끄러운 목소리에 그는 고개를 돌렸다. 어느 새 비서실장이 들어와 있었다. 실장은 놀란 눈으로 대통령을 바라보고 있었다. 방안에는 술냄새가 진동하고 있었고, 대통령의 얼굴은 술기운으로 벌겋게 달아올라 있었다. 대통령이 그런 모습을 보인 것은 처음 있는 일이었다.

「아, 괜찮아. 혼자 있고 싶으니까 나가 있게.」

대통령은 손을 흔들었다. 실장은 비어 있는 양주병을 집어들면서 사뭇 걱정스러워하는 목소리로 말했다.

「괜찮은 것 같지 않습니다. 좀 누워 계십시오. 의사를 부르겠습니다.」

「무슨 소리야? 술 한잔 마신 걸 가지고 의사까지 부르다니, 그럴 필요 없어. 난 아무렇지 않으니까 퇴근하라구.」

버블이 긴 복도를 빠져나와 현관 밖으로 나가려고 할 때 먼저 문을 밀고 들어서는 사람이 있었다.
「아, 남박사, 웬일입니까?」
키가 훌쩍 큰 세련된 모습의 사내가 그를 내려다보고 있었다. 정보기관 책임자로 암호명 He였다.
「잠깐 들렀습니다.」
남박사는 무뚝뚝하게 대답했다.
「중요한 일이 있었나 보죠?」
사냥개 같은 눈으로 무엇인가 탐색하려는 듯 아래위를 훑어본다.
「아닙니다. 실례합니다.」
냉정하게 대꾸하고 밖으로 나가려고 하는데 He의 다음 말이 그를 붙들었다.
「시간 좀 낼 수 없나요? 할 이야기가 좀 있는데……」
「언제 말입니까?」
「한 시간쯤 후에 어때요?」
말이 정중하지 못하다고 버블은 생각했다. 언젠가는 한번 그와 충돌할 거라고 생각했는데, 마침내 그 기회가 온 것 같았다. 굳이 피할 생각은 없었다.
「좋습니다.」
「그럼 9시에 M클럽에서 봅시다.」
「M클럽 말입니까? 여자들 벌거벗고 나오는……?」
「왜요? 그런데 좋아하지 않나요?」

「알겠습니다.」

남박사는 불쾌한 표정으로 끄덕이고 나서 밖으로 나갔다.

밖에는 비바람이 치고 있었다. 그는 He와 만나기로 약속한 것을 후회했다. 그런 녀석을 만날 필요가 있을까. 조만간 없애 버릴 텐데……. 하지만 약속은 약속이다.

He가 맡고 있는 정보기관 SS는 국내 최대 기관으로, 수십 년의 역사를 자랑하고 있었다. 그러나 기구가 방대하고 역사가 깊다 보니 운영이 너무 방만해지고 부패까지 누적되어 국민들의 원성을 사고 있었다. 그런데도 워낙 뿌리 깊은 조직력에 바탕을 둔 강력한 권력집단이기 때문에 그 누구도 거기에 도전하지 못하고 있었고, 대통령까지도 감히 손을 댈 엄두를 내지 못하고 있었다.

그런데 거기에 도전이라도 하듯 생겨난 것이 카오스였다. 베일에 싸인 그것은 감시나 사찰 같은 일반적인 정보 업무를 떠나 극비공작만을 전담하고 있었다. 극비공작이란 처음부터 끝까지 행동에 기초를 둔 작전을 말하는 것이었다. 그래서 거기에는 액션 서비스팀이 따로 있었다.

액션 서비스는 명령이 떨어지면 곧장 행동으로 돌입하는 팀이었다. 그 행동이 워낙 거칠고 공격적이어서 SS도 그들을 두려워하고 있었다. 당연히 양쪽의 충돌이 있을 수밖에 없었다. 충돌이 있을 때마다 번번이 당하는 것은 SS쪽이었다. 워낙 번개처럼, 그것도 무자비하게 해치우고 떠나는 바람에 SS는 손을 쓰기는커녕 단서조차 잡을 수 없었다. 자연 카오스라는 말만 들어도 그들은 알레르기 반응을 일으켰고, 카오스라는 존재를 눈엣가시로 여기고 있었다.

He는 기회있을 때마다 카오스를 물고 늘어지려 하고 있었다.

카오스에게 흠집을 내려고 벼르고 있었고, 처음에는 그것을 없애려고 하다가 지금은 방법을 바꿔 그 책임자가 되려 하고 있었다.

버블은 그런 그를 혐오하고 있었다. 그가 물고 늘어지려고 할 때마다 버블은 자리를 피했고, 최근에 와서는 아예 상대를 하지 않으려고 했다.

He는 미남에다 세련된 매너, 그리고 정보 책임자라는 직위 때문에 특히 여자들에게 인기가 있었다. 그와 같은 인기를 이용해서 그는 굴러들어오는 여자들을 마다하지 않고 건드렸다. 엽색 행각이 워낙 복잡하다보니 밖으로 소문이 나돌았고, 그런 그에게는 어느 새 플레이보이라는 딱지가 붙게 되었다.

M클럽

시간이 좀 남아 있었기 때문에 버블은 비서 한 명을 데리고 곰탕집으로 들어갔다.

「난 가볼 데가 있으니까 식사 끝나면 먼저 돌아가라구.」

「무슨 일 있습니까?」

비서는 당연히 알아야 하지 않겠느냐는 듯 물었다.

그는 40대 초반으로 분석력이 뛰어나고 민첩한 데가 있는 사내였다. 무술로 단련된 몸은 강인해 보였고, 주인에게 충성스러운 맹견 같아서 버블은 그를 깊이 신뢰하고 있었다. 그는 비서이면서도 경호역까지 맡고 있었다.

「플레이보이를 만나기로 했어. 9시에 M클럽에서.」

「네에? 정말입니까?」

몹시 놀라는 그를 보고 버블은 고개를 끄덕였다.

「그를 만나러 가시면서 혼자 가시겠다는 겁니까? 지금이 어느 때라고……」

어이없어하는 표정을 보고 버블은 미소를 지었다.

「걱정하지 않아도 돼.」

「위험합니다! 함정일지도 모릅니다!」

「함정은 무슨……」

버블은 곰탕을 먹기 시작했다. 그러나 허비서는 꼼짝하지 않고 그를 쳐다보고만 있었다.

「왜 안 먹나?」

「따라가겠습니다. 혼자는 보내 드릴 수 없습니다.」

「괜찮아. 오늘밤은 혼자 있고 싶으니까 그냥 돌아가 줘.」

「위험합니다. 플레이보이는 아주 교활한 자입니다. 조심하지 않으면 박사님이 당하십니다!」

「난 당하지 않을 거야. 조금도 걱정할 필요없어.」

허비서는 난처한 표정으로 앉아 있다가 하는 수 없다는 듯 식사를 하기 시작했다.

「박사님께서 먼저 만나자고 제의하신 겁니까?」

「아냐. 그쪽에서 만나자고 한 거야. 조금 전에 우연히 만났는데 날 좀 보자고 했어.」

「무슨 일로 만나자는 걸까요?」

「글쎄, 잘 모르겠어.」

「이상한데요.」

허비서는 아무래도 마음이 안 놓인다는 듯 고개를 갸우뚱했다.

「걱정할 거 없어. 놈들이 날 어쩌겠어.」

버블은 곰탕을 맛있게 먹었다. 그는 식욕이 왕성한 편이어서 개고기만 빼놓고 무엇이나 잘 먹었다.

「놈들이 박사님을 노린다는 정보가 있었습니다. 확실한 건 아니지만……」

그 말에 버블은 눈 하나 까닥하지 않았다.

「노리기야 항상 노리지.」

버블은 손수건을 꺼내 입술을 훔쳤다.

그들이 식사를 끝내고 밖으로 나왔을 때 버블의 차를 운전하는 요원은 잠들어 있었다. 허비서가 그를 야단쳐서 깨웠다.

「지금 초저녁이야. 벌써 잠들면 어떡해?」

30대의 운전요원은 재빨리 튀어나와 문을 열어 주었다.

클럽 M은 고급 사교장으로, 상류층 인사들이 주고객을 이루고 있었다. 모든 것이 비싼 만큼 음식의 질도 뛰어나고 서비스도 극진했다. 그러나 그런 것만으로는 상류층 인사들을 계속 끌어모을 수 없었다.

그들은 끊임없이 새로운 자극을 찾고 있었다. 은밀한 장소에서 위선의 탈을 벗고 자신들만이 즐길 수 있는 자극을. 클럽 M은 바로 그런 자극을 즐길 수 있는 장소였다.

「어떻게 오셨습니까? 회원이십니까?」

넓은 정원 안으로 들어가기 전에 입구에서 경비원이 차를 제지했다. 경비원에게 버블은 낯선 얼굴이었다.

「SS 사람을 여기서 만나기로 했는데……」

「아, 그렇습니까?」

경비원은 더이상 물어보지 않고 차를 통과시켰다.

정원을 오른쪽으로 돌아 현관 앞에 차를 세우자 안내원이 달려와 문을 열어준다. 이미 연락이 되어 있는지 버블은 내실로 안내되었다.

플레이보이의 모습은 보이지 않았다. 그가 주위를 둘러보다가 시계를 들여다보자 웨이트리스가

「잠시 기다려 달라는 전갈이 있었습니다.」

라고 말했다.

실내 바닥에는 카펫이 깔려 있었다. 한쪽에는 ㄱ자형의 소파가 놓여 있었고, 맞은편 장식장 위에는 촛불이 켜져 있었다. 촛대 위에 켜져 있는 촛불은 모두 다섯 개였다. 거기에다 벽등까지 켜져 있었기 때문에 방안은 비교적 밝은 편이었다.

웨이트리스는 비키니 수영복 차림이었다. 터질듯이 풍만한 몸을 거의 드러내고 있었기 때문에 그녀만 바라보아도 심심하지 않을 것 같았다.

「이름이 뭐지?」

「마농이라고 합니다.」

그녀가 버튼을 누르자 음악이 흘러나오기 시작했다.

「마농? 한국 이름은 없나?」

「여기서는 모두 외국식 이름을 씁니다.」

「한국인 이름은 발음상 매끄럽지가 못하지. 순자, 영자식으로 딱딱 끊어지니까.」

「마실 것 한 잔 드릴까요?」

「시원한 냉수 한 그릇 줘요.」

그녀가 움직일 때마다 몸의 모든 부분이 제각각 춤을 추고 있었다. 버블은 시야가 어지러워 현기증을 느낄 정도였다.

마농은 냉수 한 컵을 갖다 놓은 다음 자주색 커튼을 젖혔다. 눈앞에 홀 전경이 스크린처럼 펼쳐져 있었다. 두꺼운 유리로 차단되어 있어 홀 쪽의 소음은 들리지 않았다.

「밖에서는 이 안이 보이지 않으니까 신경쓰시지 않아도 될 겁니다.」

홀에서는 벌거벗은 여인들이 부유동물처럼 돌아다니고 있었다. 모두가 웨이트리스들로, 나무랄 데 없는 아름다운 몸매를 자랑하고 있었다. 홀 한쪽에서는 남자들이 벌거벗은 여자들을 부둥켜 안은 채 춤을 추고 있었다. 여자들 가운데는 옷을 벗지 않은 사람도 있었는데, 그런 여자들은 남자들과 함께 온 여자 손님들이었다.

남자들은 어떻게든 여자들의 옷을 벗겨서 벌거벗은 모습을 보려고 한다. 클럽M은 남자들의 그런 욕구에 충실히 따르고 있었다.

그런데 남자들은 왜 옷을 벗지 않을까? 여자들이 옷을 벗기려고 들면 남자들은 수줍어하면서 기겁을 한다. 여자와 단둘이 침대에 있을 때는 훌훌 벗어던지지만, 여러 사람들 앞에서는 웃통 벗는 것조차 꺼린다.

문이 열리더니 플레이보이가 안으로 들어왔다.

「어때요? 볼만하죠?」

홀을 턱으로 가리키면서 소파에 털썩 앉는다.

홀은 조금 아래쪽에 있는데다 대형 유리가 바닥까지 내려가 있었기 때문에 소파에 앉아서도 홀 안이 잘 보였다.

「여긴 와보셨죠?」

「처음입니다. 이야기는 들었지만……」

「그래요? 그거 유감이군요. 여기 볼만한 거 많습니다. 라이브 쇼도 하고…… 여기 와서 술 한잔 하면서 즐기면 스트레스가 확 풀리죠. 우리 같은 사람들은 이런 데가 필요하죠. 회원 가

입하세요. 내가 하나 들어드릴까?」
「아, 아닙니다.」
버블은 고개를 흔들었다. 웨이트리스 두 명이 그들 앞에 서 있었다. 플레이보이는 담배를 꼬나문 채 그녀들을 지그시 바라보다가
「벗어 봐.」
하고 말했다.
그녀들은 거의 벗고 있었기 때문에 그의 말이 떨어지기 무섭게 블래지어와 팬티를 벗어던졌다.
마농이 몸집이 크고 풍만한데 비해 쟌느라는 아가씨는 아담하고 귀여운 몸매를 지니고 있었다.
「50짜리 꼬냑 하나 가져와.」
잠시 후 쟌느가 꼬냑 병을 들고오자 플레이보이는 그것을 집어들고 버블에게 자랑했다.
「이거 50년 된 꼬냑이에요. 내가 특별한 손님 모실 때만 주문하는 겁니다.」
「비싸겠군요.」
「웬만한 월급쟁이 석달 치 월급은 될 겁니다. 야, 뭐하는 거야, 술 따르지 않고?」
여자들은 재빨리 남자들 곁에 붙어 앉았다. 버블 옆에는 마농이 앉았다. 플레이보이는 술을 따르고 있는 쟌느의 몸을 여기저기 만졌다.
「자, 건배합시다.」
플레이보이가 잔을 집어들면서 말했다. 버블은 무표정하게 잔을 들었다. 무엇을 건배하자는 것인지 알 수 없었다.

「우리들의 우정을 위해!」
하고 He가 말했다.
　버블은 어리둥절했다. 두 사람 사이에 우정은 존재한 적이 없었고, 앞으로 그것이 손재할 가능성도 없었다.
　잔이 부딪치자 여자들이 박수를 쳤다. 버블은 한 모금 마시고 나서 잔을 내려놓았다.
「우리도 한 잔씩 줘요. 이 술, 꼭 마시고 싶었어요.」
　마농이 가슴을 밀착시키면서 말했다.
「마시고 싶으면 잔을 가져오지 그래.」
「마시고 주세요. 그 잔에다 마시고 싶어요.」
「난 천천히 마시고 싶어.」
　마농은 눈을 흘기고 나서 몸을 일으켰다. 버블은 그녀의 흔들리는 엉덩이를 바라보는 동안 슬그머니 욕정을 느꼈다.
　플레이보이는 쟌느의 젖가슴을 빨고 있다가 갑자기 고개를 바로 하고 홀 쪽을 바라보았다.
「저기, 빨간 옷 입은 여자 누군지 알겠어요?」
　진홍색 드레스를 입은 여자가 키큰 남자의 품에 안겨 춤을 추고 있는 모습이 손에 잡힐듯 눈에 들어왔다. 여자는 취했는지 남자의 품에 쓰러질듯 안겨 있었다.
「모르겠는데요.」
「N그룹 최회장이에요.」
　플레이보이는 버블의 반응을 살폈지만 그는 여전히 무표정했다.
「저 여자 알아줘야 해요. 한 마디로 갈보예요. 하긴 임자가 따로 없으니까 자유롭겠지. 돈도 많겠다. 뭐 하나 걸리적거리는 게 없으니까 섹스밖에 더 있겠어.」

빈정거리는 것이 다분히 질투가 섞인 목소리였다.

「두 분이 한때 가깝게 지내지 않았나요?」

버블의 기습에 플레이보이는 몹시 당황한 모습을 보였다.

「내가요? 내가 저런 여자하고 가깝게 지냈다고요? 누가 그러던가요?」

「저 여자라면 데이트 상대로는 최고 아닙니까? 전 자랑스럽게 생각하겠는데요.」

「자랑스럽기는요. 내가 저 여자하고 가깝게 지냈다고 누가 그러던가요?」

「소문이 파다했습니다.」

버블은 내뱉듯이 말했다.

「어머, 그래요?」

여자들이 손뼉을 치자 플레이보이는 눈을 부라렸다.

「너희들 뭐하고 있는 거야? 앞에 나가 춤이나 춰.」

여자들은 찔끔해서 일어서더니 거침없이 춤을 추기 시작했다.

「더 저쪽으로 가서 춰. 가까이 오지 마.」

플레이보이는 대화를 못 듣게 하기 위해 그녀들을 멀리 쫓았다. 그들이 들어 있는 방은 꽤 컸기 때문에 멀리 떨어져 있으면 작은 목소리로 이야기하는 것을 엿듣기가 쉽지 않았다. 실내에는 음악까지 흐르고 있었기 때문에 플레이보이는 비로소 경계심을 풀고 다시 입을 열었다.

「소문은 90프로가 부풀린 겁니다. 하지만 저 여자하고 잠시 데이트한 건 사실이죠. 아주 잠시였어요. 잠시 만났다가 헤어졌어요.」

「여자 쪽에서 떠나갔나요?」

「천만에. 소문보다는 별볼일 없어서 엉덩이를 때려 줬죠. 가라고 말이에요. 처음엔 안 가려고 울고불고 매달리는 바람에 애를 먹었죠.」

「왜 헤어지셨나요?」

「한 마디로 맛이 없어서요. 한 번 하고 나니까 두 번 다시 안고 싶지 않더라구요. 여자가 색골은 색골인데 벗겨 놓고 보니까 매력이 없어요. 난 주로 소녀 취향인데, 저 여잔 할망구예요. 헐렁헐렁해서 맛이 없어요. 저런 여자는 한 다스를 갖다 줘도 싫어요. 아무한테나 벌려 주니까 남박사도 한번 데이트 신청해 보세요. 저런 여자는 마음대로 건드려도 상관없어요.」

야비하기 짝이 없는 말이었지만 버블은 얼굴에 아무런 감정도 드러내지 않고 있었다. 상대방은 버블을 무시하려고 말투까지 무례하게 나오고 있었다.

「저 여자 잘 알죠?」

「모릅니다.」

「그래요? 아직 인사 없어요? 그럼 내가 소개해 줄까?」

「아뇨. 필요 없습니다.」

버블은 격렬하게 몸을 흔들어 대고 있는 여자들을 바라보았다. 그녀들은 함께 노래를 부르며 거기에 맞춰 몸을 흔들어 대고 있었다. 몸을 흔들어 댈 때마다 탐스러운 젖가슴이 떨어져나갈 듯 흔들리고 있었다.

「저 여자하고 춤추는 놈은 하라다라는 일본 배우입니다. 유명한 놈이죠. 외국 배우하고 놀아나다니, 정말 꼴불견이죠. 남자가 훨씬 나이가 어리죠. 저 여자는 일본을 유난히 편애하는 것 같아요. 한국에서 열리는 일본의 각가지 행사는 저 여자가 뒤에서 후원하고 있는 걸로 알고 있어요. 일본이라고 하면 사족을 못 쓰죠.」

긴 소파가 침대로 변하더니 여자들이 그 위로 올라갔다. 그녀들은 서로 부둥켜안고 입을 맞추면서 침대 위에서 뒹굴기 시작했다.

홀에서 춤추고 있던 최회장과 일본 배우는 보이지 않았다.

무대 위에서는 벌거벗은 남녀 두 쌍이 나와 천천히 몸을 흔들고 있었다. 남자 한 명은 유난히 피부가 새까만 흑인이었고, 다른 한 명은 백인이었다. 그들을 상대하고 있는 여자들은 한국 아가씨들 같았다.

「야아, 거대하군. 저건 숫제 몽둥이 같은데. 저걸로 휘두르면 까무러치지 않을 여자가 없을 것 같은데.」

여자가 흑인의 발기한 물건을 움켜쥔 채 흔들어 대고 있는 것을 보면서 플레이보이가 말했다. 백인 남자는 이미 여자를 뒤에서 공격하고 있었고, 엎드린 여자는 고통스러운 듯 비명을 지르고 있었다.

「어때요? 굉장하죠?」

플레이보이가 버블의 반응을 살피면서 물었다.

「하실 말씀 있으면 빨리 하시죠. 난 별로 시간이 없습니다.」

버블이 냉정한 어조로 대꾸했다.

「뭘 그렇게 서두릅니까? 여자들도 있고 좋은 술도 있는데 좀 즐기다가 천천히 이야기합시다.」

「난 가봐야 합니다. 그리고 이런 분위기는 질색입니다.」

「호오! 그래요? 여자를 싫어하시는가 보죠?」

「쓸데없는 이야기로 시간을 낭비하고 싶지 않습니다.」

버블이 상체를 바로하면서 금방이라도 일어설 듯하자 He는 당황해서 그를 제지했다.

「야, 너희들 모두 나가 있어! 이분은 그런 거 싫어하신단다. 빨리 나가!」

침대 위에 뒤엉켜 있던 여자들은 밑으로 내려서더니, 이해할 수 없다는 듯 고개를 갸우뚱하다가 밖으로 사라졌다.

「저건 그대로 둬도 괜찮죠? 싫다면 커튼을 칠까?」

홀 쪽을 가리키며 플레이보이가 물었다.

「됐습니다.」

버블은 무뚝뚝하게 대답했다.

「보기보다는 꽤 까다롭군요.」

「서로 취미가 다르니까요.」

「취미가 뭡니까?」

「관찰하는 겁니다.」

「관찰? 그런 취미도 있나요?」

「모든 게 관찰의 대상이죠. 용건이 뭐죠?」

플레이보이는 자기 잔에 술을 절반쯤 따른 다음 버블의 잔에도 그것을 따르려고 했다. 버블은 재빨리 손으로 막았다.

「난 됐습니다.」

플레이보이는 한 모금 마시고 나서 잔을 탁자 위에 소리나게 내려놓았다.

「카오스는 지금 무슨 음모를 꾸미고 있나요?」

정색을 하고 그가 물었다. 그러나 다리 한쪽을 흔들고 있는 것이 초조한 모습이었다.

「그런 거 없습니다.」

「거짓말하지 말아요! 다 알고 있는데 왜 그래요?!」

플레이보이가 갑자기 언성을 높이는 바람에 버블은 놀란 표정이 되었다.

「내가 대답해야 할 의무가 있습니까? 그런 질문이라면 대답할 수 없어요.」

버블은 단호하게 잘라 말했다.

「이러지 말아요! SS를 어떻게 알고 이러는 거야?! 당신 때문에 내가 얼마나 피를 보고 있는지 알아?! 카오슨가 뭔가 생기고부터 도대체 말썽이 끊이지 않고 있어!」

탁자를 두드리는 바람에 아까운 술이 넘쳐흘러 그의 손등을 덮었다.

「이해할 수 없는 말씀을 하시는군요. 카오스는 말썽을 부린 적이 없습니다.」

「거짓말하지 마! SS요원이 그 동안 카오스 때문에 몇 명이나 희생된 줄 알아?!」

술잔이 탁자 밑으로 굴러떨어졌다.

그러나 버블은 조금도 동요하는 빛이 없었다. 그것이 플레이보이를 더욱 화나게 만들고 있었다.

「카오스는 존재하지 않습니다. 존재하지 않는데 어떻게 말썽을 부립니까? 카오스 때문에 SS요원들이 희생되었다는 것은 오해입니다.」

「당신 내 앞에서 그 따위 말이 통할줄 알아?! 카오스는 공식적으로는 존재하지 않지만 실제로 존재하고 있는 비밀기관이란 거 다 알고 있어! 그리고 그 직접적인 피해자가 바로 나란 말이야! 시침떼지 말고 사실대로 이야기해! 무슨 음모를 꾸미고 있어? 각하는 무슨 일로 만났어?」

「당신은 누구한테나 이렇게 무례하게 구나요? 반말로 지껄이면 당신 말이 잘 먹혀들 거라고 생각하나요? 정상적인 사고방식을 가지고 있다면 무례한 말투부터 고치시오. 그렇지 않으면 대화가 안 될 거요.」

버블의 반격에 플레이보이는 멈칫하면서 잠시 무서운 눈으로 그를 노려보다가 피식하고 웃었다. 변신의 천재인 그는 아무리 곤란한 처지에 빠져도 능숙하게 빠져나오는 기술을 터득하고 있었다.

「내 말에 기분상했다면 미안해요. 난 좀 기분이 좋거나 나쁘면 나도 모르게 반말하는 버릇이 있어요. 고친다고 하면서 잘 안 돼요. 악의적으로 그런 건 아니니까 이해하시오. 사과하리다. 하지만 말싸움을 하게 되면 어차피 다시 반말을 하게 되니까 그렇게 아시오. 그때는 나도 내 자신을 어떻게 할 수가 없어요. 자, 그럼 다시 정중하게 묻겠습니다. 각하와 만나 무슨 이야기를 나누었나요?」

「비록 하찮은 이야기를 나누었다고 해도 그건 말할 수가 없어요. 기대하지 마십시오.」

「오늘 저녁 각하를 만났을 때 난 심한 모욕을 당했어요. 각하께서 뭐라고 한 줄 아시오?」

「……」

버블은 무표정하게 홀 쪽을 바라보고 있었다.

「내 주위에 있는 자들은 모두가 매국노들이라고 했어요. 생각 같아서는 모두 반역죄로 처단하고 싶다고 했어요. 남박사 당신이 각하를 만나고 나온 직후 각하의 입에서 그런 말이 나온 거요. 당신이 각하한테 무슨 말을 했기에 각하가 그렇게 흥분한 거죠? 각하가 그렇게 흥분해 있는 것을 난 지금까지 본 적이 없어요. 흥분해 봤자지만……」

「내가 집무실에 들어갔을 때에도 각하께서는 몹시 흥분해 있었어요. 그리고 나한테도 똑같은 말씀을 하셨어요. 꼭 나를 지칭해서 말씀하시는 것 같아서 고개를 들 수가 없었습니다.」

플레이보이는 의심스러운 눈으로 그를 쳐다보았다.

「각하가 왜 갑자기 그런 말을 했죠? 전에는 그런 말을 한 적이 없는데 왜 갑자기 그런 말을 했죠?」

「뭔가 느낀 바가 있어서 그랬겠죠.」

「매국노가 누구냐고 물었더니 대답하지 않았어요. 구체적으로 이야기해 주면 내가 손을 쓰겠다고 했더니 대꾸도 하지 않았어요. 나까지 의심하는 것 같았어요.」

「얼마 후면 물러나시게 되니까 신경이 날카로우시겠죠. 주위에 있는 사람들이 불신을 사지 않도록 남은 기간 동안 잘 보살펴 드려야 할 겁니다.」

「모두가 잘하고 있어요. 각하는 자기 혼자만 애국하고 있는줄 알고 있는데, 내가 알기로는 모두가 열심히 잘하고 있어요. 몇 놈만 빼고 말이에요. 이제 와서 자리를 내놓으려니까 아쉬운 모양인데, 다 끝난 일이에요. 임기가 끝나는 날까지 조용히 기다리고 있다가 말없이 사라지는 것이 자신을 위해서는 좋을 거예요. 아등바등해 봤자 자기한테 좋을 거 하나도 없어요. 모두 떠난 마당에 혼자 이를 갈아 봤자 무슨 소용이 있어요. 자기 옆에 있던 사람들 지금은 모두 떠나고 아무도 없어요. 권력의 속성이란 게 다 그렇지 않아요? 권력을 잡으면 우하니 몰려들었다가 그것이 없어지면 언제 그랬느냐는 듯 썰물 빠지듯 빠져나가죠. 속성이 그러니까 그걸 나쁘다고 할 수도 없어요.」

플레이보이는 대통령을 거침없이 비하시키고 있었다. 마치 자기 말이 대통령의 귀에 들어가기를 바라기라도 하는 듯이.

「남박사도 미리 대비하는 게 어때요? 각하만 바라보고 있다가는 얼마 안 가 쓴잔을 마실 텐데, 그 전에 미리 손을 써두는 게 어때요? 사실 지금 너무 늦었지만 빨리 손을 쓰면 턱걸이는 할 수 있을 거예요.」

턱걸이라는 말에 버블은 가소롭다는 듯이 처음으로 소리내어 웃었다.

플레이보이는 정색을 하고 그를 바라보았다.

「내 말 듣지 않으면 크게 후회하게 될 거요. 권력 이동이 시작되면 남박사부터 갈아치울 것이 뻔해요. 모두가 남박사를 벼르고 있어요. 남박사뿐만 아니라 카오스도 없어질 게 뻔해요. 하지만 모든 것은 앞으로 남박사 하기에 달려 있어요. 남박사가 계속 일할 의사가 있으면 내가 적극 나서서 도와 줄 수 있어요. 내 도움을 받지 않고는 앞으로 아무 것도 할 수 없을 거요.」

「난 그런 거 생각해 보지 않았습니다. 별로 흥미도 없구요.」

버블은 대수롭지 않게 받아넘겼다.

「당신은 뭘 몰라도 한참 몰라. 잘 생각해서 판단하지 않으면 당신은 개죽음당할지도 몰라요. 누군가 희생양이 필요할 때가 곧 닥칠 텐데 남박사야말로 그럴 가능성이 제일 커요. 자신이

62

희생양이 되는 걸 바라지는 않겠지.」
「무슨 말씀을 하시는지 모르겠군요. 그런 문제는 한번도 생각해 본 적이 없고, 앞으로도 생각하고 싶지 않습니다. 나는 다만 내가 맡고 있는 일에 충실하고 싶을 뿐입니다.」
「당신은 아주 어리석던가, 아니면 아주 영리해요. 하지만 나는 어리석은 쪽으로 점수를 주고 싶어요.」
「잘 보셨습니다. 난 아주 어리석은 놈입니다. 누구보다도 나 자신이 잘 알고 있습니다.」
「내가 이해할 수 없는 것은 왜 아직도 각하한테 매달려 있느냐 하는 겁니다. 각하의 시대는 이미 끝났어요. 몇 달 후면 그 양반은 물러나고 새로운 집권세력이 나타날 거라구요. 거기에 끼려면 미리 작업을 해두지 않으면 안 돼요. 아마 아무도 이런 이야기를 당신한테 해주지 않았을걸요.」
「네, 아무도 해주지 않았어요. 나한테 이런 이야기를 해주는 이유가 뭡니까?」
「여러 가지 이유가 있지만, 가장 큰 이유는 당신의 재능을 썩히고 싶지 않아서 그래요. 나는 사람을 볼 줄 알아요. 내가 볼 때 당신은 탁월한 재능을 가지고 있어요. 물리학 전공의 교수에 지나지 않았던 사람이 카오스라는 괴물을 만들어낸 것을 보면 당신의 재능이 탁월하다는 것을 알 수가 있어요. 그건 아무나 흉내낼 수 없는 것이지요. 하지만 그 재능을 살릴 수 있는 기회를 스스로 저버리고 있다는 점에서 당신은 어리석어요. 남박사, 카오스에 만족하지 말아요.」
「카오스는 존재하지 않습니다.」
버블은 조용히 말했다.

「문서상으로는 존재하지 않는다는 것을 나도 알고 있어요. 카오스는 아무런 흔적도 남겨 놓지 않으니까 존재하지 않는다는 말도 일리가 있지요. 사무실도 없고, 신분증도 없고, 서류 한 상 없으니까요. 하지만 당신은 카오스 책임자가 아닙니까? 또 아니라고 하겠지요. 정부 공식 문서 어디에도 당신이 카오스 책임자임을 인정하는 내용은 없으니까요. 하지만 적어도 내 앞에서는 그 사실을 부인하지 마세요.」

「용건이 뭡니까?」

버블이 딱딱한 어조로 물었다. 그는 상대방이 빙 돌려서 이야기하는 것이 싫었다.

「솔직히 말하죠. 난 당신의 재능을 사고 싶어요. 재능이란 그 것을 인정하고 사주는 사람이 있을 때 빛을 발할 수가 있는 거예요. 그렇지 않고 그것을 인정해 주는 사람도, 그것을 사주는 사람도 없으면 그것은 사장될 수밖에 없어요. 나는 당신의 그 재능을 사서 나의 조직에 활용하고 싶어요.」

버블은 미소를 지으면서 고개를 끄덕였다.

「너무 과대평가하시는 것 같군요.」

버블이 고개를 끄덕이는 것을 보고 플레이보이는 기대에 찬 눈으로 그를 쳐다보았다.

「과대평가하는 것도 아니고 면전에서 쓸데없이 칭찬하는 것도 아니오. 당신은 확실히 탁월한 능력을 지니고 있어요. 나는 그것을 알아요. 그래서 그것을 사려고 하는 거요. 나한테는 막대한 자금이 있어요. 그것은 물론 내 후원자한테서 나오는 거지만, 아무튼 나는 얼마든지 자금을 동원할 수가 있어요. 그 자금으로 당신의 재능을 사고 싶어요. 돈뿐만 아니라 인력, 정보, 조직, 권력 등 나한테는 모든 것들이 다 있어요. 한 가지만 빼놓고는.」

「부럽군요.」

버블은 정말로 부러운 듯이 말했다.

「부러워할만 하죠. 나한테 없는 단 한 가지는 당신처럼 탁월한 인재가 없다는 거죠. 사실 내 밑에는 손가락처럼 부릴 수 있는 수많은 인원이 있지만, 그들은 한낱 소모품에 불과해요. 그런 자들은 아무리 많아봐야 소용이 없어요. 내가 당신을 사겠다는 것은 표현을 달리 해서 말하면 나한테 협조해 달라는 거요. 그 말이 싫으면 우리가 함께 손을 잡고 일하자는 뜻으로 받아들이면 돼요. 당신의 두뇌와 내 힘이 합쳐지면 이 세상에 무서울 것이 없다고 봐요. 우리가 손을 잡으면 우리는 엄청난 위력을 발휘할 수 있을 것이고, 그렇게만 되면 우리는 우리 뜻대로 한국을 만들어 나갈 수가 있어요. 제일 먼저 우리는 다음 정권을 우리 마음대로 창출할 수가 있어요.」

「대단한 계획이군요.」

「당신이 협조만 해준다면 얼마든지 가능한 계획이에요.」

버블은 고개를 끄덕이면서 몸을 일으켰다.

팔짱을 낀 채 실내를 왔다갔다 하는 그의 움직임을 따라 플레이보이의 시선도 움직이고 있었다.

마침내 버블이 걸음을 멈추었다. 그는 빙글 돌아서더니 손가락 하나를 세웠다.

「당신이 노리고 있는 것은 뭡니까? 좀더 구체적으로 알고 싶은데……」

「위대한 한국을 만드는 거요.」

플레이보이는 주먹을 움켜쥐었다.

「듣기 좋은 말이군요. 모두가 그런 말들을 하죠. 하지만 모두가 한국을 망쳐 왔고, 지금도 망치고 있어요.」

플레이보이는 천천히 몸을 일으켰다.

그는 버블 앞으로 다가서더니 그의 어깨 위에 두 손을 올려놓았다. 그리고 그를 내려다보았다. 마치 깔보는 눈으로 어린 소년을 내려다보듯이.

「남박사, 나는 그런 사람들하고는 달라요! 우리 한번 손을 잡고 멋지게 해봅시다! 나를 믿어요! 만일 나에게 협조만 해준다면 당신이 원하는 것은 무엇이든지 들어주겠소! 문서로 약속을 해도 좋아요!」

그는 버블의 어깨를 잡아흔들었다. 그 바람에 버블의 몸은 넘어질듯이 흔들렸다. 버블은 고개를 쳐들고 상대방을 빤히 올려다보았다.

「당신은 제정신이 아니군요. 두 눈으로 당신의 정체를 확인할 수가 있어서 다행으로 생각합니다.」

플레이보이는 무서운 눈으로 그를 노려보았다. 그의 어깨를 움켜쥐고 있는 손에 점점 힘이 가해지고 있었다.

「내가 그만큼 말했는데 내 성의를 몰라 주는 거요?」

버블의 표정은 놀라울 정도로 평온했다. 그것이 상대방을 더욱 화나게 만들고 있었다.

「카오스가 왜 존재하는지 압니까? 당신 같은 반역자들을 처단하기 위해 만들어진 겁니다.」

「뭐야?!」

마침내 플레이보이의 분노가 폭발했다. 그는 버블의 멱살을 움켜잡더니 바싹 치켜들고 흔들어 댔다.

「너 지금 말 다했어?!」

버블은 턱이 잔뜩 들린 채 얼굴까지 빨개졌다.

「왜 이래요? 이거 놓고 이야기해요.」

버블은 플레이보이의 손에서 벗어나려고 했지만 상대방은 그를 놓아 주지 않았다.

「내가 반역자라고?! 이 새끼, 무슨 근거로 그런 말을 하는 거야?!」

마침내 버블의 옷이 북 찢어졌다. 플레이보이가 확 밀어 버리자 버블은 대형 유리에 가서 쾅하고 부딪친 다음 바닥에 나뒹굴었다.

「뭐, 반역자로 나를 처단하겠다고?! 미친 새끼, 그 전에 내가 먼저 너를 처단할 거야!」

말을 마친 그는 권총을 뽑아들었다.

「일어나, 이 자식아!」

그는 사정없이 버블을 걷어찼다.

버블은 비틀거리며 몸을 일으켰다. 플레이보이는 총구로 그의 이마를 찔렀다. 그 바람에 그의 얼굴이 뒤로 홱 젖혀졌다.

「협조하겠어 못하겠어?!」

버블은 천천히 고개를 가로저었다.

「못하겠다고?! 좋아! 그대신 SS가 하는 일을 방해하지 마! 앞에서 걸리적거리지 말란 말이야! 죽여 버릴 테니까!」

「카오스는 누구의 압력도 받지 않아. 카오스는 오직 독자적으로……」

그의 말이 채 끝나기도 전에 플레이보이는 권총으로 그의 입

언저리를 후려쳤다. 버블은 비틀거리다가 탁자를 붙잡고서야 겨우 몸의 균형을 유지했다. 그이 입 한쪽이 찢어져 피가 흐르기 시작했다.

버블은 손수건을 꺼내 상처를 누르면서 상대를 똑바로 응시했다.

「당신 같이 야비하고 야만적인 자가 어떻게 해서 SS 책임자가 됐는지 이해할 수가 없군. 국가를 위해서 정말 불행한 일이야.」

「이 새끼가 정말 간땡이가 부었어!」

이번에는 권총으로 이마를 내려쳤다. 그러나 버블이 재빨리 손으로 그것을 밀어내는 바람에 그것은 이마를 살짝 스치고 지나갔다.

「개새끼!」

권총이 다시 이마를 향해 내려오는 것을 보고 버블은 그것을 움켜잡았다. 그와 함께 무릎으로 상대의 사타구니를 올려찼다.

탕!

한 발의 권총소리가 실내를 울렸다. 그것은 마치 굉음처럼 실내를 뒤흔들었다. 총구가 위로 쳐들린 채 발사되었기 때문에 총알은 천장을 꿰뚫었을 뿐 아무도 다친 사람이 없었다. 그러나 플레이보이가 사타구니를 움켜쥐고 상체를 웅크리는 바람에 마치 그가 총을 맞은 것처럼 보였다. 총소리에 놀라 뛰어들어온 종업원들이 그를 부축하려고 하자 그는 거칠게 그들의 손을 뿌리쳤다.

「괜찮아! 모두 나가 있어!」

그는 얼굴을 찡그리며 소리쳤다.

「괜찮겠습니까?」

지배인이 그의 상태를 살피면서 조심스럽게 물었다. 그의 손에는 여전히 권총이 들려 있었다.

「별일 아니야. 모두 나가라구!」

종업원들은 상대가 상대인만큼 더이상 그의 심기를 건드렸다가는 무슨 봉변을 당할지 모르기 때문에 서둘러 밖으로 사라졌다.

플레이보이는 몸을 바로하면서 사타구니를 어루만졌다.

「반역자라고 한 말 취소하고 사과해! 그렇지 않으면 이 방에서 살아서 나갈 수 없어!」

「취소할 수 없어.」

버블은 조용히 말했다.

「그렇다면 카오스가 나를 처단하겠다는 건가?」

「그건 두고 봐야지. 카오스가 아직 사형선고를 내린 건 아니니까.」

「사형선고를 내릴 가능성은 크겠지?」

「거기에 대해 왜 그렇게 관심이 많지? 겁이 나나?」

버블은 찢어진 입술에서 흐르는 피를 닦으며 물었다.

플레이보이는 픽 웃었다.

「겁이 나냐구? 천만에! 카오스 따위는 아무 것도 아니야!」

플레이보이는 큰소리쳤지만 사실은 겁에 질려 있었다. 카오스가 사형선고를 내리면 그것은 바로 죽음을 의미하기 때문이었다.

「그 전에 네가 먼저 죽는다는 것을 알아야 해!」

총구가 다시 자신에게 겨누어지는 것을 지켜보다가 버블은 돌아섰다.

「플레이보이, 미친 짓 그만해. 아가씨들 불러서 엉덩이나 만져 주라구.」

버블은 출입구 쪽으로 걸어갔다.

「멈춰! 거기에 서! 서지 않으면 쏠 거야! 아직 이야기 끝나지 않았어!」

플레이보이는 버블의 등을 겨누면서 소리쳤다. 버블은 힐끗 뒤를 돌아보았다.

「나를 죽이면 너도 죽게 돼 있어. 이 방은 카오스 요원들에게 포위돼 있어. 아마 너를 갈갈이 찢어죽일걸.」

버블은 문을 열었다. 권총을 들고 있는 플레이보이의 손은 부들부들 떨리고 있었다. 이윽고 버블의 모습이 사라지자 그는 힘 없이 총을 던졌다. 그러나 도로 얼른 집어들면서 불안한 눈으로 주위를 둘러보았다.

홀에서는 여전히 라이브쇼가 벌어지고 있었다.

최회장은 일본인 배우하고 나란히 앉아 쇼를 구경하고 있었다.

「망할 년!」

그는 눈을 흘기며 중얼거리고 나서 재빨리 주머니에서 무선호출기를 꺼내들었다.

「네! 닥터 박입니다!」

「그를 처치해! 방금 나갔다!」

「알겠습니다!」

「박살내 버려!」

「네, 알겠습니다!」

명령을 내리고 난 그는 웨이트리스를 불렀다.

옆방에 대기하고 있던 쟌느와 마농이 들어왔다. 그녀들은 여전히 벌거벗은 상태로 있었다.

「답답해 미치겠다. 안마나 좀 해야겠다.」

「이쪽으로 오십시오.」

「여기서 그냥 해.」

그는 꼼짝도 하기 싫었다.

옆방은 전용 맛사지실이었다. 말이 맛사지실이지 실은 고급 손님들이 술을 한잔 마신 후 욕망을 못 이겨 그것을 처리하고 싶을 때 이용하는 방이었다. 그곳에서는 욕망을 충족시킬 수 있는 각가지 서비스가 제공되고 있었다.

플레이보이가 와이셔츠 바람으로 소파에 길게 드러눕자 쟌느가 그의 바지를 벗겨 내렸다. 마농은 그의 어깨를 주무르기 시작했다.

쟌느는 그의 다리에서 바지를 뽑아내느라고 애를 먹어야 했다. 그의 하체는 온통 시커먼 털로 덮여 있었다.

「어머나! 무슨 털이 이렇게 많아요?! 꼭 짐승 같아요!」

그는 다리를 벌리면서 그녀의 손을 잡아서 사타구니 위에 올려놓았다.

그의 몸은 처음에는 털도 없이 매끈했는데 약을 복용하고 발모제를 바르자 지금처럼 시커밓게 털 투성이로 변했던 것이다.

쟌느가 사타구니를 어루만지자 파란색 삼각 팬티의 가운데 부분이 서서히 부풀어오르기 시작했다. 그것을 보고 마농도 손을 뻗어 그곳을 주물러 대기 시작했다. 그녀들은 킥킥거리면서 서로 그곳을 만지려고 상대방의 손을 밀어내기까지 했다.

이윽고 삼각팬티는 금방이라도 찢어질듯 부풀어올랐다. 마농은 소파 위로 올라가더니 그를 깔고 앉았다. 그런 다음 둥근 엉덩이로 사타구니를 비벼 대자 플레이보이는 기분이 좋은지 두 눈을 스르르 감았다.

쟌느는 스스럼없이 그의 팬티를 벗겨냈다.

「어머나!」

위를 향해 솟구쳐 있는 심벌을 보고 쟌느는 탄성을 질렀다.

「너무 징그러워!」

그녀는 무슨 흉물을 보듯 그것을 뚫어지게 들여다본다. 마농도 그것을 보기 위해 그의 배 위에서 내려왔다. 그리고 그것을 보자마자 소름이 끼치는 듯 어깨를 움츠렸다.

쟌느가 재빨리 자를 가져오더니 거기에다 갖다댔다.

「22센티!」

「꼭 말 같애! 그런데 왜 이렇게 징그러워요?」

그것은 마치 칼로 아무렇게나 빚어 놓은 무우처럼 몹시 거칠어 보였다.

표피는 시커멓고 우둘투둘했다. 그것이 그렇게 생겨먹은 것은 수술을 했기 때문이었다.

그는 플레이보이에 걸맞게 자신의 물건을 특별하게 다시 만들 필요성을 느꼈고, 그래서 그 방면의 전문가에게 수술을 부탁했었던 것이다. 그가 주문한 것은 아주 거대한 사이즈에다 여자의 쾌감을 극대화시킬 수 있는 거친 표피였다. 전문의는 정성을 기울여 수술했고, 결과는 성공적이었다. 그러나 그는 여자들의 반응이 궁금했다.

그래서 몇 명의 여자들과 관계를 가져보았다. 한두 명은 고통스러워했지만 나머지 여자들은 너무나 좋아한 나머지 그에게서 떨어지려고 하지를 않았다. 크게 기뻐한 그는 전문의에게 덤으로 금일봉을 더 주었다.

「징그러운 게 무슨 상관이야. 이걸 한번 맛본 여자들은 영원히 잊지 못한다.」

플레이보이는 자신의 그것을 자랑스럽게 흔들어 대며 말했다.

「꼭 악마 같애.」

「그래 정말이야.」

여자들은 자기들끼리 속삭이고 나서 서로 눈치를 보다가 갑자기 까르르하고 웃었다.

「너부터 올라와.」

그는 쟌느를 턱으로 가리켰다.

「그리고 넌 홀에 있는 최회장 보고 이리 오라고 해.」

마농이 나가자 쟌느는 사내의 배 위로 올라왔다. 그녀의 얼굴에 공포감이 나타나 있었다.

「무서우냐?」

그녀는 고개를 끄덕였다.

「무서울 거 없어. 천천히 해봐.」

그녀는 천천히 엉덩이를 내렸다. 그와 함께 그녀의 입이 벌어지기 시작했다.

「아, 아파요!」

그녀는 고통스러운 듯 괴로운 표정을 지었다. 그러나 거기에서 몸을 빼지는 않았다. 잠시 후 그녀의 얼굴에서 괴로운 빛이 사라지면서 아랫도리가 조여지기 시작했다.

최회장이 방안으로 들어선 것은 쟌느가 신음소리를 내고 있을 때였다. 그녀가 주춤하는 것을 보고 최회장은 어서 하라는 듯 손을 위로 까닥거렸다.
「계속해요. 보기 좋은데 그래.」
사싸이 다가온 그는 플레이보이를 내려다보았다.
사내는 미소를 지으면서 그녀를 올려다보았다.
「바쁘신 몸이 웬일이세요?」
하고 최회장이 물었다.
「내가 물어 보고 싶은 말이야. 일본 배우하고 데이트하는 기분이 어때요?」
「그저 그래요. 데이트가 아니라 사업이에요.」
「호오, 그래. 담배 하나 줘요.」
그녀는 피우고 있던 담배를 그에게 건네주었다.
「이 아가씨, 귀엽게 생겼는데. 좀더 힘차게 찍어요.」
최회장은 쟌느의 엉덩이를 손바닥으로 철썩 갈겼다.

버블은 모퉁이를 돌면서 백미러를 힐끗 쳐다보았다. 한 대의 승용차가 뒤따라오고 있는 것이 보였다. 차량 통행이 별로 많지 않은 코스이기 때문에 미행을 확인하는 것은 별로 어렵지 않았다. 그의 차는 어느 새 오르막길을 오르고 있었다. 미행 차가 또 한 대 불어나 있었다. 언덕을 내려가자 속력을 내어 달려갔다. 미행 차들도 빠르게 추격해 오고 있었다.
그들을 따돌리는 것이 쉽지 않겠다고 생각했을 때 옆에서 승용차 한 대가 튀어나와 미행팀에 합류하는 것이 보였다. 미행 차량은 모두 세 대로 늘어나 있었다. 이것은 단순한 미행이 아닌 것 같다고 그는 생각했다.

세 대의 미행 차량들 가운데서 한 대가 왼쪽으로 따라붙더니 갑자기 옆을 들이받으면서 버블의 차를 길 한쪽으로 밀어부쳤다. 차체가 서로 부딪치면서 일어나는 끼익끽 하는 소리가 아주 기분나쁘게 들려왔다.

갑자기 옆차에서 총을 난사하기 시작했다. 뒤에서도 총을 쏘면서 그의 차를 들이받기 시작했다. 타이어가 터지는 소리가 나더니 차가 한쪽으로 기울었다.

그 바람에 속력이 떨어지면서 기우뚱하게 달리던 차는 가로수에 쿵하고 부딪쳤다.

그의 차를 향해 비오듯이 총탄이 날아왔다. 미행자들은 차에서 내려 기관단총을 쏘아댔다. 그러나 그는 응사하지 않은 채 몸을 웅크리고만 있었다. 그렇게 무수히 총탄을 맞으면서도 그의 차는 거북이처럼 끄덕도 하지 않은 채 그 자리에 멈춰서 있었다. 유리 한 장 깨지지 않은 것으로 보아 방탄장치가 잘 되어 있는 것 같았다.

갑자기 차도 앞뒤 쪽에서 강력한 불빛이 쏟아졌다. 불빛 속에 노출된 미행자들은 당황해서 총을 난사했지만 불빛 때문에 상대방을 볼 수가 없었다.

「총을 버려라! 1분 내로 자수하라! 그렇지 않으면 사살하겠다! 너희들은 포위됐다!」

마이크 소리가 들려왔다. 미행자들은 사방으로 흩어지면서 몸을 숨기려고 했지만 앞뒤에서 불빛이 쏟아지는 바람에 숨을 데가 없었다. 몇명은 차 안으로 뛰어들어 앞으로 돌진했지만 트럭이 가로막고 있어서 뚫고 나갈 수가 없었다.

대전차용 미사일이 앞유리를 뚫고 들어가 차 한 대를 폭파시키면서 화염이 치솟자 미행자들은 길바닥에 엎드려 마지막 저항을 시도했다.

1분이 지나자 포탄이 우박처럼 날아왔다. 그러나 그것은 가스탄이었다. 순식간에, 포위된 공간은 뿌연 가스로 뒤덮였다. 미행자들은 기침을 하면서 몸을 뒤틀다가 움직임을 멈췄다. 그와 함께 무거운 정적이 찾아왔다.

잠시 후 검은 복장에 가스 마스크를 쓴 사람들이 기관단총을 들고 나타났다. 그들은 조용하면서도 신속하게 움직였다.

확인 사살하는 총소리가 정막을 찢으면서 밤하늘로 울려퍼지는 동안 한 사내가 버블의 차로 다가와 문을 두드렸다.

버블은 고개를 쳐들고 그를 바라보았다.

「아, 자네였군.」

버블이 반가워하면서 문을 열어 주자 허비서는 재빨리 가스 마스크를 안으로 던져넣었다.

「이걸 쓰고 나오십시오.」

허비서는 가스가 들어가지 않게 도로 문을 닫았다.

「난 죽는 줄 알았지.」

마스크를 쓰고 밖으로 나오면서 버블이 말했다.

「모두 SS대원들입니다.」

여기저기 처참하게 나뒹굴고 있는 시체들을 가리키며 허비서가 말했다.

「자네가 올 줄은 몰랐어.」

「플레이보이의 짓입니다. 이렇게 될 줄 알았습니다. 그래서 그냥 돌아갈 수가 없었습니다.」

「고마워.」

허비서가 부축해 주려는 것을 마다하고 그는 다른 차에 올랐다. 뒤따라 허비서도 그 옆에 올라탔다. 이윽고 차가 움직이자 버블이 말했다.

「뒷처리를 깨끗이 하라고 해.」

「지시해 놨습니다.」

「내 차가 그렇게 견고한 줄은 몰랐어. 우박처럼 총을 맞았는데도 끄덕도 하지 않았으니 말이야.」

「겉모양은 평범해 보이지만, 방탄장치는 세계 최고 수준입니다. 이 창문은 유리가 아닙니다. 유리처럼 보이지만 사실은 유리가 아닙니다. 유리대용으로 나온 신소재로, 절대 깨지지 않는 장점을 지니고 있습니다.」

그들은 가스 마스크를 벗은 다음 숨을 크게 내쉬었다. 버블은 무슨 말인가 할듯하다가 그만두고 침울한 표정으로 창밖을 내다보았다.

「미남하고 무슨 일이 있었습니까?」

미남은 플레이보이를 가리키는 말이었다.

「그자가 노리는 것이 무엇인지 알았어.」

「뭡니까?」

「쿠데타야. 뒤집어엎고 자기가 권력을 장악하려고 안달하고 있어. 그런데 카오스가 마음에 걸리는 모양이야. 나보고 협조하라는 거야. 협조하거나 아니면 방해하지 말라는 거야.」

「그래서 뭐라고 하셨습니까?」

「그럴 수는 없다고 했지. 카오스는 너를 반역자 리스트에 올려 놓고 있다고 했지. 그리고 카오스는 그와 같은 반역자들을 처단하기 위해 존재한다고 했어. 그랬더니 권총을 빼들고 나를 죽이려고 했어. 놈은 정상이 아니야. 그런 자가 SS를 맡고 있다니, 정말 한심하고 슬픈 일이야.」

「놈을 그대로 살려 두실 겁니까?」

「카오스는 이미 그에게 사형언도를 내렸어. 이제 집행할 일만 남았어. 놈을 제거해. 빠른 시간 내에 제거해!」

「알겠습니다.」

「앞으로 일대 참극이 일어날 거야. 많은 충돌이 일어날 것이고, 그렇게 되면 많은 사람들이 희생될 거야. 하지만 어떤 희생을 치르더라도 카오스는 패해서는 안 돼. 우리는 계획대로 밀고 나가야 해.」

「알겠습니다.」

「플레이보이가 파일이 있는 곳을 알지도 모르니까 제거하기 전에 물어 봐.」

플레이보이는 X파일에 대해서 단 한 마디도 꺼내지 않았다. 한번쯤 꺼낼만 한데도 아무 말도 하지 않았다. 그는 거기에 대해 무엇인가 알고 있는 것이 분명했다.

「놈은 파일 내용을 알고 있을지도 몰라. 워낙 교활한 자니까 잘 다뤄야 할 거야.」

「데려다가 입을 열도록 하겠습니다.」

「행동개시해.」

차가 급정거했다. 허비서가 내리자 차는 다시 달려갔다.

벌써부터 피비린내가 느껴지고 있었다. 버블은 그 냄새에서 벗어나려는 듯 창문을 열었다. 차가운 밤공기가 안으로 밀려들자 비린내가 조금 가시는 것 같았다.

보이지 않는 전쟁은 무자비하고 무차별적이다. 명령은 철저하게 집행된다. 그리고 어느 한쪽이 완전히 괴멸될 때까지 계속된다. 앞으로 전개될 보이지 않는 전쟁은 지금까지와는 다른 전면전이 될 것이다.

카오스는 거의 모든 조직과의 전쟁에 돌입한 것이다. 카오스가 과연 이 전쟁을 성공적으로 치뤄낼 수 있을까? 그는 그것을 자신할 수 없었다. 전쟁을 피한다는 것은 카오스가 해야 할 일을 포기하는 것이나 다름없다. 카오스는 보이지 않는 전쟁을 위해서 태어난 것이다.

4호 제거

그 시간에 플레이보이는 섹스에 도취되어 있었다.

그는 수술로 엄청나게 큰 물건을 소유하게 됐지만, 그렇다고 해서 그 성능이 월등히 좋아진 것은 아니었다. 그것은 정상적인 상태에서는 제 기능을 발휘하지 못하고 있었다. 그것이 제 기능을 발휘하기 위해서는 약물의 힘이 필요했다. 그래서 그는 여자와 잠자리를 함께 할 때는 언제나 마약을 복용하곤 했다. 약의 힘을 빌리지 않고 갖는 섹스는 무미건조하기 짝이 없는 움직임일 뿐이었다. 그러나 일단 몸 속에 약기운이 들어가면 그의 섹스 능력은 놀라울 정도로 향상되어 몇 시간이고 관계를 지속시킬 수가 있었다.

그는 현재 마약 중독에 걸려 있었다. 그러나 공직에 있기 때문에 쉬쉬하고 있었고, 병원에 가는 것조차 기피하고 있었다. 갈수록 복용하는 양도 늘어나고 있었기 때문에 중독 증상은 심해지고 있었고, 육체와 정신은 급속도로 파괴되어 가고 있었다.

버블이 가고 난 직후부터 그는 쟌느와 마농을 데리고 번갈아가며 관계를 맺고 있었다. 그녀들 역시 마약에 취해 있었기 때문에 수치심 같은 것은 조금도 없었고, 오로지 쾌락에만 몸을 내맡기고 있을 뿐이었다.

마농의 엉덩이는 크고 탐스러웠다. 그녀의 신음소리는 마치 땅 속 깊은 곳에서 들려오는 것 같았다. 그가 마농의 엉덩이를 쓰다듬으면서 그 사이에다 하체를 밀어붙이고 있을 때 무선호출음이 삐익삑 하고 울렸다. 그는 쾌감을 놓치고 싶지 않아 그것이 울리도록 내버려둔 채 몸놀림을 빨리했다.

그때 밖에 나갔던 최회장이 다시 안으로 조용히 들어왔다.

「그를 보냈어요. 이제 신경쓰지 않아도 돼요.」

그녀는 플레이보이의 물건이 마농의 몸 속으로 쉴 새없이 들락거리는 것을 지켜보면서 말했다. 그녀는 수시로 상대를 바꿔가면서 섹스를 즐기면서도 한편으로는 남들이 하는 것을 지켜보는 묘한 취미가 있었다.

귓속에 박아둔 리시버에서 계속 호출음이 들려오고 있었다. 플레이보이는 속도를 줄이면서 탁자 위로 손을 뻗어 손가락만한 라이터를 집어들었다. 그것을 보고 최회장이 재빨리 담배를 꺼내 그의 입에 꽂아 주었다. 그는 라이터불을 켜서 담배에 불을 붙인 다음 라이터에다 대고 말했다.

「캡이다. 무슨 일이야?」

「버블이 도망쳤습니다!」

보고자의 목소리는 사뭇 떨리고 있었다.

「뭐라고?! 이런 바보 같은 자식들!」

그는 최회장이 신경이 걸리는지 그녀를 힐끗 쳐다보았다. 그녀가 보고 있는 데서 함부로 소리칠 수 없는 것이 불만스러웠다.

「갑자기 그의 부하들이 나타나 포위공격하는 바람에 우리 요원들이 당하고 말았습니다.」

「몇 명이나 당했어?」

「12명 전원이 사망했습니다. 놈들은 대전차용 미사일까지 발사했고, 나중에는 독가스를 살포했습니다. 그래서 우리측 요원들이 많이 희생된 겁니다.」

「놈은 무사히 도망쳤나?」

그는 움직임을 멈추고 물었다.

「네, 그런 것 같습니다.」

「바보 같은 새끼들!」

그는 참지 못하고 소리쳤다.

「그놈 하나 처리하지 못하고 오히려 당했단 말이야?! 멍청한 자식들! 네놈들은 죽어도 싸!」

「죄, 죄송합니다. 중과부적이었습니다. 워낙 상대가 강해서……」

「시끄러워, 이 새끼야! 우리 SS보다 더 강한 조직이 어디에 있어?! SS가 당했다는 것은 수치야! 씻을 수 없는 수치란 말이야!」

「죄송합니다.」

「놈은 반역자야! 당장 처단해!」

그는 소리치면서 마농의 몸을 힘차게 찔렀다. 마치 칼로 그녀의 몸을 찌르듯이. 마농은 다시 신음소리를 내기 시작했고, 최회장은 상체를 구부린 채 그녀의 엉덩이를 들여다보았다.

「몇 놈이 희생되어도 좋다! 놈을 처단할 때가지는 절대 공격을 중지해서는 안 된다! 모든 인원을 동원해서라도 놈을 추격해! 놈을 처단하는 것을 최우선 목표로 해! 알았나?」

「네, 알겠습니다.」

명령을 내리고 난 그는 마치 마농이 제거해야 할 상대라도 되는 듯 미친 듯이 그녀를 공격하기 시작했다.

「누가 반역자라는 거죠?」

최회장이 그의 가슴을 만지면서 물었다.

「카오스……」

그의 손이 그녀의 하체를 더듬었다.

「좀더 정확히 말하면 카오스의 버블 아닌가요?」

그녀는 하체를 밀어대면서 물었다.

「잘 아는군. 놈이 반란을 일으켰어요. 국민의 이름으로 놈을 처단해야 해요.」

그는 스커트 안으로 손을 밀어넣었다. 그녀는 속에 아무 것도 입고 있지 않았다. 그의 손은 바로 무성한 음모에 닿았다. 그녀는 한쪽 다리를 소파에 올려 놓으면서 가랑이를 넓게 벌렸다.

「싸움이 볼만하겠군요. 벌써부터 스릴이 느껴지는데요. 자신 있으세요?」

「놈을 제거하는 것은 시간문제야. 놈이 제거되면 카오스는 내 손아귀에 들어오도록 되어 있어.」

「나는 구경만 하고 있다가 승자에게 축배를 들어야겠군요.」

플레이보이는 이글거리는 눈으로 그녀를 노려보다가 갑자기 마농한테서 몸을 빼더니 최회장에게 달려들었다.

「아!」

벽에 밀어붙여진 최회장은 목이 졸리는 바람에 몸을 뒤틀었다.

플레이보이는 왼손으로 그녀의 가는 목을 조이면서 오른손으로는 음부를 움켜잡았다.

「내가 패배하면 그놈한테 안기겠지?」

그녀의 얼굴은 보랏빛으로 변해 있었다. 두 눈이 튀어나오고 핏줄은 터질듯이 부풀어오르고 있었다.

「너 같은 기회주의자는 없어져야 해!」

그는 오른손을 빼냈다. 그의 손 안에는 시커먼 음모가 가득 들어 있었다. 그 손으로 그는 그녀의 뺨을 세차게 후려쳤다.

「개 같은 년!」

그녀는 힘없이 바닥으로 나뒹굴었다. 그리고 몸을 웅크리면서 심하게 기침을 토했다.

마농과 쟌느는 겁에 질려 쳐다보고만 있었다.

최회장은 천천히 몸을 일으켰다. 그녀의 얼굴에는 공포의 빛 같은 것은 없었다. 공포 대신 싸늘한 미소가 흐르고 있었다.

「플레이보이 아저씨, 당신의 시대는 끝났어. 불쌍한 자식, 내 앞에 무릎 꿇고 살려달라고 빌 날도 멀지 않았어. 네 얼굴에는 죽음의 그림자가 짙게 나타나 있어. 아름다운 아가씨들 다 어떡하고 떠나지? 아마 눈을 감을 수 없을걸.」

그녀는 그의 얼굴에다 침을 퉤하고 뱉았다. 거의 동시에 주먹이 그녀의 턱을 올려쳤다. 최회장은 힘없이 뒤로 나가떨어졌고, 플레이보이는 쓰러진 그녀를 구둣발로 무자비하게 걷어찼다.

그때 문이 열리면서 두 사내가 안으로 들어섰다.

「너희들은 뭐야?」

플레이보이는 사나운 눈으로 그들을 노려보았다.

그들 뒤에서 그의 경호원이 비틀거리며 나타나더니 그의 발치에 가서 풀썩 쓰러졌다. 그의 머리는 피에 젖어 있었다.

그제서야 플레이보이는 사태를 짐작한 것 같았다.

「빨리 옷을 입으시지.」

코밑 수염을 기른 사내가 권총으로 그를 겨누면서 말했다.

「너희들은 누구야?」

「알 필요없어. 죽고 싶지 않으면 빨리 옷을 입어!」

날카로운 인상의 사내가 명령조로 말했다.

「내 부하들이 여길 지키고 있다는 걸 몰라?! 죽고 싶지 않으면 나가! 여기가 어디라고 들어오는 거야?!」

슉하는 소리와 함께 소음 권총이 불을 뿜었다. 꿈틀거리고 있던 플레이보이의 경호원은 등에 총을 맞자 더이상 움직이지 않았다.

「네 부하들은 모두 죽었어. 여긴 지금 포위되어 있어. 허튼 수작 하지 말고 빨리 옷을 입어!」

플레이보이는 비로소 옷을 주섬주섬 입기 시작했다. 하지만 너무 떨어대는 바람에 옷입는 것이 더디기만 했다. 최회장이 바닥에서 몸을 일으키다 말고 그것을 보더니 가소롭다는 듯 빈정거렸다.

「볼만하군. 일국의 정보 책임자가 겁에 질려 바들바들 떨다니, 한심하군. 어디, 낯짝을 한번 볼까?」

그녀는 비틀비틀 일어나더니 그 앞으로 다가기 얼굴을 가만히 들여다보다가 다시 한번 퉤하고 침을 뱉었다. 피가 섞인 침이 얼굴에 날아가 붙었지만 그는 그녀를 잠시 노려보기만 했다.

「나, 나를 어떡 할 셈이지?」

옷을 가까스로 다 입고 난 그가 용기를 내어 물었다.

「좋은 곳으로 모실 거야.」

「웃기지 마!」

그는 재빨리 권총을 꺼내 발사했다. 그러나 그보다 먼저 다른 권총에서 슉하는 소리가 났다.

「아이구!」

그는 비명을 지르면서 다리를 움켜잡더니 바닥에 나뒹굴었다. 날카로운 인상의 사내가 그에게 달려들어 권총을 쥐고 있는 손목을 구두 뒤축으로 짓밟았다. 그리고 권총이 떨어져 나오자 그것을 구석 쪽으로 차 버렸다.

「죽여 줄까? 마음대로 선택해.」

「아, 아니야!」

플레이보이는 다급하게 손을 흔들었다.

침입자들은 그를 일으켜 세운 다음 혼자 걸어가게 했다. 왼쪽 허벅지에 총상을 입은 그는 절뚝거리며 밖으로 나갔다.

침입자들은 그를 정문 쪽으로 데리고 가지 않고 뒤쪽 비상구 쪽으로 끌고갔다. 그들은 건물구조에 대해 상세히 알고 있는 것 같았다.

비상구를 빠져나가자 어두운 골목이 나타났다. 사람이 겨우 왕래할 수 있는 좁은 골목이었다. 그 골목을 왼편으로 50미터쯤 걸어가야 차도에 이를 수가 있었다. 비상구와 대각선을 이루는 골목 맞은편에 녹슨 철제문이 하나 있었다. 마치 그들을 기다리고 있었다는 듯 그 철문이 삐걱거리는 소리를 내면서 열렸다. 철문 안쪽은 캄캄한 어둠 속에 잠겨 있었다.

플레이보이가 입구에서 머뭇거리자 안으로부터 팔이 뻗어나오더니 그의 멱살을 움켜잡고 안으로 난폭하게 끌어들였다. 이어서 그의 뒤에서 철문이 쾅소리를 내면서 닫혔다. 문소리가 가라앉자 천장에 전등이 켜졌다. 그러나 불빛이 너무 약했기 때문에 주위에 눈이 익을 때까지는 시간이 좀 걸렸다.

침침한 불빛에 거미줄이 흔들리고 있는 것이 보였다. 곰팡이 냄새와 눅눅한 습기가 기분 나쁘게 몸 속으로 스며들고 있었다. 뒤따르는 자가 권총으로 그의 뒤통수를 찔렀다. 그는 걸음을 빨리 했다.

앞서 가던 자가 또 하나의 철문을 열었다. 어두운 불빛에 지하로 뻗은 계단이 희미하게 보였다. 아래쪽 계단은 어둠 속에 잠겨 보이지 않았다.

계단을 거의 내려갔을 때 뒤따라오던 자가 그의 등을 구둣발로 사정없이 찼다. 그 바람에 그는 두어 바퀴 구른 다음 차가운 바닥에 나가떨어졌다. 정신을 차릴 새도 없이 여기저기서 구둣발과 주먹이 날아왔다. 그가 굴러떨어지기만을 기다리고 있었던 것 같았다. 욕설도 튀어나왔는데, 소리로 보아 여러 명인 것 같았다. 그는 조금이라도 덜 맞으려고 새우처럼 몸을 웅크리고 있었다.

그들은 말 한 마디 없이 기계처럼 그를 때렸다. 단지 때리기 위해 거기에 대기하고 있는 사람들 같았다. 어둠 때문에 얼굴을 볼 수 없었고, 그것이 더욱 공포감을 가중시키고 있었다.

「살려 주십시오! 잘못했습니다! 아이구!」

온몸이 부서져나가는 것 같은 고통에 비명을 지르면서 그는 무조건 빌었다.

지하실이 조금씩 밝아지기 시작하더니 갑자기 강렬한 빛이 그의 얼굴을 비췄다. 그는 눈을 뜰 수가 없었다. 그를 구타하던 자들은 어둠 속에 서 있었기 때문에 보이지 않았다.

중간에 책상이 하나 놓여 있었다. 책상 앞으로 한 사내가 다가 앉았지만 얼굴은 보이지 않았다. 그는 책상 위에 권총을 올려놓고 나서 담배를 피워 물었다.

「옷을 모두 벗어라.」

그가 머뭇거리자 등 뒤에서 몽둥이가 날아와 그의 어깻죽지를 후려쳤다.

「아이구! 버, 벗겠습니다!」

그는 재빨리 옷을 벗기 시작했다. 총에 맞은 왼쪽 허벅지에서 흘러나온 피가 바지 가랑이를 온통 적시고 있었기 때문에 옷을 벗기가 쉽지 않았다. 그는 고통을 참으면서 바지를 가까스로 벗겨냈다.

「기어라! 바닥을 개처럼 기라구!」

옷을 모두 벗고 나자 책상 앞의 사내가 말했다. 플레이보이는 이를 악문 채 시멘트 바닥을 기어가기 시작했다.

「살고 싶나?」

「네, 살려 주십시오!」

그는 절박하게 호소했다. SS 책임자치고는 너무도 비굴하고 겁에 질린 모습이었다.

「너 같은 놈이 어떻게 해서 SS 책임자가 됐는지 불가사의하다. 너 같은 놈이 책임을 맡았으니 SS가 그 꼴이 됐지.」

누가 아무리 모욕적인 말을 해도 그런 말은 그의 귀에 들어오지도 않았다. 그는 어떻게 해서든 살아날 구멍만을 생각하고 있었다. 벌레가 되어 문틈으로 기어나갈 수만 있다면 벌레라도 되고 싶었다.

「X파일은 어디 있지?」

「무, 무슨 파일을 말씀하시는 겁니까?」

그는 개처럼 기고 있었지만 움직임이 점점 둔해지고 있었다. 양쪽 무릎이 까져 움직일 때마다 몹시 고통스러웠다.

몽둥이가 다시 한번 그의 등짝에 떨어졌다. 그는 바닥에 개구리처럼 뻗었다가 가까스로 상체를 일으켰다.

「시간을 끌지 마. 거짓말은 어리석은 짓이야. 죽으면 무슨 소용이 있어? X파일은 어디 있어?」

「그, 그건 남후보한테 있을 걸로 알고 있습니다. 저도 그걸 보려고 했지만 아직 보지 못했습니다. 윽!」

옆구리에 강한 일격이 들어오는 바람에 그는 숨을 쉴 수가 없었다.

「이리 와서 앉아.」

그는 시키는 대로 거의 기다시피해서 책상 앞에 놓여 있는 의자로 가서 앉았다. 그것은 철제 의자로, 바닥에 고정되어 있었다. 그는 두 손이 가죽띠로 팔걸이에 묶이는 동안 부들부들 떨고 있었다. 그것이 무엇을 의미하는지 그는 누구보다도 잘 알고 있었던 것이다.

「시간을 절약하는 게 서로 좋을 것 같다.」

「마, 말씀드리겠습니다!」

전류가 흐르기 전에 그는 재빨리 말했다.

「그게 좋을 거다.」

상대방이 앞으로 상체를 기울였다. 얼굴이 유난히 흰 사내였다. 두 눈은 짙은 선글라스로 가려져 있었기 때문에 얼굴을 알아볼 수가 없었다.

「그 파일은…… 지금 남후보의 서재 어딘가에 있을 걸로 알고 있습니다. 그 집에서 일하고 있는 가정부의 말인데, 남후보는 중요한 것을 모두 자신의 서재 금고에 넣어둔다고 했습니다. 그 가정부는 우리 정보원으로 포섭된 자이기 때문에 믿어도 좋습니다.」

「금고에 들어 있단 말이야?」

「금고를 열어보지 못해 확인하지는 못했답니다. 하지만 틀림없이 그 안에 있을 거라고 했습니다. 그래서 금고를 부수던가 통째로 들고나오는 방법을 강구중에 있습니다만 경계가 워낙 삼엄해서 쉽지가 않습니다.」

「그 밖에 아는 것은?」

「북쪽에서 밀사가 오고 있다는 정보를 입수했습니다. 암호통신을 도청해서 그것을 해독해 본 결과 북에서 파견한 밀사가 X파일건으로 남후보를 만나기 위해 출발했다는 내용이었습니다. 그 파일을 가져가려는 것인지, 아니면 그것을 놓고 모종의 밀담이 있을 것인지는 알 수가 없습니다만……」

플레이보이는 목숨을 건지기 위해 성의껏 진술하고 있었다.

「그 밀사의 이름과 도착시간은?」

「이름은 모르고 암호명만 알고 있습니다. 암호명은 이글, 독수리란 뜻입니다. 도착시간은 말하지 않았습니다. 내일중으로 도착해서 연락을 하겠다고 했습니다.」

모두가 어둠 속에서 조금씩 움직이고 있는 것 같았다. 그 정보에 대한 반응이 심각하다는 것을 알 수가 있었다.

「연락전화번호는?」

「남후보의 휴대폰으로 연락하기로 되어 있습니다. 그것이 여의치 않으면 남후보의 사서함에 연락해 두기로 했습니다.」
「번호는?」
「전자수첩에 입력해 놓았습니다.」
그는 바닥에 벗어 놓은 옷을 쳐다보았다.
한 사내가 저고리를 집어서 호주머니를 뒤졌다. 이윽고 명함처럼 생긴 카드를 꺼내더니 책상 위에 올려 놓았다.
「불러봐.」
「제가 직접 하지 않으면 아무도 꺼내볼 수 없습니다. 이걸 좀 풀어 주십시오.」
그는 안간힘을 다해 말했다. 너무 많은 피를 흘리고 있었기 때문에 그는 의식이 점점 희미해져 가고 있었다.
선글라스의 사내가 턱짓을 하자 옆에 서 있던 사내가 그의 손목을 묶고 있던 가죽끈을 풀었다.
그는 두 손을 책상 위에 올려 놓고 전자수첩을 들여다보았다. 그것은 금빛으로 반짝이고 있었다. 그리고 오른쪽 구석에는 동그란 회색 점이 그려져 있었다. 거기에다 오른쪽 집게손가락 끝을 갖다 대자 삐이하는 소리가 나면서 금빛이 천천히 검정색으로 변해갔다. 자신의 지문만을 인식하도록 되어 있는 수첩이었다. 그는 그 위에다 손톱으로 「이글」이라고 썼다. 그러자 검정판에 흰 글자들이 나타났다. 그것은 이글에 관계된 자료들이었다.
「여기에 이글이 연락하기로 되어 있는 번호들이 나와 있습니다.」
그는 수첩을 맞은편에 앉아 있는 사내 앞으로 밀어 주었다.
선글라스는 그것을 들여다보고 나서 수첩에다 재빨리 전화번호와 사서함번호를 적어 넣었다.

「이 수첩은 우리가 보관하겠다.」
「제 지문이 없으면 사용할 수가 없습니다.」
「알고 있어. 이 안에 들어 있는 것을 모두 검색하려면 어떻게 하지?」
「CH-A를 쓰면 차례로 볼 수 있습니다.」
「이 위에다 쓰면 다른 글자가 나오나?」
「그렇습니다.」
선글라스는 카드 위에다 CH-A라고 써보았다. 플레이보이의 말대로 이글에 관한 자료가 사라지면서 대신 다른 자료들이 나타났다.
「이 화면을 움직이려면 어떻게 하지?」
「화살표를 그리면 됩니다.」
화살표를 위로 향하게 그리자 화면이 재빨리 움직이다가 이윽고 멈췄다.
「이걸 빠른 방법으로 복사하려면 어떻게 하지?」
「컴퓨터에 집어넣으면 됩니다. 하지만 쉽지가 않습니다.」
그는 시간을 끌어야 한다고 생각했다.
「그래? 그럼 그만둬.」
선글라스는 책상 옆에 붙어 있는 버튼 가운데서 맨위에 있는 것을 눌렀다.
「악!」
플레이보이는 비명을 지르면서 풀쩍 뛰어올랐다가 도로 주저앉았다. 상체는 뒤로 잔뜩 젖혀져 있었고, 두 눈도 뒤집혀져 있었다. 온몸은 경련을 일으키고 있었고, 입에서는 거친 숨이 흘러나오고 있었다. 다시 한번 버튼을 누르자 비명은 터져나오지 않았다. 그러나 처음처럼 풀쩍 뛰어올랐다가 의자에 주저앉는 대신 바닥에 나동그라지고 말았다. 이윽고 경련이 멈추더니 더이상 움직이지 않았다.

「죽었습니다.」

「처리해. 참, 오른쪽 집게손가락을 잘라내. 지문이 필요하니까.」

지시를 받은 사내가 재크나이프를 꺼내더니 플레이보이의 손가락 한 개를 거침없이 잘라냈다. 피가 흐르는 것을 책상 위에 올려 놓자 선글라스가 버럭 소리를 질렀다.

「임마, 그걸 뭘로 싸던가 그릇에 넣어야 할 거 아니야?!」

그는 휴대폰을 꺼내 어디론가 전화를 걸었다.

「로맨티스트입니다.」

「버블……」

「4호를 제거했습니다.」

「결국 그렇게 됐나?」

슬픈 듯한 목소리가 중얼거리듯 말했다.

「제거하라고 하시지 않았습니까?」

「그래. 그랬지.」

「4호로부터 중요한 정보를 입수했습니다.」

그는 플레이보이로부터 얻은 정보를 버블에게 보고했다. 그리고 보고 끝에 이렇게 덧붙여 말했다.

「먼저 No의 집을 급습해서 금고를 열어보는 것이 좋을 것 같습니다.」

잠시 침묵이 흐른 뒤 버블이 입을 열었다.

「그건 더 좀 생각해 보고 나서 결정합시다. 그보다는 이글이 나타나기를 기다렸다가 접선장소를 덮치는 것이 순서라고 생각해요. 그 장소에서 파일을 손에 넣을 수 있을지도 모르니까요. 파일이 없더라도 현장을 덮치면 소득은 있을 겁니다.」

버블은 권위적이 아니었다. 그는 부하들에게 반말을 쓰는 경우가 거의 없었고, 항상 부드럽고 예의바른 태도를 보여 주고 있었다. 그런데도 그의 부하들은 그의 지시를 잘 따르고 있었다.

「금고를 여는 것은 간단합니다. 아니면 그걸 통째로 가져다가 절단해도 됩니다.」

「만일 금고에서 파일을 찾는데 실패하면, 그쪽의 경계심만 부추기게 됩니다. 이글과 접선하는 것도 취소될지 모릅니다. 내 생각에는 금고 안에는 파일이 없을 것 같습니다. 금고처럼 눈에 잘 띄는 곳에 그걸 숨겨뒀을 리가 없다고 생각합니다. 금고는 열기가 힘들다고 하지만, 아무리 견고한 금고라 하더라도 결국 열리기 마련입니다. 열리지 않는 금고란 없으니까요. 그 금고는 함정일지도 모릅니다.」

「알겠습니다.」

「금고를 열어 보는 것은 일단 이글에 대한 처리가 끝난 뒤에 생각해 봅시다. 그걸 열어 보지 않아도 될지 모르니까요.」

버블이 부하들에게 지시를 내리는 것은 언제나 이런 식이었다. 그는 무턱대고 명령을 내리지 않고 먼저 상대방을 이해시킨 다음 지시를 내리기 때문에 그의 부하들은 좋은 감정을 가지고 그 지시에 복종하곤 했다. 아무튼 그는 상대방을 이해시키고 지시에 따르게 하는데 특출한 재능을 지니고 있었다.

「No의 전화와 서서함을 24시간 감시하는 것은 가능한가요?」

「가능합니다.」

「그렇다면 즉시 감시에 들어가는 게 좋을 것 같군요.」

「즉시 감시에 들어가겠습니다.」

로맨티스트는 카오스 행동대의 대장이었다.

카오스는 수십 개의 부서로 이루어져 있는데, 행동만을 전담하고 있는 부서만도 열 개가 넘었다. 그리고 그 부서들은 점조직으로 이루어져 있기 때문에 부서 간에는 서로 모르는 경우가 많았다. 필요한 경우에는 서로 협력해서 작전을 수행하기도 하지만 대부분의 경우 독립적으로 행동하곤 했다. 그와 같은 행동부서들을 총괄하고 있는 사람이 바로 로맨티스트였다. 그리고 로맨티스트 위에 허비서가 있었다. 허비서는 버블과 로맨티스트 사이에서 업무를 조정하는 역할을 맡고 있었다.

삐이하는 소리와 함께 대형 책상 위에 배열되어 있는 단자에 빨간 불이 깜박거렸다. 그것은 긴급을 알리는 신호였다. 책상 위에 두 다리를 걸친 채 명상에 잠겨 있던 버블은 무겁게 눈을 뜨면서 빨간 불을 바라보다가 몸을 바로했다. 그리고 의자를 오른쪽으로 돌려 컴퓨터 앞으로 다가앉은 다음 버튼을 누르자 화면이 밝아지면서 다음과 같은 문구가 나타났다.

「MS-475를 보십시오.」

그는 지시대로 MS-475를 불렀다. 그러자 엉뚱한 말이 튀어나왔다.

「SOS! Help me out of the difficulty!」

「Who are you?」

「Alpha and Omega.」

「Can you speak Korean?」

「물론 할 수 있다.」

「금일 23시50분에 결과를 알려 주겠다. 그때 체크해 보라.」

「매우 급하다. 마지막으로 카오스에 기대한다. 버블은 우리를 구해줄 것이다.」

버블은 잠시 동안 꼼짝하지 않고 화면을 응시하고 있다가 시계를 보았다. 22시38분.

버블은 컴퓨터를 끈 다음 부저를 눌렀다.

「알파와 오메가에 대한 자료를 갖다 주게.」

알파와 오메가에 대한 자료를 기다리는 동안 버블은 연방 담배를 피워 댔다.

잠시 후 허비서가 들어왔다.

「이거 봤나?」

버블은 컴퓨터 화면을 가리켰다.

「네, 봤습니다.」

「알파와 오메가가 우리한테 도움을 청하고 있는데, 어떻게 된 거야?」

「자세한 것은 모르겠지만, 위급한 상황인 것 같습니다. 그렇지 않다면 카오스에 구조를 요청하지는 않았을 겁니다.」

버블은 알파와 오메가에 대해서 일찍부터 그 악명을 익히 들어 알고 있었다.

그가 알고 있는 것은 한반도에서 현재 날뛰고 있는 각국의 스파이들 가운데서 알파와 오메가를 능가하는 스파이가 없다는 사실이었다. 그들은 가장 우수한 스파이이자 살인기계였다. 카오스 요원들은 그들과 맞설 때마다 항상 비참하게 당하기만 했다.

지금까지 그들의 손에 희생된 요원들만해도 15명이나 되었다. 그래서 카오스 요원들은 이를 갈면서 복수의 기회를 기다리고 있었다. 그러니까 그들은 카오스 요원들에게는 저주의 대상이자 제거해야 할 숙적인 셈이었다. 그런 그들에게서 SOS 신호가 날아온 것이었다.

「어떻게 생각하나?」

「이건 함정입니다.」

마라톤맨이 말했다. 어느 날 추격전이 벌어진 적이 있었는데, 다른 요원들은 도중에 모두 나가떨어졌지만 허비서만은 끝까지 뒤쫓아가 상대를 체포한 일이 있었다. 그 일이 있은 후부터 그에게는 마라톤맨이라는 암호명이 붙게 되었던 것이다.

「왜 이런 식으로 함정을 만들지?」

미심쩍다는 듯이 버블이 물었다.

「며칠 전만 해도 놈들은 우리 요원 7명을 순식간에 해치웠습니다. 그런 놈들이 구조요청을 한다는 것은 말이 안 됩니다. 상식적으로 도저히 이해가 안 됩니다.」

「스파이 세계는 비상식이 상식 아닌가?」

「그렇다해도 이건 납득할 수가 없습니다.」

마라톤맨은 꽤 흥분해 있었다.

버블은 알파와 오메가의 자료철을 신중히 들여다보았다.

그것은 그들 개인에 대해서 속속들이 파헤쳐 정리해 놓은 자료철이 아니었다. 그것은 주로 그들의 행적과 그들이 카오스에게 입힌 해악에 대해서 설명하고 있었다.

「이해할 수 없는 점이 하나 있어. 알파와 오메가는 소속이 다른 상극인데, 어떻게 해서 두 사람이 붙어다니고 있는 거지?」

「저도 그 점을 이해할 수 없습니다.」

「그들은 언제부터 붙어다니기 시작했지?」

「S병원 사건 직후부터 붙어다닌 것 같습니다. 그때부터 그들이 함께 있는 것이 자주 목격되었습니다.」

「음, 이상한 일이군.」

버블은 고개를 끄덕이면서 무엇인가 곰곰이 생각하다가 결심한 듯 마라톤맨을 똑바로 쳐다보았다.

「그들을 만나 봐.」

「만나서 제거할까요?」

버블은 허비서의 그 말이 마음에 들지 않았다.

「만나서 구조할만하면 구조하란 말이야. 이용가치가 있을지도 모르니까. 내가 보기에는 아주 위급한 상황에 처해 있는 것 같아. 올데갈데 없으니까 우리한테 도움을 청했겠지.」

마라톤맨은 의외라는 듯 그를 쳐다보았다.

「만일 이용가치가 없으면 어떻게 할까요? 없애 버릴까요?」

마라톤맨은 어떻게든 그들을 없애고 싶은 모양이었다.

「없애는 것은 신중을 기해야 해. 더욱이 그들은 스파이 세계에서 최고의 기량을 지니고 있는 것으로 평가받고 있는 인물들이야. 그밖에 우리가 모르는 귀중한 정보들을 많이 가지고 있을 거란 말이야. 그런 자들이 한 명도 아닌 두 명이나 우리한테 넘어오겠다는 거야. 따라서 없애는 것은 신중을 기해야 하지 않을까? 서두르지 마. 일단 없애 버리면 도로 살려내는 것은 불가능하니까 말이야. 판단을 그르치면 두고두고 후회하게 될 거야.」

두고두고 후회하게 될 거라는 말에는 경고의 의미가 담겨 있었다. 그것은 곧 판단을 그르치면 처벌하겠다는 뜻이었다. 눈치 빠른 마라톤맨은 갑자기 조심스러워졌다.

「문제는 우리 요원들입니다. 만일 알파와 오메가를 받아들이게 되면 우리 요원들 사이에 동요가 일어날 겁니다. 우리 요원들은 알파와 오메가에 대한 복수심으로 불타고 있습니다. 너무 많은 동료들이 그들의 손에 죽었기 때문에 그것은 당연한 것이라고 생각합니다.」

「못난 자식들……」

중얼거리는 소리에 허비서는 당황해서 보스를 바라보았다. 그의 입에서는 전혀 예상치도 않은 말들이 튀어나올 때가 많았다.

「그건 스파이들의 게임이었어. 다시 말하면 전쟁이란 말이야. 전쟁에서 패했으면 깨끗이 승복해야지 복수심에 불타는 것은 또 뭐야? 복수심이 나쁘다는 것은 아니야. 게임에 승복하고 상대방의 장점을 인정해 주는 태도가 필요하다는 거야. 하지만 우리 요원들한테는 그런 게 없어. 다만 감정에 휩싸여 복수할 기회만 노리고 있단 말이야. 나는 그 점이 안타까웠어. 나도 우리 요원들이 복수심에 불타고 있다는 것을 알고 있어. 하지만 맹목적인 복수심은 결국 또다른 패배를 불러올 뿐이야. 우리는 알파와 오메가를 연구하고 그들로부터 많은 것을 배워야 해. 그렇지 않으면 앞으로 더 많은 희생자가 생길 거야.」

마라톤맨은 입이 굳어지는 것을 느꼈다.

「복수심 같은 것은 걱정하지 않아도 돼. 알파와 오메가가 정말로 위급한 상황에 놓여 있다면 그들을 구해 주는 게 좋을 거야.」

「알겠습니다. 만나 보도록 하겠습니다. 박사님도 만나 보시겠습니까?」
「난 싫어!」
버블은 잘라 말했다. 마라톤맨은 민망한 표정을 지었다.
그는 나가려다 말고 돌아서서 생각난 듯 물었다.
「그런데 참 어떻게 그들이 우리 H컴퓨터에 침투했을까요?」
「바로 거기에 그들의 우수함이 있는 거야.」
마라톤맨이 밖으로 나가자 버블은 알파와 오메가에 대한 자료 철을 다시 찬찬히 들여다보았다.
알파는 국제조직인 스메샤의 공작원으로 알려져 있었다. 그리고 그는 여자였다. 그녀를 찍은 스냅 사진이 두 장 있었지만 어느 것도 분명하지는 않았다. 한 장은 선글라스를 끼고 있어서 얼굴을 알아볼 수 없었고, 다른 한 장은 평범한 주부 차림에 옆모습을 찍은 것이라 애매하기는 마찬가지였다.
그녀가 어디 출신인지는 자료에 나와 있지 않았다. 이름과 나이 같은 것도 없었다.
그녀의 범행으로 추측되는 살인사건 가운데서 가장 충격적인 것으로 기록된 것은 CPA 소속 보잉 747기 안에서 발생한 살인이었다. 피살자는 비행기 화장실 안에서 독살당했는데, 그 대담한 수법에 수사관들은 혀를 내둘렀다. 피살자는 마형기라는 이름의 한국인이었다. 그러나 조사결과 그는 한국으로 귀화한 화교 출신이었고, 무역업으로 떼돈을 번 것으로 되어 있었다. 그리고 사업상 명목으로 뻔질나게 해외 여행을 한 것으로 드러났다. 피살되던 날 그는 홍콩에서 서울로 돌아오던 길이었는데, 그때 그는 X파일을 휴대하고 있었던 것으로 추측되었지만, 살인자가 그 파일을 탈취해 갔는지는 아직 확인되지 않았다. 알파가 파일을 손에 넣는데 실패했을 것이라는 것이 H(인공지능 컴퓨터)의 의견.

오메가는 중국의 해외공작 조직인 대청사(大靑社), 일명 치아(CHIA) 소속의 공작원. 그는 일당백의 솜씨를 지닌 살인의 명수. 특수제작한 쇼트건을 즐겨 사용하는데, 지금까지 피살된 카오스 요원들은 대부분 그의 쇼트건에 희생된 것으로 밝혀졌다. 그는 무자비할 뿐만아니라 상대방을 단 한 명도 살려 두지 않고 철저히 청소하는 것으로 유명하다. 이른바 살인기계라고 불릴만한 사나이.

아리랑 공항은 안개에 싸여 있었다.

인천 앞바다에 떠 있는 섬 하나를 중심으로 바다를 메워 건설된 신공항은 5분마다 뜨고 내리는 비행기들로 이미 포화상태에 이르고 있었다.

공항과 인천을 연결해 주는 긴 연육교는 마치 중간 부분이 동강이라도 난 듯 안개에 가려 보이지 않았다. 다리 위로는 불을 켠 차들이 쉴새없이 움직이고 있었다. 그러나 안개 때문에 속도가 몹시 느려 보였다.

신공항은 문을 열기 전 공항 이름 때문에 의견이 분분했었다. 섬 이름을 따 영종공항이라고 하기에는 똑같은 받침이 네 개나 있어 발음상 어색한 점이 많았기 때문이었다. 결국 이름을 공모한 끝에 지금의 아리랑 공항이 채택된 것이었다.

출구 문이 열리더니 사람들이 몰려나오기 시작했다. 도쿄발 JAL기를 타고 온 사람들이었다.

입국자들과 마중나온 사람들이 한데 뒤엉키는 바람에 대합실은 한동안 장터처럼 혼잡스러웠다. 그 와중에서 막 빠져나온 목사를 중심으로 그 신자들이 둘러서서 기도를 드리는 진풍경도 보였다.

한동안 와글대던 혼잡도 가라앉고 대합실이 한산해지자 뒤늦게 문이 열리면서 세 명의 남자들이 나타났다. 두 명은 비교적 젊어보이는 건장한 사내들이었고, 나머지 한 명은 40대 후반으로 보이는 뚱뚱한 남자였다. 건장한 사내들은 뚱뚱한 남자를 앞뒤에서 보호하듯이 하면서 나오고 있었다. 경호원으로 보이는 그들은 선글라스로 얼굴을 가리고 있었지만, 뚱보는 흔한 뿔테 안경을 끼고 있었다.

대합실로 들어선 뚱보는 주위를 휘둘러보면서 J은행을 찾았다. 이윽고 은행 간판을 보자 그는 그쪽으로 다가가 지갑에서 만 엔짜리 지폐를 손에 집히는 대로 꺼내 창구 안으로 디밀었다.

이윽고 환전이 끝나자 그는 그 옆에 자리잡고 있는 스낵코너로 가서 의자에 걸터앉았다. 젊은 사내들 가운데 한 명만이 그의 곁에 붙어 앉았고, 다른 한 명은 조금 떨어진 곳에 서 있었다.

뚱보는 커피 두 잔을 시킨 다음 오른쪽 코너에 앉아 있는 젊은 여인을 힐끗 바라보았다. 그녀는 베이지색의 트렌치코트 차림에 녹색의 챙이 넓은 모자를 비스듬히 쓰고 있었다. 그리고 턱을 치켜든 채 담배를 피우고 있었다.

사람들의 심리란 우유부단하고 간사해서 요즘은 장소를 가리지 않고 담배를 피우는 것이 유행처럼 퍼져 있었다. 한때 건강에 나쁘다고 하여 공공장소는 물론 사람들이 모이는 실내에서는 무조건 담배 피우는 것이 금지된 시절이 있었다. 그때는 끽연가들은 동물우리 같은 곳에서 냉대를 받으며 담배를 피워야 했고, 금연주의자들은 그들을 동물원 원숭이 보듯 쳐다보곤 했었다. 그러다가 흡연이 건강에 별로 해롭지 않다는 연구 결과가 여기저기서 불거지면서 다시 담배 피우는 사람들이 늘어나더니, 순식간에 금연구역들이 사라지게 되었다.

공항 대합실도 거침없이 담배연기를 뿜어대는 사람들로 붐비기 시작했던 것이다. 과거로의 회귀라고 할까, 아니면 파괴라고 할까. 아무튼 변화가 요구되고 있었고, 사람들은 그 변화를 즐기고 있었다.

뚱뚱한 사내도 담배를 꺼내 천천히 불을 붙였다. 그런 다음 흰 손수건을 꺼내 땀을 닦는 척하다가 그것을 접어서 저고리 윗포켓에 꽂았다. 손수건의 한쪽 끝이 포켓 위로 삐쭉이 나와 삼각형이 되도록 한 다음 그는 녹색 모자를 쓴 여자를 가만히 바라보았다. 그녀도 그의 움직임을 지켜보고 있다가 시선이 마주치자 시선을 허공으로 던지면서 담배를 깊이 빨았다.

뚱보는 천천히 커피를 마시면서 그녀에게서 시선을 떼지 않았다. 물론 노골적으로 쳐다보지 않고 곁눈질로 계속 바라보고 있었다.

이윽고 그녀가 몸을 일으켰는데, 앉아 있을 때와는 달리 키가 작아 보였다. 거기다 걸어가는 것을 보니 한쪽 다리까지 절고 있었다.

뚱보는 커피가 반쯤 남아 있는 잔을 그대로 둔 채 자리에서 일어났다. 곁에 앉아 있던 경호원과 다른 경호원 한 명도 그를 따라 움직이기 시작했다.

밖으로 나가자 녹색모의 여인이 길을 건너가고 있는 것이 보였다.

  길을 건너간 그녀는 주차장 쪽으로 움직이고 있었다. 다리를 절고 있었기 때문에 걷는 속도가 매우 느려 보였다. 그들도 길을 건너 주차장 쪽으로 걸어갔다. 그러나 그 여인보다 빨리 걸어가지는 않았다.

  드넓은 주차장은 차들로 거의 메워져 있었다.

  이윽고 주차장으로 들어선 여인은 빨간 색 소형차 옆으로 다가서더니 열쇠를 두 개 꺼내 문을 열면서 한 개는 바닥에다 떨어뜨렸다.

  그 차가 막 움직이기 시작했을 때 남자들이 다가왔다. 뚱보는 차문을 잡아당겼다. 그러나 그것은 안으로 잠겨 있었다. 그는 당황한 눈으로 그녀를 쳐다보았다. 그녀는 밖으로 손을 내밀어 아스팔트 바닥을 가리켜 보였다. 그런 다음 속력을 내어 달려가 버렸다.

  그녀가 가리킨 곳에 열쇠가 한 개 떨어져 있었다. 뚱뚱한 사내가 구두끝으로 그것을 가리키자 경호원 한 명이 재빨리 그것을 집어들었다. 거기에는 차량 번호가 적혀 있었다. 그는 두리번거리면서 그 번호가 적힌 차량을 찾아보았다. 그러나 그것은 쉽게 눈에 띄지 않았다.

  그들이 그 번호판이 달린 차를 찾아낸 것은 10분쯤 지나서였다. 그것은 50미터쯤 떨어진 엉뚱한 곳에 세워져 있었다. 차는 일제 승용차였다. 열쇠는 자물쇠 구멍에 꼭 들어맞았다.

  「망할 년!」

  뚱보는 뒷좌석에 자리잡으면서 자신이 허둥댄 것을 생각하고 욕을 했다.

  삐이익!

그때 신호음이 울렸다.

「안녕하세요? 오신 것을 환영합니다. 아까는 인사를 못 드렸습니다. 이해하시겠죠? 저는 스패로라고 합니다. 참새라는 뜻이죠. 하지만 공대공미사일이라는 의미도 있죠. 당신 소개좀 해주시겠습니까?」

뚱보는 앞에 있는 무전기를 집어들었다. 그리고

「이글……」

하고 중얼거렸다.

「그건 무슨 뜻이죠?」

「독수리도 몰라요?」

그는 신경질적으로 말했다.

「아, 독수리! 이렇게 만나 봬서 반갑습니다. 존함은 익히 들어 알고 있습니다. 그렇지 않아도 한번 만나 뵀으면 했는데, 정말 반갑습니다!」

존함이라고? 그는 어이가 없었다. 상대방은 쓸데없는 말이 많은 것 같았다. 그래서 참새라는 암호가 붙었는지도 모른다는 생각이 들었다.

「필요한 말만 하면 좋겠소.」

그는 무뚝뚝하게 말했다.

「어머, 죄송합니다. 제가 쓸데없이 수다를 좀 떨었나 보군요. 죄송합니다. 워낙 유명하신 분을 모시게 돼서 좀 흥분했었나 봅니다. 이해해 주십시오. 저는 지금 뒤를 따라가고 있습니다. 좀 멀리 떨어져서 따라가고 있지만 제 차는 빨간 색이기 때문에 금방 알아볼 수 있을 거예요.」

뚱보는 얼른 뒤를 돌아보았다.

저만치 다른 차들 사이로 빨간 소형차 한 대가 달려오고 있는 것이 보였다.

「백 미터쯤 가시면 오른쪽에 주유소가 하나 있습니다. 거기서 기름을 넣어 주십시오.」

주유소 간판이 보였다.

「주유소로 들어가!」

뚱보가 명령하자 운전대를 잡은 사내는 오른쪽 차선으로 차를 이동시켰다.

그들이 주유소에 들어가 멈춰서자 잠시 후 빨간 소형차도 들어와 뒤쪽에 다가섰다. 운전대에는 녹색모의 여인이 앉아 있었다. 차에 기름을 채우고 출발할 때까지 그녀는 아무 말 없이 운전대에 앉아 있었다. 주유소를 벗어나 다른 차들의 흐름 속으로 끼어들어 달리기 시작하자 다시 그녀가 신호를 보내왔다.

「서울 지리를 잘 아십니까?」

「모릅니다.」

「그러면 제 지시대로 운전해 주십시오. 조금 있으면 날이 어두워지기 때문에 운전하기가 더 어려워집니다. 서울은 교통량이 포화상태인데다 난폭 운전이 당연한 것처럼 받아들여지고 있기 때문에 조심하지 않으면 안 됩니다. 운전은 잘 하시나요?」

「내 운전자는 베테랑이오.」

「그래도 조심해야 합니다. 교통사고라도 일으키면 경찰에 체크되기 때문에 기록에 남게 됩니다. 특히 조심하라는 상부로부터의 지시였습니다.」

「알겠소. 서울 지리를 잘 아는 당신이 대신 운전해 주면 안 되나요?」

「그건 안 됩니다. 그러고 싶지만 그건 안 됩니다. 만일 문제가 발생했을 때…… 아, 조금 후에 좌회전해야 합니다. 좌회전해서 다리를 건너가 주십시오. 다리를 건너면 고속도로로 진입하게 됩니다. 그대로 곧장 달려가 주십시오. 만일 문제가 발생했을 때 제가 손님들 차를 운전했다는 사실이 밝혀지면 좋지 않습니다. 손님들과 접촉하는 것도 비밀로 하라는 지시였습니다. 왜 그래야 하는지 그 이유는 잘 모르겠습니다만, 아무튼 저는 지시에 따를 수밖에 없습니다.」

「지금 어디로 가는 겁니까?」

「조용한 호텔로 모시겠습니다.」

「호텔?」

「네, 일단 그곳에 짐을 푸신 다음 휴식을 취하십시오.」

「그 다음은?」

「연락이 올 겁니다.」

이글은 무전기를 내려놓고 휴대폰을 꺼냈다. 그리고 어디론가 전화를 걸었다.

「네, 수퍼마켓입니다.」

남자 목소리가 대답했다.

「이글……」

그는 웅얼거리는 소리로 암호를 말했다.

「네? 다시 한번 말씀해 주십시오.」

「이글…… 이글이란 말이오.」

「아, 이글, 도착하셨다는 말 들었습니다.」

「당신은 누구죠?」

「비서입니다. 당신의 연락을 기다리고 있었습니다.」

「난 그분과 직접 이야기를 하고 싶은데……」

「지금은 안 됩니다. 모든 연락은 저를 통하시면 됩니다. 하실 말씀 있으시면 저한테 해주십시오. 전해 드리겠습니다.」

「이봐요. 내가 위험을 무릅쓰고 여기 온 건 그 분을 만나기 위해서란 말이오! 당신하고 이야기할 시간 없어요!」

「알고 있습니다. 선생님께서는 예정대로 우리 사장님을 만나시게 될 겁니다. 하지만 조금만 기다려 주십시오. 숙소에서 기다리고 계시면 만날 시간과 장소를 알려 드리겠습니다.」

「지금은 왜 안 된다는 거요?」

「사장님께서는 몹시 바쁘십니다. 그리고 문제가 좀 생겨서 일정이 좀 변경되었습니다. 이해해 주십시오.」

「난 지금 어떤 여자의 안내를 받고 가는데, 따라가도 좋을만큼 믿을만한 여자인가요?」

「물론입니다. 그 여자는 여기서 파견된 가이드입니다. 그 여자를 믿고 안내를 받으시면 됩니다.」

「난 그 여자가 별로 마음에 안 들어요. 왜 하필이면 다리를 저는 여자를 보냈죠?」

「불구이긴 합니다만 아주 우수한 사람입니다. 적임자이기 때문에 가이드를 맡긴 겁니다.」

같은 값이면 미녀를 보낼 것이지 하고 말하려다가 그는 그만두었다. 대신

「지금 호텔로 가는 모양인데, 그 호텔은 안전한 곳인가요?」
하고 물었다.

「물론입니다. 북한산 밑에 자리잡고 있는 조용한 호텔입니다.

그 호텔에 가시면 모든 것이 준비되어 있으니까 안심하고 휴식을 취하십시오.」
호텔 이름을 물으려다가 그는 그만두고 전화를 끊었다.

호텔 건물은 숲 속을 한참 달려 올라간 곳에 자리 잡고 있었다.「숲 속의 작은 집」이라는 이름의 아담한 호텔이었다.
본 건물은 스페인풍으로 지은 3층짜리 건물이었는데, 숲과 어울려 아름다운 분위기를 이루고 있었다. 그리고 그 주위에는 통나무로 지은 방갈로가 몇 개 흩어져 있었는데, 이글 일행은 그중 맨 안쪽에 자리잡고 있는 방갈로로 안내되었다.
스패로는 호텔에 들어서자 호텔 직원에게 그들의 안내를 맡기고 자기는 모른 체했다. 다른 사람들의 시선을 의식해서 그런 것 같았다. 극도로 몸조심하고 있는 것이 역력했다.

함정

통나무 방갈로는 겉으로 보기와는 달리 내부가 호화롭게 꾸며져 있었다.

방은 세 개나 되었고, 거실은 파티를 열어도 될만큼 넓었다. 홈바도 갖추어져 있었고, 각종 첨단시설들이 손님을 기다리고 있었다. 한쪽에는 요리도 해먹을 수 있게 주방시설도 설치되어 있었다. 한쪽 벽에는 푸른 바다가 펼쳐져 있었다. 첨단 영상시설이 한쪽 벽을 마치 넘실대는 바다처럼 만들어 놓고 있었다. 파도는 허연 거품을 일으키며 끊임없이 거실로 밀려들고 있었다.

바닷가에서는 벌거벗은 미녀가 돌아다니고 있었다. 걷기도 하고 뛰기도 하고 물 속을 헤엄쳐 다니기도 하면서 풍만한 몸매를 과시하고 있었다. 그녀가 걸어올 때는 마치 물이 흐르는 몸을 닦지도 않은 채 거실 안으로 걸어 들어오는 것만 같았다.

거실로 들어선 뚱보는 앉을 생각도 하지 않은 채 넋을 잃고 화면을 바라보고 있었다. 그는 이야기만 들었지 이렇게 실감나는 화면을 보기는 처음이었다. 그가 살고 있는 북한에는 이런 것이 없었다. 아니, 최고위 층에 있는 극소수의 권력자들은 숨어서 이런 화면을 즐기고 있을 것이다. 하지만 그들을 제외한 대다수의 국민들은 아직도 구시대의 문명 속에 갇혀 있었다.

바닷가 저쪽에서 갑자기 백마 한 마리가 달려오고 있는 것이 보였다. 백마의 갈기가 바람에 날리고 있었다. 백마 위에는 흑인 남자가 한 명 앉아 있었다. 흑인의 피부는 너무 검어서 마치 물감을 칠한 듯했다. 여자는 흑인을 보자 도망치기 시작했다. 그러나 흑인은 금방 그녀를 따라잡았다. 그녀를 가볍게 안아올린 흑인은 바닷가 끝에 있는 바위 뒤로 돌아갔다.

카오스 행동대장인 로맨티스트는 H컴퓨터가 보내온 자료를 화면을 통해 들여다보고 있었다.

이글의 전화를 도청한 카오스 도청 전담반은 그 내용을 즉시 H컴퓨터에 입력시켰고, H컴퓨터는 그것을 분석하여 보고서 형식의 자료를 내놓았는데, 그것은 「북한산 밑에 자리잡고 있는 조용한 호텔」에 관한 자료였다.

북한산 밑에는 조용한 호텔이 아홉 개나 자리잡고 있었다. 그중 한 호텔에 이글은 투숙하고 있었다. 카오스 요원들은 지금 당장 그 호텔을 찾아야 했다. 그런데 H컴퓨터가 그 일을 간단하게 처리해 준 것이다. H컴퓨터는 「숲 속의 작은 집」을 이글이 투숙한 호텔로 지정하고 있었다.

그 이유로 첫째, 아홉 개의 호텔 가운데 그것이 중간급이라는 점을 들고 있었다. 호화 호텔은 눈에 띄지만 중간급 호텔은 별로 관심을 끌지 못한다. 따라서 이글 같은 밀사가 묵기에 적당한 곳이다.

둘째, 그 호텔은 보안문제에 있어서 다른 호텔들보다 뛰어난 곳이다. 경호하기도 쉬울 뿐 아니라 몸을 피하기도 좋은 곳이다.

셋째, 이글의 전화를 도청한 시간을 기준으로 2시간 이내에 아홉 개의 호텔에 투숙한 사람들의 인적 사항을 조사해 보았다. 그 가운데 세 명의 일본인이 숲 속의 작은 집에 투숙한 사실이 관심을 끌었다. 그들의 이름은 두 시간 전 아리랑 공항을 통해 입국한 외국인 명단에도 들어 있었다. 그러니까 그들은 JAL기 편으로 입국해서 곧장 숲 속의 집으로 달려간 것이다.

세 명의 일본인들이 투숙한 방은 B109호실로, 알고 보니 방갈로였다. 그 방갈로는 하룻밤 숙박료가 일반 객실보다 열 배 정도 비싼 것으로 알려져 있었다.

카오스 요원들은 손님으로 가장하고 그 호텔에 잠복했다. 로맨티스트는 직접 이글이 투숙한 방갈로와 가까운 B108호 방갈로에 투숙해서 작전을 지휘했다.

최첨단 장비로 실내에서의 대화와 전화통화를 도청한 결과 B109호 투숙객이 이글 일당인 것이 확인되었다.

이글은 자정 가까운 시간에 갑자기 숙소를 빠져나왔다. 카오스 요원들은 바싹 긴장했으나 그가 경호원 한 명을 대동하고 나이트클럽으로 들어가는 것을 보고 안도의 숨을 내쉬었다. 덕분에 카오스 요원들은 그의 모습을 여러 장 카메라에 담을 수가 있었다.

이글의 테이블에는 호스티스로 보이는 여자가 한 명 합석했지만 그는 춤도 추지 않고 자리에 앉아 남들이 춤추는 것을 구경하면서 술잔만 기울이고 있었다. 여자하고는 가끔씩 웃으며 대화를 나누기도 했지만 그의 관심은 딴 데 있는 것 같았다. 술도 많이 마시는 것 같지 않았다. 몸가짐이 몹시 신중한 사내인 것 같았다.

그의 경호원은 가까운 테이블에 혼자 앉아 있었다. 테이블 위에는 맥주병이 놓여 있었지만 그는 술에는 손도 대지 않았다.

「걱정거리가 있으세요?」

호스티스가 이글의 옆모습을 살피면서 일본어로 물었다. 그는 조금 놀란 얼굴로 그녀를 쳐다보고 나서 미소를 지었다.

「걱정거리가 있는 것처럼 보이나?」

「네, 표정이 풀리지가 않고 내내 굳어 있어요. 옆에서 보는 사람이 불안할 정도로……」

「그래애?」

그는 일부러 활짝 웃어 보였다. 작은 실눈이 더욱 가늘어지면서 메기 같이 큰 입이 쩍 벌어지자 호스티스는 그만 웃음을 터뜨리고 말았다.

「뭘 걱정하고 있었는지 알아?」

「모르겠어요. 사업상의 문제 때문에 그러시는 것 아닌가요?」

「아니야. 사실은 오늘밤 아가씨하고 자고 싶은데, 만일 이게 말을 안 들으면 어떡 하나 하고 걱정하고 있던 참이었어.」

그가 손으로 자신의 사타구니를 쓰다듬자 그녀는 다시 까르르하고 웃었다. 허리까지 뒤틀며 웃는 것이 견딜 수 없도록 웃음이 치민 것 같았다.

「임포세요?」

「뭐, 임포는 아니지만 더러 낯을 가리거든.」

「어머, 낯을 가리시는 군요.」

「익숙한 사람하고는 잘 되는데 낯선 여자하고는 서먹서먹해서 그런지 잘 안 돼. 나중에 익숙해지면 괜찮지만······」

「전 그런 남자 전담이에요. 제 서비스받은 남자치고 지금까지 흥분하지 않은 남자 없었어요. 제 서비스를 받게 되면 낯가리는 거 금방 없어져요. 이 손만해도 약손이에요.」

그녀는 한 손을 펴보였다. 그것은 섬세하게 생긴 손이었다. 손톱에는 색깔이 제각기 다른 매니큐어가 칠해져 있었다. 그녀는 그 손을 탁자 밑으로 내리더니 그것으로 사내의 사타구니를 덮었다.

「아직 젊으신데 벌써 포기하시면 안 되잖아요.」

「그게 어디 내 맘대로 돼나.」

그렇게 말하면서도 그는 기분이 좋은지 하체를 그녀의 손에 내맡긴 채 굳어 있던 표정을 풀었다.

「아가씨는 이런 데 있기에는 좀 아까운데?」

그녀의 얼굴을 찬찬히 살피면서 그가 말했다.

「제가 어때서요? 아이나 낳고 남편 양말이나 빨면 어울리겠어요?」

그녀는 부지런히 사내의 다리 사이를 어루만지면서 말했다.

「그게 아니라······이런 데 있는 여자치고는 좀 지적으로 보여. 아무튼 좀 달라 보여. 전직이 뭐였지?」

「학교 선생.」

그녀는 아무렇지도 않은 듯 대답했다.

「그러면 그렇지. 어디서 뭘 가르쳤지?」

「고등학교에서 윤리를 가르쳤어요.」

「다른 것도 아닌 윤리를?」

그는 눈을 휘둥그렇게 뜬 채 그녀를 바라보았다. 그녀는 시선을 밑으로 떨어뜨렸다.
「어쩌다가 그렇게 됐어요.」
「극에서 극으로 변신했군.」
「타락했다는 말씀이군요. 윤리선생이 타락하기가 더 쉬워요.
하지만 전 이 생활을 타락이라고 생각하지 않아요. 제가 하고
싶어서 선택한 거니까요. 전 이 생활이 즐겁고, 윤리교사 할
때보다 더 보람이 있는 것 같아요. 많은 것을 배우고 경험하고
있으니까요. 만일 제가 다시 윤리교사가 된다면 정말 잘할 수
있을 것 같아요. 전에는 사실 학생들한테 구름 잡는 이야기만
했으니까요.」
「윤리선생 출신이라니까 더욱 흥미가 동하는데. 어디 한번 윤
리적으로 서비스를 받아 볼까.」
「보세요. 벌써 성이 났잖아요!」
그녀는 옷 위로 그것을 꽉 움켜잡으면서 웃었다.
「이따가 방갈로로 와. 109호실이야. 올 수 있겠지?」
「30분 이내로 가겠어요. 샤워하고 기다리세요.」
「샤워는 함께 해야지.」
「좋아요.」
「봉사료는 충분히 주겠어.」
그녀는 미소를 지으면서 일어섰다.
「참, 이름을 안 물어 봤어.」
「마리…… 마리라고 해요.」

전화벨이 울렸다. 이글은 다리를 벌린 채 오럴섹스에 열중하
고 있는 마리의 머리를 쓰다듬고 있다가 뒤로 손을 뻗어 수화기

를 집어들었다.

「이글!」

다급하게 그를 부르는 여자 목소리가 들려왔다.

「누구십니까?」

「스패로예요! 조금 전에 그 방에 함께 들어간 여자 누구예요?!」

「나이트클럽에서 일하는 여자요. 뭐가 잘못됐나요?」

「미쳤어요?! 그런 여자를 끌어들이다니 도대체 정신이 있어요 없어요?!」

스패로는 처음과는 달리 거칠고 무례하게 말하고 있었다. 몹시 화가 나 있는 것 같았다.

「당신이 상관할 일이 아니야. 먹고 마시고 즐기는 건 내가 알아서 할 거야.」

이글도 화가 나서 반말로 말했다. 그는 마리의 교묘한 입놀림에 한창 몸이 달아오르고 있는 판이었다. 여행의 참맛은 바로 이런 데 있는 것이라는 것이 오래 전부터 굳어져 온 그의 생각이었다.

「당장 그 여자를 내보내세요! 당신은 지금 매우 중요한 임무를 띠고 있어요! 그분을 만나는 것 외에는 그 누구도 만나서는 절대 안 돼요! 일을 망치고 싶지 않으면 그 여자를 내보내세요!」

마리가 몸을 일으키면서 그의 가슴을 뒤로 밀었다. 그는 침대 위로 벌렁 드러누웠다. 그리고 마리가 그의 배 위로 올라와 걸터앉는 것을 바라보면서 수화기에다 대고 말했다.

「스패로, 당신 질투하는 거요?」

「뭐라고요?! 그 여자는 스파이일지도 몰라요!」
「비록 스파이라 하더라도 나한테서 가져갈 것은 하나도 없어요. 무기 하나 없는 스파이는 무섭지 않아요. 수퍼마켓 사장님한테서는 연락도 안 오고, 시간 약속도 없이 마냥 기다리라고만 하는데…… 불면의 밤을 불안 속에서 기다리는 사람의 심정을 생각이나 해봤소? 불안감과 무료함을 달래는 데는 여자 이상의 처방이 없어요. 난 여행지에서 언제나 여자를 안고 자는 버릇이 있어요. 그렇지 않으면 아마 미쳐 버릴 거요. 흐흐……」
마리는 하체를 조이면서 그의 물건을 빨아들이기 시작했다. 그와 함께 그녀의 입에서 신음소리가 터져나왔다.
스패로는 갑자기 수화기를 통해 여자의 신음소리가 들려오자 멈칫하는 것 같았다. 그것은 누가 들어도 놓치고 싶지 않은 그런 신음소리였다. 그녀 역시 그것을 놓치기 아쉬운지 한동안 그 절박한 신음소리에 귀를 기울이고 있었다.

로맨티스트는 109호실에서 들려오는 여자의 신음소리에 난감한 표정을 지었다. 그는 여자가 한 명 그 방으로 들어가는 것을 보고 바짝 긴장하고 있던 참이었다. 나중에 나이트클럽에서 함께 술을 마시던 호스티스인 줄은 알았지만 그래도 긴장은 늦추지 않고 있었던 것이다.
「뭐하는 거야? 이거 너무 하잖아.」
「듣기 민망한데요.」
108호실에서는 도청용 장치가 작동하고 있었다. 그것을 통해 109호실에서 일어나고 있는 모든 소리들이 고스란히 들려오고 있었다.
　「이건 너무 한가하잖아. 밀명을 띠고 잠입한 자가 한가롭게 계집질이나 하고 있다니 뭔가 어울리지가 않아.」
　「기다리기가 지루한 모양입니다. 여자를 되게 밝히는 놈인가 봅니다. 여자 좋아하는 놈들은 때와 장소를 안 가리니까요.」
　「여자도 보통이 아닌 것 같은데요.」
　금방이라도 숨이 넘어갈 것만 같은 절박한 신음소리만 들어보아도 여자가 격렬하게 몸부림치고 있는 것을 알 수 있을 것 같았다. 그 신음소리가 가라앉는 것 같더니 잠시 후 사내 목소리가 들려왔다.
　「왜 그래?」
　목소리로 보아 한창 달아오르고 있는 판에 여자가 움직임을 멈춘 듯했다.
　「빨리 하면 재미 없잖아요. 우리 천천히 해요. 담배 피우면서……」
　여자 목소리는 착 가라앉아 있었다.
　「사람 미치게 하지 마! 빨리 해! 한번 하고 또 하면 될 거 아니야?!」
　사내는 참을 수 없다는 듯 말했다. 반면 여자는 더욱 여유있게 굴었다.
　「어머, 또 할 수 있으세요?」
　「사람을 뭘로 알아? 이래 뵈도 서너 번은 한다구. 끄덕없어. 자, 빨리!」
　「정력이 대단하시군요.」
　「빨리 하란 말이야!」

「아, 아파요! 잠깐 기다려요. 전 담배 한 대 피우지 않으면 안 돼요. 담배 피우면서 해야 잘 돼요.」

「마약 담배야?」

「비슷한 종류예요. 한 대 피워 보실래요?」

「난 싫어! 이 아가씨 정말 김새게 하네.」

「죄송해요. 조금만 기다려 주세요.」

두 사람 모두 일본어로 말하고 있었다. 이글은 철저히 일본인 행세를 하고 있었고, 거기에 못지 않게 여자도 일본어를 능숙하게 구사하고 있었다.

「별짓을 다 하는군.」

귀를 기울이고 있던 로맨티스트가 고개를 흔들며 상체를 뒤로 젖혔다.

「여자는 진짜로 즐길 줄을 아는가 봅니다.」

머리가 벗겨진 사내가 말했다. 그는 여자를 너무 밝혀서 머리가 벗겨졌다는 말을 종종 듣고 있었다. 우스갯소리지만 그가 여자를 좋아하는 것은 사실이었다. 그리고 여자와 섹스 이야기가 나오면 언제나 마다 않고 아는 체를 했다.

「섹스는 저렇게 여유있게 즐겨야 합니다. 후닥닥 해치우면 허망하고 뒷맛이 씁쓸하죠. 스피드 경기처럼 5분만에 후닥닥 해치우면 무슨 재미가 있겠습니까? 적어도 두어 시간은 가지고 놀아야죠. 그래야 여자의 본색이 드러나고, 상대방을 철저히 알 수가 있는 겁니다.」

「두 시간이나?」

모두가 눈을 휘둥그렇게 떴다.

마리는 담배를 물고 소파에 앉아 사내 쪽을 쳐다본다. 담배에 아직 불은 붙이지 않은 상태였다. 나체로 다리를 꼬고 앉아 미소를 머금은 채 사내를 바라보는 모습이 매우 고혹적이었다. 사내는 상체를 조금 일으킨 다음 반쯤 넋을 잃은 채 그녀를 바라본다.

「뭐하고 있는 거야?」

그녀의 얼굴에서 미소가 사라지고 대신 무표정이 나타났다.

「빨리 오란 말이야. 감질나게 하면 팁 안 줄 거야.」

「참을성이 없으시군요.」

「서비스만 잘해 주면 팁은 얼마든지 줄 수 있어.」

「팁이요?」

그녀의 얼굴에 비웃음이 나타났다가 사라졌다.

「팁 같은 건 관심 없어요.」

그녀는 담배에 불을 붙인 다음 침대 쪽으로 다가왔다. 그리고 두 손으로 남자의 가슴을 떠밀었다. 사내는 침대 위에 벌렁 드러누웠다.

「내가 올라갈께.」

「담배 피울 때까지만 누워 계세요.」

그녀는 사내의 배 위에 올라앉았다. 그리고 천장을 향해 담배 연기를 기분좋게 내뿜었다.

「남자 배를 깔고 앉아 이렇게 담배를 피우면서, 남자를 말이라 생각하고 말타는 기분을 내는 거예요. 그 기분이 얼마나 기막힌지 아세요? 최고예요.」

「그럼 넌 지금 나를 말이라고 생각하는 거냐?」

「네, 그런데 말이 늙어빠져서 별로 잘 달리지를 못해요.」

「뭐가 어째?」

그는 손을 뻗어 그녀의 젖가슴을 움켜잡았다.

그녀는 담배를 꼬나문 채 얼굴을 찌푸렸다.

「아, 아파요. 그러지 말고 이거 피우고 힘이나 내세요. 금방 효과가 있을 거예요.」

그녀는 입에 물고 있던 담배를 빼내더니 그것을 그의 입으로 가져갔다.

「피워 보세요.」

「너나 피워. 난 싫어!」

머리를 흔들다가 그는 멈칫했다. 담뱃불을 뚫고 바늘 같은 것이 튀어나오는 것이 보였던 것이다. 그는 미처 그것을 제지할 사이도 없이 반사적으로 비명을 질렀다.

「악!」

바늘은 그의 목을 옆으로 뚫고 들어갔다.

「아, 안 돼!」

그는 악을 쓰면서 격렬하게 몸부림쳤다. 그러나 그것은 심한 경련에 지나지 않았다.

「넌, 넌 누구야?!」

호흡이 가빠지면서 눈앞이 흐려지고 있었다. 그는 눈을 부릅뜨면서 여자를 노려보았다. 여자는 엉덩방아를 찧으면서 신음소리를 내고 있었다.

「사, 살려줘! 제발 살려줘! 아……」

「방법은 하나뿐이야. 넌 가짜 이글이야. 진짜는 어디 있지? 사실대로 말하면 넌 살아날 수 있어.」

그녀는 파란 색의 조그만 플라스틱 용기를 흔들어 보였다.

「당신은 지금 독침을 맞았어. 이건 독을 없애 주는 해독제야. 2분 내로 이걸 마시면 살 수 있지만, 2분을 넘기면 당신은 죽어. 하지만 이걸 마신다고 해서 완전히 살아나는 건 아냐. 단지 목숨을 조금 연장시켜 줄 뿐이야. 완전히 살아나려면 한 시간 이내에 두 번 더 마셔야 해. 자, 진짜 이글은 어디 있어? 빨리 말하지 않으면 혀가 굳어서 말할 수 없어. 만일 거짓말로 자백하면 나머지 두 잔은 주지 않을 거야. 당신이 자백하면 한 시간의 여유가 있으니까 그 사이에 정말인지 거짓말인지 확인해 볼 수 있어. 그러니까 거짓말할 생각하지 마.」

「마, 말하겠어. N으로부터 만나자는 연락이 오면 진짜 이글에게 연락해 주기로 되어 있어. 전화번호는 수첩에 적혀 있어. 전화번호 끝에 E라고 적혀 있는 거야. 전화를 걸어 주고 나면 내 임무는 끝나는 거야. 그때부터 진짜 이글이 나서는 거야.」

「암호는?」

사내는 가쁜 숨을 몰아쉬면서 더욱 심하게 몸을 떨어대고 있었다.

「살려 줘!」

「암호는?!」

「내 암호는 파일럿…… 저쪽은 라이언……」

「절름발이 여자는 몇 호실에 있지?」

「호텔 본관 1319호실…… 아, 숨이 막혀 죽겠어…… 사, 살려 줘…… 으윽……」

문짝이 부서지는 소리가 나면서 사람들이 들이닥쳤다.

「꼼짝 마! 손 들어!」

여러 개의 총구가 마리를 겨누고 있었다.

그녀는 별로 놀라지도 않은 채 그들을 힐끗 쳐다보고 나서 두 손을 쳐들었다. 사내를 깔고 앉아 있는 그녀는 마치 여왕 같이 도도하고 당당한 모습이었다.

「이리 내려와!」

그녀는 천천히 침대에서 내려왔다. 사내들의 시선이 일제히 그녀의 벌거벗은 몸에 쏠렸지만 그녀는 조금도 수치스러워하거나 하는 기색도 없이 오히려 보란 듯이 가슴을 내밀면서 그들 앞에 섰다. 젖가슴은 보기좋게 부풀어 있었고, 허리는 군살 하나 없이 가늘었다. 허리 밑으로 흐르는 곡선은 풍만하면서도 단단한 하체를 빚어내고 있었다.

「어?!」

실내를 뒤지던 사내가 방문을 열어 보고는 주춤하고 한발짝 물러섰다.

「대장님! 이거 보십시오!」

카오스의 행동대장은 그쪽으로 다가가 보았다.

방안에는 두 명의 사내가 뻗어 있었다. 뚱보의 일행으로 경호원들이었다. 두 명 다 머리에 총을 맞고 즉사한 것 같았다.

대장은 침대 쪽으로 다가서서 뚱보를 들여다보았다.

「죽었습니다.」

하고 그의 부하가 말했다.

뚱보는 천장을 향해 두 눈을 부릅뜨고 있있다.

로맨티스트는 마리의 뒤로 돌아가 그녀의 뒷모습을 바라보았다. 그의 시선이 잠시 그녀의 엉덩이에 머물렀다. 만지고 싶은 충동을 느낄 정도로 탄력이 느껴지는 엉덩이었다.

「너는 누구냐?」

　그는 앞으로 돌아가 그녀의 하복부를 내려다보았다.

　유난히 까만 음모가 불빛을 받아 번들거리고 있었다. 하복부 아래 부분은 무성한 음모로 거의 뒤덮여 있었다.

　「너는 누구냐 말이야?」

　로맨티스트는 권총으로 그녀의 복부를 쿡 찔렀다. 그녀는 움찔하면서 그를 쏘아보았다.

　「알파25……」

　그녀가 한국 말로 말했다.

　「뭐라고?!」

　로맨티스트는 소스라치게 놀라 그녀를 노려보았다. 언제라도 권총을 발사할 수 있게 그의 손가락은 방아쇠에 걸려 있었다.

　다른 카오스 대원들의 얼굴에 증오의 빛과 함께 살기가 피어오르고 있었다.

　「알파25…… 모르시겠어요?」

　「많이 들어서 알고 있지만…… 당신 정말 알파25인가?!」

　도저히 믿을 수가 없다는 듯 로맨티스트가 물었다.

　「정말이라면 카오스 여러분들이 믿겠어요?」

　그녀는 조롱하듯 사내들을 둘러보았다.

　「네가 정말로 알파25라면…… 넌 정말 잘 걸렸다. 넌 우리 손에 죽어야 해. 그래도 알파25라고 거짓말할 테냐?」

　「거짓말이 아니에요.」

　그녀는 담담하게 말했다.

　「이년이!」

　한 사내가 칼을 뽑아들고 그녀 앞으로 다가서더니 젖가슴에다 칼 끝을 갖다 댔다.

「잘 만났다! 정말 잘 만났다! 네 손에 우리 요원들이 몇 명이나 죽은 줄 알아?! 모두가 복수할 날만 기다리고 있었어!」

사내는 그녀를 둘러싸고 있는 동료들을 가리켰다. 그들은 명령만 떨어지면 맹수처럼 달려들어 그녀를 갈갈이 찢어발길 것 같은 살기등등한 표정으로 그녀를 노려보고 있었다.

「무슨 말을 해도 난 알파25라고 밖에 할 말이 없어요.」

무거운 침묵이 흘렀다. 다섯 명의 사내들은 거친 숨을 몰아쉬면서 그녀를 노려보고 있었다. 그들 앞에 나체로 서서 죽음을 두려워하지 않고 스스로 알파25라고 주장하고 있는 이 여자를 어떻게 판단해야 할지 그들 자신도 모르고 있는 것 같은 그런 표정들이었다.

「왜 이자를 죽였지?」

로맨티스트는 턱으로 침대 위에 죽어 있는 사내를 가리켰다.

「당신들의 어리석음을 알려 주기 위해서 죽인 거예요.」

「무슨 말이지?」

「이자는 이글이 아니에요. 진짜 이글은 다른 곳에 있어요. 이자는 함정이었어요.」

「그걸 어떻게 알았지?」

「스메샤가 보내온 정보예요. 스메샤의 정보능력이 전지구를 커버하고 있다는 거 잘 알잖아요. 특히 스메샤의 클레오파트라는 최고의 인공지능 컴퓨터예요. 카오스가 소유하고 있는 H는 클레오파트라에 비하면 정말 보잘 것 없는 것이에요. 그래서 카오스에서는 희생자가 많이 생기는 거예요. 당신들이 알고 있는 이글은 분명히 가짜예요. 클레오파트라의 판단이에요. 그녀의 판단은 아주 정확해요. 이걸 들어 보세요.」

알파는 소형 녹음기를 꺼내 틀었다. 볼륨을 높이자 가짜 이글과 그녀의 대화소리가 들려왔다.

두 사람의 대화소리가 끝날 때까지 카오스 요원들은 숨을 죽이고 있었다.

「파일럿의 자백을 들어 보셨죠?」

이래도 내 말을 믿지 않겠느냐는 듯 그녀는 사내들을 둘러보았다.

그들의 얼굴에 혼란이 이는 것을 보고 알파25는 미소를 지었다.

「모든 것을 이해하려면 시간이 좀 걸릴 거예요. 그때까지는 제가 마음에 들지 않겠죠. 하지만 저를 없애면 당신들은 크게 후회하게 될 거예요. 그리고 버블이 당신들을 가만두지 않을 거예요. 버블에게 연락해 보시면 제 말이 틀리지 않다는 걸 아실 거예요.」

「교활한 년, 넌 우리 요원들을 너무 많이 죽였어. 그래서 우리 모두는 너를 죽이려고 별러왔다. 이제 네 발로 이렇게 스스로 걸어 들어왔는데 우리가 널 그대로 내버려 둘 것 같으냐?」

로맨티스트는 총구를 그녀의 관자놀이에 갖다대고 금방이라도 쏠 것처럼 말했다.

「복수 때문에 일을 그르치는 것은 어리석기 짝이 없는 일이에요. 어제의 원수가 오늘은 동지가 될 수 있다는 거, 이 바닥에 있는 사람들은 모두 알고 있는 상식 아니에요? 그리고 그건 게임이었어요. 생사를 건 게임에서 진 것을 가지고 복수 운운하는 것은 좀 우스운 일 아닌가요?」

「뭐야?!」

사내들이 달려들려는 것을 로맨티스트가 손을 들어 제지했다.
「가만 있어!」
「게임에 지면 깨끗이 패배를 자인하는 것이 신사의 도리라고
생각해요. 저는 일개 여자예요. 저 하나를 놓고 여러 남자들이
복수하겠다는 것은 누가 보아도 공정하지 못한 비신사적인 태
도가 아닌가요?」
「당신은 말을 잘하는군. 도무지 겁도 없고 말이야. 이 뚱보는
당신이 독침으로 죽였나?」
「네, 그래요?」
「저기 두 놈은?」
그때 시체 하나가 천천히 몸을 일으켰다. 사내들은 긴장해서
그를 바라보았다. 그를 겨누고 있는 총구에서는 금방이라도 불
이 뿜어져나올 것 같았다.
「거기 서라! 손을 머리 위로 들어라!」
그는 손을 머리 위로 쳐들면서 그들을 무표정하게 바라보았
다. 젊고 잘 생긴 사내였다. 그의 몸은 상처 하나 없이 깨끗해 보
였다.
「총 맞은 데가 없는데요.」
그를 찬찬히 살피고 난 카오스 요원이 말했다.
「죽은 것처럼 가장하고 있었군.」
하고 로맨티스트가 말했다.
「없애 버릴까요?」
「잠깐 기다려 봐. 넌 이 뚱보하고 한패냐?」
「아뇨.」
미남은 가볍게 응수했다.

「그럼 넌 누구지?」
사내의 얼굴에 미소가 스쳐갔다.
「오메가……」
그는 아무렇지도 않게 말했다.
「뭐야?! 뭐라고 그랬지?」
행동대장은 소스라치게 놀라는 표정이었다.
「오메가라고 그랬습니다.」
「정말이냐?!」
「……」
오메가는 미소를 지으면서 알파를 쳐다보았다. 대답하기 귀찮으니 당신이 대신 말해 주라는 듯이.
「오메가가 맞아요. 제가 보증하겠어요.」
하고 알파가 말했다.
「네 정체도 아직 모르는데 어떻게 네 보증을 믿으라는 거지?」
「버블에게 연락해 보면 알 거요. 우리는 버블에게 SOS를 보냈어요.」
「제발 웃기지 마라! 버블을 함부로 입에 올리지 마! 알파와 오메가! 그야말로 잘 만났다! 너희들이 함께 작당해서 기어들어올 줄은 정말 몰랐다. 이건 하늘이 주신 선물이다! 카오스의 이름으로 너희들을 사형에 처하겠다!」
「잠깐! 방안에 있는 자를 죽인 건 오메가예요!」
알파가 다급하게 소리쳤다.
로맨티스트는 멈칫했다.
「정말이냐?!」
오메가는 고개를 끄덕였다.

「제가 죽였습니다. 다른 한 명은 숲속에 누워 있습니다. 이 방갈로 바로 뒤입니다. 확인해 보십시오.」

두 명이 재빨리 밖으로 뛰어나갔다.

「너의 그 잘난 쇼트건은 어디 있지?」

그는 저고리를 젖히더니 겨드랑이 밑에서 총신이 짧은 총을 꺼내 앞으로 던졌다. 로맨티스트는 그것을 집어들고 찬찬히 살피다가

「이상하게 생겼군.」

하면서 부하에게 넘겨주었다.

「너희들이 함께 접근한 이유를 모르겠어. 우리를 도와 주려고 한 이유가 뭐지?」

「우리는 지금 쫓기고 있어요. 조직이 우리를 배신한 거예요. 그들의 손에 죽든가, 아니면 도망치든가 둘중의 하나예요. 우리는 함께 도망치기로 했어요. 하지만 갈만한 곳이 없었어요. 스메샤는 우리가 어디를 가든 우리를 찾아내고 말 거예요. 그것을 저지하려면 어느 든든한 조직에 들어가 그 조직의 보호를 받을 수밖에 없어요.」

「그래서 카오스의 보호를 받겠다는 거냐?」

「네, 그렇습니다.」

하고 오메가가 무뚝뚝하게 대답했다.

「꿇어앉아!」

로맨티스트는 두 사람을 꿇어앉힌 다음 부하에게 명령했다.

「여차하면 그 쇼트건으로 쏴버려!」

「알겠습니다.」

그때 밖으로 나갔던 요원 두 명이 뛰어들어왔다.

「뒤쪽에 경호원으로 보이는 자가 죽어 있습니다!」

로맨티스트는 알파와 오메가를 노려보다가 휴대폰을 꺼내 비상 버튼을 눌렀다.

「네, 버블입니다.」

조용한 목소리가 들려왔다. 신호가 가자마자 전화를 받는 것이 자고 있지 않은 것 같았다.

「로만입니다.」

행동대장은 로맨티스트라는 말이 너무 길다고 생각하여 간단히 로만이라고 부르고 있었다.

「아, 로만, 말하시오.」

「알파와 오메가라고 자칭하는 자들이 나타나 이글 숙소를 습격했습니다.」

「이글이 죽었나요?」

별로 놀라지도 않고 버블이 물었다.

「네, 이글 외에 경호원 두 명까지 모두 죽었습니다. 면목 없습니다.」

로맨티스트는 변명할 말이 없기 때문에 기죽은 목소리로 말했다. 그런데 버블은 아무렇지도 않은 듯 가볍게 받아넘겼다.

「괜찮아요. 역시 실력이 있는 자들이군.」

「그 두 명을 지금 체포했습니다. 사살할까 하다가 먼저 보고를 드린 후에……」

「사살하지 마시오! 그건 안 돼요!」

버블이 냉엄한 목소리로 말했다.

「알겠습니다. 그런데 놈들 말이 이글이 가짜라고 했습니다. 그래서 우리를 도우려고 기습했다고 합니다.」

「그건 맞을 거요.」

「네?!」

행동대장은 놀란 얼굴이 되었다. 버블은 모든 것을 알고 있는 것 같았다.

「그리고 카오스에 제발로 들어왔다고 주장하고 있습니다. 카오스의 보호를 받기 위해서 SOS를 보냈다고 하면서 버블에게 알아보라고 했습니다. 놈들은 카오스를 혼란에 빠뜨리기 위해……」

「그것도 맞아요. 알파는 구해 달라고 카오스에 긴급 구조요청을 보내 왔어요. 몹시 위급한 상황에 빠져 있는 것 같아요.」

「모든 게 사실이었군요.」

행동대장은 맥빠진 목소리로 중얼거리듯 말했다.

「구조요청을 받고 그들과 접선하려던 참이었는데, 생각을 바꾸었어요. 지금 그들이 그런 식으로 접근해 온 것은 새 스타일의 극적인 접선 방법이라고 보면 돼요.」

「그럼 모든 것을 알고 계셨습니까?」

「내가 시킨 거요. 우리한테 넘어오려면 그럴듯한 선물을 하나 가져오라고 했소. 그들이 가짜 이글 일당을 제거한 것은 우리한테 주는 선물이라고 보면 돼요.」

「세상에 이럴 수가?!」

로맨티스트는 터져나오려는 고함을 막기 위해 손으로 얼른 입을 덮었다.

「이제 그들이 카오스에 넘어오려는 이유와 그들의 이용가치가 입증되면 곧바로 그들을 작전에 투입시킬 거요.」

「그, 그건 곤란합니다!」

　로맨티스트는 당황해서 큰 소리로 말했다. 알파와 오메가를 작전에 투입시킨다는 것은 곧 그들을 그의 휘하에 둔다는 것을 의미한다. 저주와 증오의 대상이었던 적들을 하루아침에 어떻게 농지로 받아늘일 수 있다는 말인가. 말도 안 되는 소리다. 부하들이 그들을 그대로 놔둘리도 없다. 부하들은 어떤 명분으로도 그들을 받아들이지 않을 것이다.
　그는 버블의 처사에 화가 치밀었다. 왜 모든 것을 알고 있고, 자신이 시켰으면서도 지금까지 모른 체하고 시침을 떼고 있었단 말인가. 명색이 행동대장인데 귀띔이라도 해 주었어야 하지 않은가.
　알파와 오메가를 받아들일 경우 놈들을 통제하기도 힘들 것이다. 놈들은 제멋대로 날뛸 것이고, 그러다 보면 자신은 뒷전으로 밀려날 가능성이 크다.
　「우리 요원들이 가만 있지 않을 겁니다. 알파와 오메가에게 너무 당했기 때문에 지금 복수하려고 벼르고 있습니다. 재고해 주십시오.」
　「로만, 알파와 오메가는 우리한테 필요해요. 그들은 아주 우수하기 때문에 앞으로의 작전에 큰 도움이 될 거요. 그들이 자기 발로 걸어 들어왔다는 것은 우리한테는 그야말로 크나큰 행운이라고 볼 수 있어요.」
　「이건 함정입니다. 잘못하다가는 돌이킬 수 없는 실수를 맞게 될 겁니다.」
　「로만, 그들을 상대해서 싸울수록 우리 쪽 희생만 커져요.」
　「지금 당장 없애 버리겠습니다!」
　「그건 어리석은 짓이오. 그들을 죽이지 말고 데리고 오시오.

지금 당장!」
「그, 그러시면……」
「B5로 데리고 오시오!」
버블은 더이상 말하기 싫다는 듯 일방적으로 전화를 끊었다.
로맨티스트는 입술을 깨물면서 천천히 수화기를 내려놓았다. 그의 눈은 알파와 오메가를 노려보고 있었다. 그러나 그들은 무표정하게 그를 마주 바라볼 뿐이었다.
「너희들은 운이 좋았어.」
대장은 그들 주위를 맴돌았다. 그대로 살려 주기 싫다는 듯 그들을 노려보면서 뚜벅뚜벅 걸음을 옮겼다. 만일 버블의 명령을 거역한다면? 그는 틀림없이 용서하지 않을 것이다. 그는 걸음을 멈추었다.
「좋아하지 마. 죽음을 유보시켜 주는 것뿐이야. 조만간에 너희들은 내 손에 죽을 거야.」
그는 부하들을 바라보았다.
「이 년놈들을 B5로 데리고 가.」
「아니, 살려 주는 겁니까?!」
사내들은 살기등등한 눈으로 대장을 쏘아보았다.
「살려 주는 게 아니야! 조금 있다가 처리할 거야!」

알파25는 거미의 움직임을 지켜보고 있었다. 구석의 거미는 조금씩 조금씩 움직이고 있었다. 먹이도 없는데 마치 먹이를 노리고 접근하는 것처럼 몹시 신중하게 움직이고 있었다. 침침한 불빛이 거미줄과 거미의 움직임을 비추고 있었다.
문이 열리더니 검은 복장을 한 사내가 문앞에 나타났다. 그는 아무 말도 없이 손짓으로 그녀에게 들어오라고 했다. 그녀는 방 안으로 들어갔다. 권총을 허리에 찬 젊은 여자 한 명이 웃으며 그녀를 맞았다. 그녀는 그 방 안쪽에 있는 문을 열어 주면서 알파에게 들어가라고 손짓을 해보였다.

안쪽 문을 통과하자, 대단한 방인줄 알았는데 형편없이 초라한 방안에 한 남자가 책상을 앞에 놓고 앉아 있었다. 휑뎅그레하게 큰 방안에 혼자 앉아 있어서 그런지 그 남자는 유난히 작아 보였다.

그는 낡아빠진 책상 앞에 조용히 앉아 있었다. 책상 위에 놓여 있는 석유등잔이 인상적으로 보였다. 전등이 있는데도 구시대의 유물을 쓰고 있는 것이 특이한 분위기로 다가오고 있었다.

「오래 기다리게 해서 미안합니다.」

그가 일어서서 손을 내밀었다.

「버블이라고 밖에 말할 수 없는 것이 유감입니다.」

그녀의 손을 잡은 손은 따뜻하고 부드러웠다.

「저도 알파라고 밖에 말할 수 없군요.」

그녀는 상대방을 뚫어지게 응시했다. 그 역시 표정은 부드러웠지만 그녀를 차갑게 쏘아보고 있었다. 이 사람이 그 유명한 버블이란 말인가. 아무런 특징도 없는, 어디서나 볼 수 있는 아주 평범한 얼굴이 거기에 있었다. 그녀는 그가 버블이란 것을 믿을 수가 없었다. 그러나 그녀의 입장에서는 그것을 믿지 않을 수가 없었다.

「자, 앉으십시오.」

그녀는 책상 앞에 놓여 있는 낡은 나무 의자에 조심스럽게 걸터앉으면서 석유등잔을 바라보았다. 그의 시선이 그녀의 시선을 쫓았다.

「마음에 드십니까?」

「신기해요.」

그녀는 미소를 지으면서 말했다.

「난 현대의 전자제품이 마음에 안 들어요. 지난 시대의 유물들이 마음에 들고 정겨워요. 그래서 이런 걸 즐겨 쓰죠.」

「좋은 취미를 가지셨군요.」

「산 속에 별장이 하나 있는데…… 그 안에서 쓰는 것들은 모두 과거의 유물들이죠. 밥도 나무로 때서 합니다. 물론 전기도 없고 전화도 없죠. 그 안에 들어가면 난 완전히 자유인이 되고, 원시의 세계로 들어간 기분입니다. 마음이 아주 편안해져요.」

「저도 그런 별장을 하나 가지고 싶어요. 불가능한 일이겠지만……」

그녀는 자조적인 어조로 말했다.

「왜 불가능하다고 보는 거죠?」

「언제 죽을지 모르니까요.」

버블은 그녀의 말 속에 숨은 뜻을 헤아리려는 듯 그녀를 가만히 쳐다보다가 입을 열었다.

「그렇지 않아도 당신을 만나고 싶었어요. 당신에 대해서 흥미를 느끼고 있었고…… 그래서 관심이 많았어요. 그런데 이렇게 미인인 줄 몰랐어요.」

「감사합니다. 저도 당신을 한번 만나고 싶었어요.」

「커피 한잔 하겠소?」

「네, 마시고 싶어요.」

　그는 두 손을 비비면서 일어서더니 구석 쪽으로 걸어갔다. 아무 경계심도 없는 그 모습을 보고 그녀는 마음이 편안해졌다.
　커피 물이 끓는 동안 버블은 구석 쪽에서 서성거리고 있었다.
「당신의 SOS 신호를 받고 처음에는 믿을 수가 없었어요.」
　버블의 목소리가 실내를 울렸다.
「생각 끝에 내린 마지막 결정이었어요. 죽음을 눈앞에 두고 있으니까 못할 일이 없더군요.」
「왜 자꾸만 죽음에 대해서 이야기를 하는 겁니까?」
　알파는 몸을 일으켰다. 구석 쪽에서 커피 포트의 물이 끓는 소리가 들려오고 있었다.
「저는 마음대로 도망칠 수가 없어요. 어디를 가든 제 위치는 알려지게 돼 있어요. 그리고 그들은 버튼 하나만 누르면 언제든지 저를 죽일 수가 있어요.」
「어떻게 그럴 수가 있습니까?」
　그는 그녀에게 등을 보인 채 커피 포트의 물을 잔에 따르고 있었다. 그녀는 그의 등 뒤로 가만히 다가가 섰다.
「제 머리 속에는 칩이 내장되어 있어요. 그것을 통해서 저는 명령을 받아요. 그리고 그것을 통해서 제 위치가 알려지게 돼 있어요. 뿐만 아니라……」
「자, 커피 들어요.」
　버블이 돌아서서 잔을 내밀었다. 큼직한 잔에 커피가 가득 들어 있었다.
「고마워요.」
　그녀는 잔을 받으면서 묘한 기분을 느꼈다. 마치 오래 전부터 알고 지내온 사람을 만난 것 같은 그런 기분이라고 할까.

그들은 잔을 들고 다시 책상 쪽으로 다가가 앉았다.

「자, 계속하십시오.」

그녀는 갑자기 목이 잠기는 바람에 얼른 말을 꺼낼 수가 없었다. 얼른 커피를 한 모금 마시고 나서야 입을 열 수가 있었다.

「그 칩에는 폭파장치가 내장되어 있어요. 그것을 터뜨리면 저는 죽게 돼 있어요. 그러니까 그들은 언제라도 그것을 폭파해서 저를 죽일 수가 있어요. 그들은 또 그것을 통해서 원격조종으로 저를 고문할 수가 있어요. 머리에 가해지는 고문은 정말 끔찍해요.」

「꼼짝할 수 없게 돼 있군요.」

버블은 연민에 찬 눈으로 그녀를 바라보았다.

「네, 그들은 저를 꼼짝할 수 없게 묶어 놓았어요. 저는 로봇이나 다름없어요.」

「그걸 제거하면 안 되나요?」

「제거할 수가 없어요. 제거하려고 하면 폭파하도록 되어 있어요. 잘못 건드리기만 하면 폭파할 거예요.」

「지뢰 같군요.」

버블은 찻잔을 내려놓고 나서 턱에 손을 괴면서 무엇인가 궁리하는 것 같은 표정을 지었다.

「카오스를 찾은 건 처음이자 마지막 모험이에요. 아무리 생각해 보아도 카오스를 빼고는 구조를 요청할만한 데가 없었어요. 카오스야말로 우리가 마지막으로 목숨을 맡겨볼만한 데라고 생각했어요. 그래서 감히 카오스의 문을 두드렸던 거예요.」

버블은 찻잔을 만지작거리고 있는 그녀의 손을 가만히 바라보고 있었다. 그녀의 손은 보통 여자들처럼 갸날팠다. 저렇게 갸날픈 손으로 어떻게 사람들을 죽일 수 있었을까. 그의 눈은 그렇게 묻고 있었다.

「왜 카오스가 당신들을 도와 줄 수 있을 거라고 생각했나요? 카오스 역시 다른 조직들과 다를 바 없는데……」

「카오스가 다른 조직들과 비교해 볼 때 기능면에서 뒤떨어지는 것은 사실이에요. 하지만 조직이란 그것이 전부가 아니라고 생각해요. 카오스에는 조국을 지키려는 약자의 몸부림 같은 것이 있어요. 카오스를 볼 때마다 저는 안타까움을 느꼈어요. 그리고 연민도 느꼈구요.」

버블은 미소를 지으려다가 말았다. 그는 불쾌한 듯 그녀를 바라보고 있었다.

「조국을 지키려는 안타까운 몸부림은 신성한 것이에요. 거기에는 분명한 의미가 있어요. 신성불가침적인 의미 말이에요. 그러나 다른 조직에는 그런 의미가 없어요.」

「그럼 뭐가 있죠?」

「탐욕…… 끊임없는 탐욕만이 있을 뿐이에요. 그들은 약자를 집어삼키려는 끝없는 탐욕에 따라 행동하고 있을 뿐이에요. 우리는 그 탐욕을 채워 주기 위해 심부름이나 해주다가 없어지는 소모품일 따름이구요. 우리한테는 미래도 없고 희망도 없어요. 그런 생각 자체를 허용하지 않아요.」

그녀는 어느 새 창백한 표정이 되어 있었다.

「당신 말은 논리가 맞지 않아요. 카오스를 연민의 눈으로 바라보고 있다면서 왜 카오스 요원들을 그렇게 많이 죽였죠?」

「그건 명령에 따랐을 뿐이에요. 명령에 따른 결과가 그렇게 된 거예요. 명령에 따르지 않으면 제가 죽어야 해요.」

「한국은 당신의 조국이 아니기 때문에 당신한테는 의미가 없어요. 이를테면 카오스가 당신을 받아들일 경우 당신은 한국을 위해 무엇인가 해야 하는데, 과연 당신이 우리 카오스 요원들처럼 헌신적으로 일할 수 있을까? 그리고 그것이 당신한테 의미가 있는 것일까? 당신은 카오스에 들어온다 해도 지금보다 나아지지는 않을 거요.」

「아니에요!」

그녀는 단호한 목소리로 말했다.

「저는 카오스에서 의미있는 일을 하고 싶어요.」

「그러면 얼마나 좋겠소.」

버블은 안타까운 듯이 고개를 흔들었다.

「왜 그것이 불가능한 것처럼 말씀하시죠? 한국은 제 조국이나 다름없어요. 저희 아버지는 중국인이었지만 어머니는 한국인이었어요. 두 분 다 돌아가셨지만 저는 한국에서 나고 자랐기 때문에 중국보다는 한국 쪽에 더 심정적으로 가까워요. 한국은 제 조국이나 다름없어요.」

「당신 부친의 이름은 왕창건, 모친의 이름은 유순희…… 두 분 사이에는 두 남매가 있었고, 당신은 둘째였죠?」

「다 아시는군요.」

「당신에 대한 기초적인 조사는 오래 전부터 마무리되어 있었소.」

버블은 굳어진 표정으로 상체를 앞으로 기울였다.

「나는 당신에 대한 처리를 마무리짓기 위해 당신에 대해서 철저히 조사를 하라고 지시를 했었소. 그러나 당신은 베일에 싸

여 있는 부분이 많았기 때문에 조사는 철저히 이루어질 수가
없었소. 하지만 그런 대로 기본적인 것은 알아낼 수가 있었어
요.」
「저에 대한 처리란 무엇을 의미하는 것이쇼?」
「그건 당신을 제거하는 일이오. 당신을 제거하기 위해서는 당
신에 대해서 자세히 알 필요가 있었어요. 당신의 약점 말이
오.」
「그래서 알아내셨나요?」
알파의 눈이 투명한 빛으로 빛나고 있었다.
「알아냈으니까 당신이 우리한테 제발로 걸어들어온 거 아니
오?」
「그건 제 판단에 따른 결정이었는데요.」
「당신은 그렇게 생각하겠지. 하지만 당신은 사실은 내가 쳐놓
은 그물에 걸려든 거요. 그러니까 함정에 빠져든 거지.」
알파25는 어리둥절한 표정으로 그를 노려보았다. 도무지 그의
말을 이해할 수가 없다는 그런 표정이었다. 그녀의 그런 모습을
지켜보면서 버블은 재미있다는 듯 미소를 지었다.
「카오스에 대한 각국 스파이들의 인식이 얼마나 중요한가를
나는 오래 전부터 깨닫고 있었소. 그들에게 좋은 인식을 심어
주는 것, 그리하여 그들이 곤경에 처했을 때 그들의 도피처가
되어 줄 수 있다는 인식을 심어 주는 것, 그것이야 말로 아주
중요한 작전이라는 것을 나는 알고 있었소. 사실 거물급 스파
이가 망명해 올 경우 그 불로소득은 엄청난 것이오. 그런데 대
부분의 조직들이 거기에 소홀히 대처하고 있어요. 다시 말해
도피처를 구하기에는 너무 살벌한 인식을 스파이들에게 심어

주고 있단 말이오.」
「당신이 망명자들을 철저히 보호해 주고 또 후하게 대접해 주고 있다는 것은 스파이들의 세계에서는 잘 알려져 있는 사실이에요.」
알파는 그의 말을 인정했다.
「그건 낚시였소. 당신 같은 스파이들을 끌어들이기 위한 낚시였어요.」
「하지만 그런 낚시는 걸려들만한 낚시예요.」
그녀는 타는 듯한 눈으로 그를 바라보았다.
「그렇게 생각해 주니 고맙소. 나는 수개월 전부터 당신이 방황하고 있다는 것을 알았소. 외로운 방황, 이 세상에 혼자밖에 없는 것 같은 몸부림, 그런 것을 나는 당신한테서 감지하고 있었소.」
「저는 이제 더이상 외롭지 않아요.」
그녀는 자신에 차서 말했다.
「오메가가 당신의 마음을 사로잡은 모양이군요?」
「잘 아시는군요. 하지만 그게 전부가 아니에요. 제 마음을 진짜로 사로잡은 사람은 따로 있어요.」
「그 행복한 사나이가 누구죠?」
「물리학자인 남박사님이에요.」
버블은 멈칫하다가 표정이 없는 얼굴로 그녀를 잠시 바라보았다.
「당신이 저에 대해서 조사한 것처럼 저도 당신에 대해서 알아볼 수 있는 한 알아보았어요. 그리고 알면 알수록 깊이 빠져드는 것을 느꼈어요.」

「뭔가 오해를 하셨군. 나는 여자한테는 정말 매력이 없는 남자로 소문이 난 사람이오. 본 적도 없는 볼품없는 남자한테 마음이 사로잡히다니…… 그런 말을 내가 믿을 것 같소? 나에게 잘 보이려고 그럴 필요는 없어요. 그런다고 해서 당신에 대한 평가가 달라지는 건 아니니까. 커피 조금 더 하겠소?」

몸을 일으키면서 그가 물었다.

「네, 조금만 더 주세요.」

버블은 빈 잔 두 개를 들고 구석 쪽으로 걸어갔다.

「잘 보이려고 그런 말한 게 아니에요!」

그의 등에다 대고 그녀가 큰소리로 말했다.

「아무튼 그런 말은 별로 마음에 안 들어요. 당신은 사람을 잘못 봤어요.」

「아니에요! 잘못 보지 않았어요. 당신은 여느 보스들하고는 확실히 다른 데가 있어요. 솔직히 말씀드리면 전 카오스를 보고 온 게 아니라 당신을 보고 온 거예요. 당신이 너무 마음에 들어서요. 당신한테는 탐욕이 없고, 그대신 고결한 정신이, 순교자 같은 정신이……」

「당신은 그렇다 하고, 오메가까지 구원을 요청한 것은 또 뭐요? 그 사람도 위급한 상황에 처해 있나요? 당신들은 서로 죽여야 할 입장인데 어떻게 해서 이렇게 붙어다니게 됐죠?」

「우리는 서로 사랑하고 있어요. 우리는 서로의 입장을 이해하고 나서, 함께 탈출하지 않으면 두 사람 다 죽게 된다는 것을 알았어요. 우리 두 사람은 서로 상대방을 죽이라는 명령을 받았어요. 우리는 그 명령을 거역하고 함께 탈출을 하기로 결정한 거예요. 오메가는 소모품으로 희생되어야 할 운명이에요.

그가 나를 따라나선 것은 도박이라고도 할 수 있어요. 매우 위험한 도박이죠. 하지만 이래 죽으나 저래 죽으나 마찬가지라면 한번 부딪쳐나 보겠다고 생각하고 따라나선 거예요. 그는 아주 우수한 공작원이에요. 그를 받아들이면 큰 도움이 될 거예요.」

버블은 커피잔을 들고 자리로 돌아왔다. 그는 싱글거리고 있었다.

「만일 오메가를 받아들이지 않으면 어떡 하겠소?」

「저 혼자만 살겠다고 그와 작별하지는 않을 거예요. 그는 몇 번씩이나 제 목숨을 구해 줬어요. 저한테는 수호신이나 같은 존재예요.」

「쯔쯧…… 사랑에 빠졌군요.」

「단지 그런 것만은 아니에요. 우린 서로 신뢰하고 있어요.」

버블은 그녀를 지그시 바라보고 나서 커피를 천천히 마셨다.

「당신이 그를 신뢰하고 있는 것만큼 그 역시 당신을 신뢰하고 있을까요?」

의심스러운 듯이 그가 물었다.

「물론 신뢰하고 있어요. 그러니까 저와 함께 목숨을 걸고 도망친 거예요.」

버블은 그녀에게 담배를 권했다. 그녀는 사양하지 않고 담배를 받았다.

「우리는 오메가에 대해서도 조사를 했어요. 그 결과는 별로 신뢰감이 가지 않은 인물로 판정이 났어요. 그는 공작원으로서 기습적인 공격에 뛰어나고, 상상을 불허할 정도의 용맹성과 과감성을 동시에 지니고 있어요. 그러한 점들이 그의 단점들을 커버하고 있기 때문에 당신의 눈에는 그가 믿을만한 남자로 보이겠죠. 그러나 그는 그렇게 믿을만한 상대가 못 돼요. 오메가한테는 기본적으로 결여된 것이 있어요.」
「그게 뭐죠?」
그녀는 찻잔을 두 손으로 감싸쥐었다.
「그것은 인간이라는 사실을 망각하고 있다는 점이오. 그는 아무 감정도 없는 로봇이지 인간이 아니에요.」
「아니에요! 그를 만나보지도 않고 어떻게 그렇게 말할 수가 있어요?! 그한테는 따뜻한 가슴과 격렬한 감정이 있어요. 누구나 다 가지고 있는 것들을 그 사람도 똑같이 가지고 있어요.」
「그는 명령에 따라 움직이는 로봇일 뿐이오.」
「그렇지 않아요! 그는 명령을 거역하고 저와 함께 탈출했잖아요?!」
「그건 자기 보호를 위한 본능적인 행동에 지나지 않아요. 그는 자기 보호를 위해서는 당신도 죽일 거요. 그 앞에서는 모든 사람들이 언젠가는 제거해야 할 적일 뿐이오. 그는 위험 인물이오.」
「아, 아니에요!」
그녀는 찻잔을 내려놓으면서 힘없이 고개를 흔들었다.
「그는 자기자신만을 위해 행동하는 기계인간이오. 그가 당신을 사랑하고 당신의 목숨을 구해 주고, 당신과 함께 탈출한 것은 모두가 자신을 위해서 한 짓이오. 자신에게 필요하기 때문에 한 짓이란 말이오.」
「그에 대해서 어떻게 그렇게 잘 아시죠?」

「그에 대한 조사자료를 토대로 분석한 결과요.」
그가 상체를 뒤로 젖히자 삐걱거리는 소리가 들려왔다.
「그 결과는 컴퓨터가 한 것이겠죠?」
「그렇소.」
「모두가 컴퓨터만 믿는군요. 컴퓨터가 뽑아낸 결과에 대해서는 아무도 의심하려고 하지 않는군요.」
「나는 컴퓨터를 전적으로 믿지 않아요. 특히 인공지능 컴퓨터에 대해서는 회의가 많아요. 그것은 이를테면 백만분의 1의 가능성에 대해서는 이야기하지 않아요. 그건 그렇고, 문제는 당신한테 있어요. 그것도 가장 심각한 문제가……」
버블은 손가락으로 자신의 머리를 가리켰다.
「당신의 머리 속에 있는 그 벌레 말이오.」
벌레라는 표현에 그녀는 섬짓한 표정을 지었다. 그러면서도 머리 속에 들어 있는 칩을 벌레라고 표현한 것이 아주 적절한 표현인 것처럼 생각되었다.
「그 벌레는 머지 않아 저를 집어삼키고 말 거예요.」
「정확히 언제까지죠?」
「정확한 시간은 알 수 없어요. 아마 기습적으로 먹어치울 거예요. 무슨 연락이 올 때가 지났는데 아직까지 오지 않는 것이 아무래도 이상해요.」
「좋은 방법이 있을 텐데……」
중얼거리면서 버블은 생각에 잠겨 허공을 바라보았다.
「박사님은 저를 구해 주실 거라고 생각했기 때문에 박사님을 찾아왔던 겁니다. 박사님, 저를 받아주세요.」
그녀는 호소하는 눈길로 그를 바라보았다.

「나보고 당신 시체를 인수하라는 건가요?」
「아직 죽지는 않았잖아요.」
그녀는 담배를 비벼끄면서 힘없이 말했다.
「하지만 죽은 목숨이나 다름없잖소.」
「박사님을 만나면 저를 구해 주실 줄 알았어요. 구해 주세요. 구해 주시면 목숨을 바쳐 일하겠어요. 아무리 궂은 일이라도 전 할 수 있어요.」
그렇게 말하는 그녀는 애절하게 구원을 호소하는 갸날픈 여성에 지나지 않았다. 그런 그녀를 지켜보면서 버블은 심한 혼란을 느끼지 않을 수 없었다.
「알파, 당신을 구하고 싶소.」
「감사합니다.」
「무슨 방법이 있을 거요.」
「네, 틀림없이 있을 거예요.」
삐익!
귓속에서 신호음이 울렸다.
그녀는 들고 있던 찻잔을 떨어뜨렸다.
버블은 놀란 눈으로 그녀를 쳐다보았다.
「무슨 일이오?!」
알파는 얼른 손가락을 입에 갖다댔다.
「본부에서 호출신호가 왔어요.」
그녀는 얼른 리시버를 꽂은 다음 손목시계의 버튼을 눌렀다.
「여기는 메디칼 센터…… 암호를 말씀하십시오.」
「알파25……」
그녀는 감정을 최대한 억제하면서 말했다.

「안녕하세요? 클레오파트라입니다.」

「……」

「알파, 제 말 들리나요?」

「드, 들려요.」

알파는 풀죽은 목소리로 말했다.

「알파, 왜 그렇게 목소리에 힘이 없죠?」

「난 지금 몹시 아파요. 움직일 수 없을 정도로 아파요.」

「어머나, 어쩌죠? 어디가 그렇게 아프시죠?」

「두통과 호흡곤란이에요.」

「어머나, 큰일이군요. 아픈 지 얼마나 됐죠?」

「이틀 내내 아무 것도 못 먹었어요. 너무 아파서 잠도 잘 수가 없어요. 이대로 가다가는 죽을 것 같아요.」

「저걸 어쩌죠. 그랬었군요. 그래서 연락이 없었군요. 왜 빨리 연락하지 않았죠?」

무엇인가 생각하는 듯 하면서 클레오파트라가 물었다.

「연락한들 무슨 소용이 있어요.」

「빨리 연락하면 센터에서 손을 쓸 수가 있으니까 하는 말이에요.」

「병원에 가는 것은 금지되어 있잖아요. 병원에서 머리라도 촬영하게 되면 큰일나니까 말이에요.」

「그래도 몸을 못 가눌 정도로 아프면 연락을 헤야죠. 센터의 병원시설은 최상급이란 거 알잖아요.」

「그런 말은 들었죠. 하지만 그 병원에는 가기 싫어요.」

그녀의 목소리는 분노로 떨리고 있었다. 그러나 그녀는 화를 내지는 않았다. 화를 내서는 안 된다는 것을 그녀는 알고 있었던 것이다.

「알파, 여기서 보는 당신의 뇌상태는 아주 정상상태요. 파장도 혈류도 혈압도 아주 정상적으로 가동되고 있어요. 이상한 점은 하나도 없어요. 그런데 왜 아플까요? 이상하군요.」

「바이러스가 침투해서 나를 괴롭히는 것도 감지할 수 있나요? 그런 것까지 알 수는 없잖아요.」

「병원균이 침투해서 몸에 이상상태가 발생하면 여기서도 알 수 있어요. 당신의 체온까지도 감지할 수 있어요. 당신은 제 능력을 의심하고 있군요.」

「의심하는 게 아니라 우리는 지금 의견을 교환하고 있는 거예요.」

「아, 그렇군요.」

「병원균에 의해서만 병이 발생하는 것은 아니에요. 정신적인 스트레스가 심하면 그것도 병이 될 수 있어요. 그런 것까지 감지할 수는 없잖아요.」

「그런 것도 감지할 수 있어요. 공포, 불안, 분노, 절망, 기쁨과 슬픔, 이런 것들까지 모두 감지할 수 있어요.」

「거짓말 말아요!」

「거짓말이 아니에요. 알파, 당신의 현재 감정상태를 말해 줄까요? 당신은 지금 몹시 분노하고 있어요. 당신이 분노하고 있는 모습이 여기에 분명히 나타나고 있어요.」

알파는 몸을 떨었다.

「클레오파트라, 제발 웃기지 말아요. 난 화가 나 있지 않아요. 화를 낼 힘도 없어요.」

「알파, 당신은 지금 몹시 화가 나 있어요. 그리고 몹시 불안정하군요.」
「몸이 아프니까 불안정하게 보이는 건 당연하죠.」
「아니, 그렇지가 않아요. 알파, 진찰이 필요하니까 지금 바로 병원에 가도록 해요. G7에 가서 기다리고 있으면 한 시간 내에 당신을 데리고 갈 차가 올 거예요.」
「싫어! 병원에는 가지 않을 거예요!」
알파는 완강히 거부했다.
「피닉스가 기다리고 있어요.」
삐익!
다시 신호음이 울리더니 클레오파트라의 목소리 대신 가래 끓는 것 같은 목소리가 들려왔다.
「콜록콜록…… 쿨럭쿨럭…… 알파……」
「……」
알파는 숨을 죽인 채 가만히 있었다.
「알파…… 내 말 들리나? 피닉스다…… 콜록콜록……」
「……」
그녀는 입을 다문 채 버블을 바라보았다. 그는 뚫어질 듯 그녀를 응시하고 있었다.
「알파! 피닉스다! 내 말 안 들리나?」
「말씀하세요.」
그녀는 기어들어가는 목소리로 말했다.
「왜 빨리 대답을 안하는 거지?」
「잘 안 들려요. 머리가 너무 아프고, 귓속에서 이상한 잡음이 많이 나서 다른 소리는 잘 안 들려요.」
「그래? 많이 아프다고?」

기침소리와 함께 웃음소리가 들려왔다.

「그렇게 아프다면 큰일인데. 진짜로 아픈 것이 무엇인지 아르켜 줄까?」

「아, 안 돼요! 피닉스, 그것만은…… 그러면 전 죽어요! 당신을 저주할 거예요!」

「날 저주한다고? ……호호호호…… 쿨럭쿨럭쿨럭…… 모두가 날 저주하고 있지.」

「저는 당신의 명령을 충실히 수행해 왔습니다. 너무 충실히 수행했기 때문에 심신이 모두 지쳐 버렸습니다. 저한테는 지금 휴식이 필요합니다.」

「휴식? 좋은 말이지. 몸이 아프다는 것은 진짜 아픈 맛을 보지 못했기 때문이야.」

「지난 번에도 당신은 저한테 고통을 주지 않았습니까?」

「그건 별로 대수로운 게 아니었지.」

윙!

「악!」하고 비명을 지르면서 알파는 두 손으로 귀를 막았다.

버블의 눈에는 그녀가 마치 장난하는 것처럼 보였다. 그래서 그는 어리둥절한 눈으로 그녀의 움직임을 지켜보고 있었다.

고막을 때리는 격렬한 소음과 함께 머리 속이 깨지는 것 같은 고통이 엄습했다. 알파는 바닥에 나뒹굴면서 버블에게 고통을 호소했지만 그는 어쩔줄 모르면서 멍하니 그녀를 바라보고만 있었다.

「알파! 넌 지금 나를 속이고 있어…… 아프지도 않으면서 아프다고…… 콜록콜록…… 왜 오메가를 처리하지 않은 거지?」

「아, 아직 시간이 남아 있잖아요?! 아아악! 제발 이러지 말아요!」

큰 조각으로 갈라진 머리통이 이번에는 작은 조각들로 분쇄되는 것 같았다. 그러다가 갑자기 고무풍선처럼 부풀어 오르면서, 눈알이 튀어나오고 입에서는 거품이 흘러나왔다.

「살려 줘요! 살려 줘요!」

그녀는 바닥을 손톱으로 긁어대면서 기어갔다.

「너는 위험인물이야. 오메가하고 함께 있으면서 왜 시간을 끄는 거지? 그리고 왜 아프다고 거짓말을 하는 거지?」

「정말이에요! 아, 피닉스, 제발 그만해요! 제가 잘못했어요!」

그녀는 울기 시작했다.

「잘못했다고? 뭘 잘못했지?」

「다, 당신 마음에 들지 않게 한 것…… 그 모든 것에 대해 용서를 빌겠어요! 용서해 주세요. 제발!」

몸부림치는 그녀를 바라보고 있던 버블은 비로소 그녀가 겪고 있는 고통이 장난이 아님을 깨달았다. 그러자 그 고통이 자신에게도 전해져 오는 것을 느끼고는 거기에서 벗어나려는 듯 벌떡 몸을 일으켰다. 그리고 그녀 쪽으로 다가가 그녀를 안았다.

그의 손이 이마를 쓰다듬자 그녀는 눈을 바로 뜨고 그를 바라보았다. 그러나 이내 다시 고통으로 얼굴이 일그러지면서 비명을 질렀다.

「알파, 다시 한번 명령한다! 오메가를 빨리 처치해!」

「아, 알겠습니다.」

그녀는 버블의 가슴 속으로 얼굴을 디밀었다.

「X파일은 어떻게 됐지?」

「계속 찾고 있습니다. 파일을 찾는데는 오메가의 협조가 필요

합니다. 파일을 찾은 다음에 그를 제거해도 늦지 않을 거라고
생각합니다만……」
그녀는 고통을 참으려고 이를 악물면서 자기도 모르게 버블의
가슴을 쥐어뜯었다.
잠시 침묵이 흘렀다. 피닉스는 얼른 결정을 못 내리고 생각에
잠겨 있는 것 같았다. 이윽고 피닉스의 목소리가 들려왔다.
「24시간 여유를 주겠다. 24시간 안에 오메가와 함께 파일을
찾아야 한다. 만일 찾지 못하면 오메가를 제거해야 한다. 알았
지? 나로서는 최대한 관용을 베푼 거야. 쿨럭쿨럭쿨럭……」
「아, 알겠습니다. 감사합니다.」
「지금 있는 곳이 어디지?」
「서울 변두리에 있는 여관방입니다.」
「누구와 함께 있지?」
「혼자 있습니다.」
「오메가는?」
「행방을 모릅니다. 그는 불쑥불쑥 나타나기 때문에 있는 곳을
알 수가 없습니다.」
버블은 땀에 젖은 그녀의 이마를 손수건으로 닦아 주었다.
「하지만 언제라도 서로 연락은 가능합니다.」
「알파, 허튼 수작하지 마. 허튼 수작하면 어떻게 되는지 알고
있지?」
윙!
「악!」
알파는 경련을 일으키면서 버블의 가슴 속으로 파고 들었다.
그녀의 두 손이 가슴을 쥐어뜯는 바람에 그는 고통스러웠지만

그대로 그녀를 껴안고 있었다. 조금만 참아. 널 구해 줄 테니까 조금만 참아. 그의 두 눈은 그렇게 말하고 있었다.

이윽고 귓속에서 소음이 사라지면서 그녀는 심연 속으로 깊이 빠져들어갔다.

접근

피닉스의 가래 끓는 것 같은 목소리가 들려오고 있었다. 그것은 그녀의 어린 시절을 지배하던 소리였다.

아버지의 목소리가 바로 그랬었다. 내장을 긁어대는 것 같은 소름끼치는 기침소리를 듣지 않으려고 그녀는 이불을 뒤집어쓰고 귀를 막아보기도 했지만 그것을 막을 수는 없었다.

무지무지하게 뚱뚱한 중국인 아버지는 중국음식점에서 주방장으로 일했는데, 일을 끝내고 집으로 돌아올 때는 항상 만취상태에 있었고, 어머니를 무지막지하게 두드려패곤 했었다. 그래도 직성이 풀리지 않으면 살림살이를 때려부쉈고, 아이들까지 두드려깨워 주먹질과 발길질을 해댔다. 아버지가 술에 취해 고래고래 소리를 지를 때는 쉰 목소리가 더욱 쉬어빠져 흡사 내장을 긁어대는 것 같은 역겹고 소름끼치는 소리로 변하곤 했다. 아버지가 집으로 돌아올 때 멀리서부터 그 가래 끓는 것 같은 목소리가 들려오면 그때부터 그녀는 겁에 질려 몸이 움츠러들곤 했었다.

심연의 바다에 빠져 그녀는 허우적대고 있었다. 어떻게든 그 가래끓는 것 같은 소리로부터 벗어나려고 몸부림쳤지만 그것은 점점 더 큰 파도가 되어 그녀를 덮쳐오고 있었다. 그녀는 그 소리로부터 벗어날 수만 있다면 무슨 짓이든지 할 수 있을 것만 같았다.

「네가 나를 죽였지?」

중국인 아버지가 집요하게 묻고 있었다.

「아, 아니에요!」

그녀는 한사코 부인했지만 아버지는 그녀의 말을 인정하려고 하지 않았다.

「거짓말하지 마! 난 다 알고 있어. 엄마와 너희들이 작당해서 나를 독살시킨 거 다 알고 있어!」

가래 끓는 것 같은 목소리에 그녀는 진저리를 치면서 고개를 흔들었다.

「아니에요! 그렇지 않아요!」

「거짓말하면 널 영원히 붙잡아 둘 거야! 넌 절대 여기서 빠져나갈 수 없어! 넌 이 심연 속에서 영원히 내 기침소리를 들으며 허우적거리게 될 거야! 그래도 거짓말할 거야?」

「안 돼요! 싫어요! 당신은 악마예요! 우리 아빠가 아니고 악마예요!」

「악마? 그래. 난 악마야. 내가 악마라는 거 부인하지는 않겠다. 흐흐……」

「난 악마를 죽인 거예요! 아빠를 죽이지 않고 악마를 죽인 거예요!」

「옳지. 이제야 실토를 하는구나. 그래, 어떻게 악마를 죽였지?

말해 봐. 숨기지 말고 모두 말해 봐.」
「악마는 저주받아 마땅해요!」
그녀는 악을 쓰다가 벌떡 몸을 일으켰다.

불빛이 머리 위에서 쏟아져 내리고 있었다. 너무 밝았기 때문
에 그녀는 눈을 가늘게 뜨고, 주위를 둘러보았다.
　침대 곁에 한 남자가 서 있었다.
「여긴 어디죠?」
「병원입니다.」
남자가 무뚝뚝하게 대답했다.
「제가 소리를 질렀나요?」
「네, 아주 큰 소리로……」
　그녀는 한숨을 내쉬면서 도로 침대 위에 몸을 눕혔다. 눈을 감
자 다시 아버지의 가래 끓는 것 같은 목소리가 들려오는 듯했다.
　그녀는 5남매의 둘째였다. 위로 오빠가 있었는데, 그는 얼간
이로 제 앞도 가리지 못했기 때문에 그녀가 맏이 역할을 할 수밖
에 없었다.
　점점 성장하면서 그녀는 아버지의 행패에 더이상 당하고만 있
어서는 안 된다는 것을 자각했다. 아버지에 대한 저주와 증오는
마침내 살의로 변해 갔고, 그녀는 그것을 구체적으로까지 생각
하게 되었다.
　어느 날 그녀는 어머니에게 아버지를 죽이자고 제안했다. 그
말을 들은 그녀는 딸을 죽도록 두드려팼다. 그 끝에 두 모녀는
서로 부둥켜안고 울었다.
　그녀의 동생들은 너무 어려서 상의해 볼 상대가 되지 않았다.

어리지 않다 해도 그 일에 동생들까지 끌어들이고 싶지는 않았다.

살의가 구체적인 모습으로 자리를 잡게 되었을 때 그녀는 열일곱 살이었고, 집안은 서울에서 홍콩으로 이주하여 아직 자리가 잡히지 않은 어수선한 상태에 있을 때였다.

홍콩으로 이주하자 어머니에 대한 아버지의 학대는 극에 다달은 느낌이었다.

「너 같은 건 없어지는 게 좋아! 그래야 내가 같은 중국 처녀하고 결혼할 거 아니야! 중국 처녀들이 나하고 결혼하려고 나래 비줄을 서 있어! 알기나 하냐?」

어느 날 그녀가 외출했다 돌아오니 어머니는 아버지에게 심하게 맞아 병원에 입원해 있었다. 병원으로 달려가 보니 어머니는 한쪽 눈을 이미 잃은 상태였다. 의사는 가망이 없다고 하면서 수술을 아예 포기하고 있었다. 그것을 보고 그녀는 아버지를 죽이는 일을 더이상 늦출 이유가 없다고 생각했다. 그날 밤 그녀는 아버지가 마시다 만 술병에 독약을 탔고, 그런 줄도 모르고 그 술을 마신 그녀의 아버지는 몸부림치다가 죽어갔다.

아버지가 괴로움에 몸부림치고 있을 때 그녀는 무표정하게 그의 죽어가는 모습을 지켜보고 있었다. 그렇게 죽는 것이 아주 당연하다는 듯이 냉정한 눈으로 구경만 하고 있었다.

나중에 살인범으로 체포되어 법정에 섰을 때 그녀는 범행 당시의 자신의 태도와 심리상태를 사실대로 이야기했다. 그와 같은 그녀의 진술에 대해 검사는 그녀를 가리켜 잔인무도한 살인마로 단정했고, 언론도 그녀를 그렇게 묘사했다. 재판관은 눈물 한 방울 흘리지 않는 그녀의 무정함과 후회할 줄 모르는 뻔뻔스러움을 개탄하면서 그녀에게 사형을 언도했다.

그녀에 대한 사형집행은 한 달 후에 있었다. 한 달 후 그녀는 형장으로 끌려나가 사형에 처해졌다. 그러나 그것은 공식적인 사형집행이었을 뿐이었다. 서류상으로 그녀는 죽은 것으로 기록되었고, 그래서 이 세상에서 완전히 사라진 것으로 되어 있었다.

그러나 그 사형집행은 그녀에게 있어서 새로운 탄생을 의미했고, 스파이 세계에서는 알파25의 출현을 뜻했다.

한 치 앞을 내다볼 수 없는 칠흑 같은 어둠 속에서 보이는 것이라고는 순간적으로 스쳐가는 섬광뿐이었다. 어지럽게 교차하는 섬광은 어둠 속에서 아름다운 불꽃을 만들어내고 있었다. 그 불꽃 속에 그녀는 서 있었다.

섬광이 마치 레이저 광선처럼 자신을 뚫고 지나갈 것만 같아 처음에는 겁에 질려 떨고 있었지만, 시간이 지나면서 그것이 자신을 비켜가고 있음을 알고는 그녀는 차츰 안정감을 찾게 되었고, 나중에는 우박처럼 쏟아지는 불꽃 속에서도 편안한 마음으로 불꽃놀이하듯 그것을 구경하고 있었다.

총소리와 폭발음이 끊임없이 어둠을 뒤흔들고 있었지만 그녀의 귀에는 이상하게도 아주 멀리서 들려오는 것처럼 조그맣게 들리고 있을 뿐이었다.

그녀는 날이 밝아올 때까지 거기에 우두커니 서 있었다.

날이 밝으면서 섬광도 사라지고, 어느 새 모든 소리도 멈춰 있었다. 새벽의 정적만이 감돌고 있었다.

그녀의 눈에 보이는 것은 땅바닥에 나뒹굴고 있는 시체들이었다. 처참하게 찢긴 시체들이 하나같이 두 눈을 부릅뜬 채 그녀를 노려보고 있었다. 한참 동안 거닐면서 그것들을 쳐다보고 있을 때 어디선가 외치는 소리가 들려왔다.

「알파25! 넌 살인자야!」

그것이 신호이기라도 한 듯 모든 시체들이 일제히 소리를 질러대기 시작했다.

「살인자!」

「살인자!」

「살인자!」

시체들은 눈알을 굴리면서 소리치고 있었다.

「살인자!」

「살인자!」

「살인자!」

그녀는 놀라서 도망치기 시작했다. 그러나 「살인자!」라는 외침은 더욱 가까이 그녀 뒤를 따라붙고 있었다. 힐끗 뒤를 돌아보니 마귀처럼 생긴 시체들이 피를 흘리며 그녀 뒤를 바싹 쫓아오고 있었다. 금방이라도 뒷덜미를 움켜잡을 듯이 손을 뻗치며 쫓아오는 시체는 놀랍게도 그녀의 아버지였다.

「너는 내 딸이 아니야! 너는 아빠를 죽인 살인자야!」

그녀는 멈칫하고 섰다. 더이상 길이 없었기 때문에 도망칠 수가 없었다. 앞은 천길 낭떠러지였고, 까마득한 아래에서는 산더미 같은 파도가 날카로운 바위를 무서운 기세로 때리고 있었다. 그녀는 다시 한번 뒤를 돌아보았다. 그녀의 바로 뒤에서 낫과 망치와 몽둥이가 춤을 추고 있었다. 그녀의 아버지는 쇠스랑을 들고 있었다.

「이 살인자!」

아버지가 소리치면서 쇠스랑으로 그녀의 머리통을 내려찍는 순간 그녀는 벼랑 아래로 몸을 날렸다.

그녀가 긴 비명에서 깨어났을 때 눈부신 불빛이 그녀의 눈을 찔렀다. 그녀는 얼른 손으로 눈을 가렸다.
주위에서 인기척이 나고 있었다. 그녀는 비로소 주위에 여러 사람들이 있는 것을 감지하고는 눈을 가리고 있는 손을 치웠다.
그녀는 자신이 침대 위에 누워 있는 것을 알고는 몸을 일으키려고 했다.
「그대로 누워 있어요. 안정을 취해야 하니까.」
누군가가 말했다.
「괜찮아요.」
그녀는 상체를 일으키면서 자신의 몸이 온통 땀으로 젖어 있는 것을 알았다.
「여긴 어디죠?」
「병원입니다. 비명을 지르더군요. 좋지 않은 꿈을 꾼 모양이죠?」
거기에는 대답하지 않고 그녀는 주위를 둘러보았다.
「여기서 뭐하고 있는 거죠?」
「의식을 잃었기 때문에 입원한 거요. 그리고 진찰을 좀 해봤어요.」
버블이 침대 곁으로 다가서면서 말했다. 그를 보고 그녀는 다소 안도했다.
「저길 봐요. 머리를 촬영해 봤어요.」
버블이 벽 쪽을 가리켰다. 거기에는 그녀의 머리를 찍은 필름이 몇 장 걸려 있었다. 그것을 보고 그녀는 하얗게 질렸다.

「별일 없었나요?」

「무슨 일 말입니까?」

「촬영할 때 말이에요. 머리를 촬영하면 폭발할지도 모른다고 했어요.」

둘러선 사람들이 웃었다. 그러나 버블만은 웃지 않았다.

「폭발하지 않았으니까 이렇게 살아 있는 거 아니겠소.」

그녀는 믿기지 않는다는 듯 고개를 갸우뚱했다.

「이상해요.」

「이상한 건 하나도 없어요. 칩을 제거하면 폭발할 거라는 것은 거짓말일지도 몰라요.」

「그럴 리가 없어요. 전 실험하는 것도 봤어요.」

버블은 필름 앞으로 다가서더니 까만 점 하나를 가리켜 보였다.

「당신의 말대로 머리 속에 이런 게 들어 있는 것이 확인됐어요. 아직 이걸 제거해 보지 않았으니까 폭발할지 안할지는 모르겠어요. 한번 실험해 보면 좋겠는데……」

버블이 빈정거리듯 말하는 것을 보고 그녀는 창백해진 얼굴로 그를 노려보았다.

「그럴 바에는 차라리 스메샤를 위해 일하겠어요.」

갑자기 실내가 어두워지더니 스크린 위에 조그만 점이 하나 나타났다.

「칩을 확대해 봅시다.」

버블의 말에 조그만 점이 커지기 시작했다.

「이 상태가 제일 깨끗합니다.」

환등기를 조작하고 있는 사내가 말했다.

칩은 머리통만하게 커져 있었다.

「오박사, 어떻습니까?」

버블이 여자처럼 섬세하고 예쁘게 생긴 젊은 남자를 향해 물었다.

오박사라고 불린 사내는 고개를 갸우뚱했다.

「이것만 가지고는 알 수가 없겠는데요. 안을 들여다봐야 확실히 알 수가 있습니다.」

버블은 답답하다는 듯 그를 쳐다보았다.

「건드리기만 하면 터질지 모르는데 어떻게 안을 들여다볼 수가 있어요?」

「이런 캡슐형은 원래는 뚜껑을 열 수 있도록 되어 있습니다. 그런데 이건 아예 열 수 없도록 봉해 버렸습니다.」

「그러니까 더욱 들여다보기가 어렵죠. 폭파장치가 돼 있는지 어떤지 그것만 알 수 있어도 좋겠는데.」

「폭파장치가 없다고 단정을 내릴 수는 없겠습니다.」

「있다는 거요 없다는 거요?」

버블은 짜증스럽다는 듯 물었다.

「뭐라고 단정을 내릴 수가 없습니다.」

「저만한 칩 안에 도대체 폭파장치를 내장시킬 수가 있나요?」

「그건 얼마든지 가능합니다. 작고 크고 그게 문제가 아닙니다. 성능이 얼마나 뛰어나느냐 하는 게 문젭니다. 만일 이 안에 폭파장치가 내장되어 있다면 그것은 아마 굉장한 폭발력을 지니고 있을 것이라고 생각합니다.」

오박사는 그 방면의 전문가였다. 버블은 전문가의 말을 무시할 수도 없어 난처한 표정으로 알파를 바라보았다.

「어떻게 하는 게 좋겠소?」

그것은 알파와 오박사에게 동시에 묻는 질문이기도 했다.

그들이 입을 다물고 있었기 때문에 실내에는 한동안 무거운 침묵만이 흐르고 있었다.

아무도 입을 열려고 하지 않았기 때문에 버블이 먼저 말했다.

「지금 당장 수술실로 가서 이것을 제거할 것인가, 아니면 그대로 둘 것인가. 그것도 저것도 아니라면 제 3의 방법을 찾아야 하는데…… 어떡하면 좋겠소? 지시를 내리고 싶지만 판단이 서기 전에는 아무 지시도 내릴 수가 없어요.」

버블은 방안에 있는 사람들의 얼굴을 하나하나 쳐다보았다.

「알파를 살리려면 첫번째와 두번째는 피해야 합니다.」

하고 마라톤맨이 말했다.

「그렇다면 제 3의 방법밖에 없는데, 그게 가능하겠소?」

버블은 오박사를 바라보았다. 그러나 오박사는 얼른 반응을 보이지 않았다.

「제 3의 방법 가운데는 적의 컴퓨터, 그러니까 클레오파트란가 뭔가 하는 것을 파괴하는 것도 있지만 그건 현실적으로 어렵고 또 시간이 많이 걸려요. 클레오파트라의 소재를 찾고 있는 동안에 알파는 죽고 말아요.」

「한 가지 방법이 있기는 한데…… 쉽지가 않습니다. 상당한 위험이 따르는데…… 현재로서는 그 방법밖에는 없을 것 같습니다.」

오박사가 마침내 어렵게 입을 열었다.

「어떤 방법인가요?」

모두가 오박사 쪽을 응시했다.

「그건 이런 것입니다. 지금 들어 있는 칩과 같은 것을 또 하나 머리 속에 주입시키는 것입니다. 새 칩 안에는 다만 통신장치만 들어 있고 다른 장치는 없습니다.」

그래서? 모두가 입을 다문 채 그를 쳐다보고 있었지만 눈들은 이렇게 묻고 있었다.

「그 통신 장치는 현재 설치되어 있는 것과 같거나 비슷한 것이어야 합니다. 실수를 하지 않기 위해서 말입니다.」

「현재 칩 안에 내장되어 있는 통신장치가 어떤 것인지 모르는데 어떻게 같거나 비슷한 것을 설치한다는 거요?」

「현재 설치되어 있는 것은 최첨단 장치가 틀림없습니다. 그리고 세계에서 가장 성능이 뛰어난 것일 겁니다. 그렇다면 그 종류가 제한되어 있습니다.더구나 이렇게 작은 칩 안에 내장될 수 있는 통신장치는 결코 흔하지 않고, 희소한 것일 수밖에 없습니다. 현재 그런 것으로는 제가 알기로는 두 가지밖에 없습니다. 하나는 BH2005로 독일제입니다. BH2005는 작년에 개발완료되어 현재 상용화단계에 와있는 걸로 알고 있습니다. 하지만 잡음이 많이 끼고 통신중에 끊기는 경우가 있어서, 단점을 보완하기 위해 현재 리콜을 실시하고 있다고 합니다. 다른 하나는 HS9300으로 일본제입니다. 그것은 재작년에 개발완료되어 비밀리에 판매되어 왔는데, 성능이 아주 뛰어나고 결점이 거의 없는 것으로 평가되고 있습니다. 그래서인지 아주 고가품인데다 주로 군사용으로 사용되고 있습니다. 경쟁상대국이나 적대국에는 판매하지 않기 때문에 그것을 손에 넣기 위해 모두가 혈안이 되어 있습니다.」

「알파, 머리 속에 칩이 삽입된 것은 언제였지?」

버블이 알파를 향해 물었다.

「재작년 5월이었어요.」

알파가 흥분한 어조로 말했다.

「그렇다면 HS9300이 개발완료된 시점과 일치합니다.」

하고 오박사가 말했다.

버블은 고개를 끄덕였다.

「HS9300일 가능성이 크군.」

「제 생각도 그렇습니다.」

하고 오박사가 말했다.

「그렇다면 그걸 구해야 하지 않겠소?」

「그렇습니다.」

「쉽게 구할 수 있겠소?」

「쉽지가 않습니다.」

오박사는 고개를 무겁게 흔들었다.

「24시간 이내에 그것을 구해서 머리 속에 장치해야 하는데, 그게 가능하겠어요?」

그렇게 묻는 버블의 얼굴에는 절망적인 빛이 서리고 있었다. 다른 사람들은 꿀먹은 벙어리처럼 오박사의 눈치만 살피고 있었다.

오박사는 무엇인가 깊이 생각하는 듯 한동안 망설이는 표정이다가 이윽고 입을 열었다.

「꼭 불가능하지만은 않습니다.」

「그럼 가능성이 있다는 거요?」

「수단방법을 가리지 않는다면 구할 수가 있을 겁니다.」

「어떻게 구할 수가 있다는 거요?」

모두가 심한 갈증에 걸린 사람들처럼 오박사를 바라보고 있었다. 그럴수록 그는 대답에 뜸을 들이고 있었다.

「정보에 의하면 Z통신에서 HS9300을 수입하여 만년필형 또는 카드형 통신기기를 제조할 계획이라고 합니다. 제가 알기로는 대기업에서 제조 계획이라고 하면 이미 제조단계에 들어가 있다고 보는 것이 옳을 것입니다.」

Z통신은 거대기업집단인 Z그룹의 중심 기업으로, 통신분야에서 이미 국내 시장을 석권하고 세계시장으로 급속히 판매망을 확산해 가고 있는 기업이었다.

「그렇다면 Z에서는 이미 그것을 다량 확보하고 있겠군요?」

「그럴 가능성이 큽니다.」

「Z에 가서 그걸 하나 달라고 하면 되겠군.」

「있다 하더라도 쉽게 내주지는 않을 겁니다.」

「그럴테지. 하지만 그런 걸 쉽게 빼내는 전문가들이 있으니까 그건 걱정하지 말아요. 내가 알고 싶은 건 그 다음 단계요. 또 하나의 칩을 머리 속에 심은 다음에 어떻게 하겠다는 거죠?」

버블이 묻는 것을 지켜보면서 알파는 온신경을 오박사에게 집중시켰다. 그녀에게도 그것이 제일 궁금했던 것이다.

「그것은 이런 것입니다. 현재 심어져 있는 통신장치로 들어오는 신호체계를 새로운 통신장치로 들어오게끔 만드는 것입니다. 그러니까 현재의 칩을 A라고 하고 그 옆에 새로 심을 칩을 B라고 한다면, A로 들어오는 신호를 B가 모두 수신하도록 하는 것입니다. 그렇게 하면 A는 무용지물이 되는 것입니다. 그리고 알파를 제거하기 위해 A에 들어 있는 폭발장치를 폭파하려고 신호를 보낸다 해도 그것을 B가 수신하기 때문에 폭파는 불가능해집니다.」
「B에는 폭발장치가 없으니까 그럴 테지.」
하고 버블이 비로소 납득이 간다는 듯 끄덕이며 말했다.
「네, 그렇습니다.」
「아주 좋은 착상이오.」
「그런데 A로 들어오는 신호를 모두 B쪽으로 돌리는 것이 가능할까요?」
알파는 불안한 표정으로 물었다.
「그것은 그렇게 어려운 문제가 아닙니다. A보다 강한 주파수를 B가 발사하면 A쪽으로 들어오는 신호는 모두 B쪽으로 흡수되기 마련입니다. 문제는 센터에서 이상이 있는 것을 발견하고 B를 설치하기 전에 손을 쓸지도 모른다는 점입니다. 그들이 눈치채기 전에 빨리 B를 설치하지 않으면 안 됩니다. 그리고 B의 설치가 성공적으로 끝나면 그때 가서 마음놓고 A를 제거하면 됩니다.」
「좋은 아이디어요.」
버블은 손목시계를 들여다보고 나서 알파 쪽으로 시선을 돌렸다.
「최선의 방법인 것 같은데, 당신은 어떻게 생각하나요?」
「벌써 가슴이 뛰고 있어요. 전 준비가 다 되어 있어요. 수술대 위에 누우라고 하면 지금이라도 가서 눕겠어요.」
「그럼 됐어요. 시작합시다. 앞으로 23시간. 시간은 어때요?」
「충분하지는 않지만 해볼만 합니다.」
버블은 오박사의 대답이 마음에 든다는 듯 고개를 끄덕이고 나서 알파 쪽으로 시선을 돌렸다.

「알파, 수술에 들어가려면 아직 시간이 좀 있어요. 그 동안에 우릴 도와 줘야 할 일이 있을지 모르는데…… 할 수 있겠어요?」
「뭐든지 할 수 있습니다.」
생동감 넘치는 목소리로 알파가 대답했다.
「No를 만나 주시오.」
순간 마라톤맨의 눈이 번쩍하고 빛났다.
「No가 누구죠?」
「남후보요. 그는 이글을 만나기로 되어 있으니까 알파가 대신 가서 만나시오.」
알파가 뭐라고 말하기도 전에 마라톤맨이 끼어들었다.
「알파를 이글로 위장시켜 No를 만나라는 겁니까?」
「그렇소.」
「그, 그건 안 됩니다!」
마라톤맨이 흥분해서 말하는 것을 버블이 손을 들어 제지했다.
「내 이야기 아직 끝나지 않았으니까 그쪽은 좀 가만 있어.」
그 한 마디에 마라톤맨은 머쓱해서 입을 다물었다.
버블은 다시 알파를 바라보았다.
「이글로 위장해서 No를 만나라는 거요.」
「만나는 것은 어렵지 않지만, 이글은 남자가 아닌가요?」
「그것은 일반적인 통념에서 나온 생각이오. 이글의 얼굴을 본 사람은 아무도 없어요. No도 그의 얼굴을 모르고 있을 거요. 암호명만 알고 있지 모르고 있을 거란 말이오.」
「그렇긴 합니다만…… 의심을 사지 않을까요?」

「거기까지는 난 모르겠소. 남자가 가더라도 상대방이 경계심을 늦추지 않을 것은 뻔해요. 내가 보기에는 오히려 여자 쪽이 그의 마음을 사로잡을 수 있다고 봐요. 여자가 이글이라고 하면서 나타나면 처음에는 어리둥절해 하겠지만, 차츰 시간이 지나면 의심을 풀고 속마음을 보이게 될 거요. 그는 특히 젊은 여자한테 약한 것으로 알려져 있으니까 알파가 연기만 잘하면 그를 사로잡을 수 있다고 봐요. 난 알파의 실력을 믿으니까 부탁하는 거요.」

「한번 해보겠습니다.」

알파의 자신만만한 말투를 지켜보고 있는 마라톤맨의 얼굴은 완전히 흑빛으로 변해 있었다.

「남자를 투입시킨다고 해서 안심할 수는 없어요. 오히려 연기가 서툴러 의심을 사게 될 가능성이 커요. 그렇게 되면 돌이킬 수 없는 실수를 하게 되고, 그 파장은 걷잡을 수 없게 커질 거요.」

그것은 남자들에게 들으라고 한 말이었다.

얼굴에 잔뜩 불만을 나타내고 있던 마라톤맨은 당황한 빛을 감추지 못한 채 무엇인가 말하려고 했지만 버블의 경고 때문에 입을 열지는 않았다.

「그렇지 않아도 No를 한번 만나보고 싶었어요.」

하고 알파가 말했다.

버블은 뒷짐을 진 채 실내를 왔다갔다 하다가 마라톤맨과 시선이 마주치자 그를 똑바로 주시했다.

「이건 대단한 모험이야. 하지만 우리 요원들의 연기력은 완벽하지가 못해. 연기가 불충분하면 들통이 나고 말아요. 그래서 알파를 선택한 거야.」

마침내 마라톤맨이 참았던 불만을 터뜨렸다.

「하지만 그보다 먼저 중요한 것이 있습니다. 알파를 어떻게 믿고 그런 중요한 임무를 맡길 수가 있습니까? 알파가 우리 쪽에 넘어왔다고는 하지만 아직 짐도 풀지 않은 상태입니다. 뿐만아니라 조사도 끝나지 않았습니다. 그런 그녀를 어떻게 그 중요한 작전에 투입시킬 수가 있습니까? 그런 일이라면 우리 요원들이 충분히 할 수 있습니다. 우수한 요원들이 얼마든지 있는데 왜 하필이면 신임할 수 없는 인물한테 그런 일을 맡기시는 겁니까? 만일 알파가 그 일을 맡게 되면 우리 요원들의 사기가 말이 아니게 될 겁니다. 더구나 우리 요원들은 현재 알파에 대한 감정이 극도로 나쁩니다.」

버블은 미소를 지었다. 상대방의 흥분한 모습과는 달리 온화한 미소였다.

「그런 모든 것을 감안하고 내린 결정이야. 이번 일을 성공적으로 마침으로써 알파는 카오스 요원들에게 진 빚을 갚을 수가 있을 거야. 나는 기대가 커요. 알파를 방구석에다 모셔두려고 받아들인 게 아니야. 그의 우수한 능력을 이용하고 싶어서 받아들인 거야. 난 더이상 우리 요원들이 희생되는 것을 보고 있을 수 없어요. 우리 요원들 가운데 그 누구도 이번 일을 성공적으로 완수할 수 있는 사람은 없어요. 실패할 것을 뻔히 알면서 보낼 수는 없어.」

「제가 가겠습니다!」

마라톤맨은 거세게 나왔다.

「안 돼. 자넨 해야 할 다른 일들이 얼마든지 있어.」

「그렇다면 로만을 보내시죠.」

「로만도 안 돼. 그는 실패해.」

만일 로맨티스트가 이 말을 들었다면 가만 있지 않을 것이라고 허비서는 생각했다. 로맨티스트는 지금 호텔 숲속의 작은 집에서 출동준비를 마치고 대기하고 있는 중이었다.

스패로는 자꾸만 오줌이 마려워 하체를 꼼지락거리고 있었다. 벌써 다섯 번째 소변이 나오려고 하고 있었다. 하지만 그녀를 지키고 있는 사내들한테 또 화장실에 가야겠다고 선뜻 말할 수가 없어 그들의 눈치만 살피고 있었다.

모두 다섯 명의 사내들이 호텔방 안에서 그녀를 지키고 있었다. 두 명은 출입구 쪽을 지키고 있었고, 다른 두 명은 창문 쪽에 버티고 있었다. 지휘자로 보이는 자는 소파에 앉아 텔레비전을 보고 있었다.

절름발이 조그만 여자 하나를 다섯 명의 건장한 사내들이 지키고 있다는 것이 우습긴 했지만, 그것은 그만큼 앞으로 일어날 일이 중요하다는 것을 뜻하기도 했다.

「저, 저기……」

그녀가 엉거주춤 몸을 일으키면서 손으로 아랫배를 누르자 사내들의 표정이 일그러졌다.

「또 오줌마려?」

권총을 들고 있는 자가 어이없어 하면서 물었다. 로맨티스트는 텔레비전에서 시선을 떼지 않고 있었다.

「죄, 죄송합니다.」

「오줌통이 터졌나?」

다른 사내가 빈정거렸다.
「그대로 싸!」
권총을 들고 있는 자가 말했다. 그 말에 스패로는 울쌍을 지었다.
「화장실에 가야 해요. 설사가 나오려고 해서……」
남자들은 미간을 찌푸렸다.
「그대로 싸라니까!」
「보내 주세요.」
그녀는 애걸했다.
「가라고 해.」
로맨티스트가 화면에 시선을 고정한 채 무뚝뚝하게 말하자 사내들은 더이상 그녀를 제지하지 않았다.
그녀는 화장실 안으로 들어가긴 했지만 문을 닫을 수가 없었다. 그들이 문을 열어 놓은 상태에서 일을 보라고 했기 때문이었다.
그녀는 쪼그리고 앉아 물을 틀었다. 사내들아 보고 있는 앞에서 일을 보는 것도 이제는 별로 수치스럽지가 않았다. 오줌만 몇 방울 찔찔 나오다가 말았지만 그녀는 그대로 앉아 있었다. 그때 전화벨 소리가 들려왔다. 그녀는 깜짝 놀라 고개를 쳐들었다. 권총을 든 사내가 화장실 안으로 급히 들어오더니 그녀의 이마에 총구를 들이댔다.
「전화 받아! 이글은 잘 있다고 해! 아주 자연스럽게 전화 받아! 그렇지 않으면 이마에다 구멍을 내줄 거야!」
그녀는 바들바들 떨면서 주머니에서 조그만 핸드폰을 꺼냈다.
「여, 여보세요!」

「누구십니까?」

굵은 남자 목소리가 들려왔다.

「저, 저예요! 스패로!」

「여긴 수퍼마켓이야. 별일 없나?」

「네네, 별일 없습니다!」

「이글은 뭐하고 있지?」

「기다리다 지쳐 나이트클럽에 갔습니다.」

「그를 데리고 즉시 M빌딩 옥상으로 올라가서 대기하고 있어!」

「아, 알겠습니다! 이 시간에 M빌딩에 드, 들어갈 수가 있습니까?」

「이야기해 놨어! 산토끼가 달구경하러 왔다고 하면 들여보낼 거야. 옥상에 도착하는 대로 즉시 연락해! 4시까지 전화해!」

「알겠습니다.」

스패로는 전화를 끊은 다음 손목시계를 보았다. 스위스 시계는 새벽 3시5분을 가리키고 있었다.

「뭐라고 했어?」

총구가 그녀의 이마를 찔렀다.

「네, 4시까지 M빌딩 옥상으로 가서 기다리랍니다. 도착하면 연락하라고 합니다.」

그녀는 지시받은 내용을 그들에게 모두 이야기해 주었다.

로맨티스트는 텔레비전을 끄고 나서 부하의 보고를 들었다. 그 다음 그가 한 것은 진짜 이글, 즉 라이언에게 전화를 거는 일이었다.

「라이언!」

그는 거침없이 상대방을 불렀다.
「암호를 말하시오.」
하고 상대방이 말했다.
「파일럿입니다.」
「아아, 왜 이렇게 늦었소?」
「저쪽에서 조금 전에 연락이 왔습니다. 지금 바로 택시를 타고 성산대교로 나오라는 전갈입니다. 다리 중간지점에 서 있으면 앰뷸런스가 갈 겁니다. 앰뷸런스에는 S병원 이름이 적혀 있습니다. 그 앰뷸런스를 타시면 됩니다.」
「시간은?」
「4시 정각입니다.」
「알았소.」
상대방이 먼저 전화를 끊었다.
다음에 로맨티스트는 버블에게 전화를 걸었다.
그의 이야기를 듣고 난 버블은 그에게 성산대교로 가서 이글을 처리하라고 지시했다. 그 말에 로맨티스트는 펄쩍 뛰었다.
「저는 M빌딩 쪽을 맡겠습니다! 성산대교 쪽은 다른 사람을 보내도 됩니다! 제가 직접 No를 만나서 끝장을 보겠습니다!」
「안 돼요. M빌딩 쪽은 다른 사람을 보낼 테니까 로만은 이글을 처리하도록 해요. 그를 연행해서 잠입목적을 알아봐요.」
「M빌딩에는 누구를 보내실 겁니까?」
「알파를 보낼 거요.」
「네에?! 그건 안 됩니다! 어떻게 그럴 수가?!」
「지시대로 수행하시오.」
버블은 냉정하게 전화를 끊었다.

로맨티스트는 어이없어 하는 표정으로 멍하니 서 있다가 이내 굳은 얼굴로 돌아갔다.

「행동대장을 뭘로 알고. 내가 핫바지인 줄 아는 모양이지.」

투덜거리면서도 그는 결국 버블의 지시에 따를 수밖에 없었다. 버블의 명령을 거역한다는 것은 생각할 수도 없는 일이었다.

택시 뒷자리에 앉아 있는 사나이는 중절모를 깊이 눌러쓰고 있어서 얼굴을 알아볼 수가 없었다.

「좀 세워 주시오.」

택시가 다리 앞에 이르자 손님이 말했다. 운전사는 급히 브레이크를 밟았다.

「여기서 내리실 겁니까?」

「그렇소.」

운전사는 의아했다. 새벽 4시 가까운 시간이라 거리는 어둠 속에 잠겨 있었고, 밖에는 비까지 내리고 있었다. 다리 위에는 사람의 그림자 하나 보이지 않았고, 가로등만 을씨년스럽게 주위를 비추고 있을 뿐이었다. 주택가도 멀리 떨어져 있는 위치에서 택시를 내리겠다는 손님이 아무래도 이해가 가지 않았다.

「잔돈은 가지시오.」

지폐를 내밀면서 하는 말에 운전사는 너무 고마워서 고개를 꾸벅 숙였다.

고액권을 내놓고 잔돈도 받지 않고 내리는 손님은 거의 보기 드물기 때문에 그는 손님 곁을 천천히 지나치면서 「손님, 고맙습니다!」하고 다시 한번 고개를 숙여 인사했다.

중절모의 사나이는 회색 코트 차림에 한 손에는 네모진 서류

가방을 들고 있었다. 키는 작달막했고, 걸음걸이는 꽤나 무거워 보였다. 그는 비를 고스란히 맞으면서 걸어가고 있었는데, 가는 동안 불안한 듯 자주 주위를 살피고 있었다.

어쩌다 가끔씩 오가는 차량들이 다리 위의 직막을 흐트려뜨려 놓고는 멀어져 가곤 했다. 차가 다리 저쪽으로 사라지면 다시 적막이 찾아왔고, 그럴 때마다 사내는 불안한 듯 뒤를 살펴보곤 했다. 다리 위에는 사람의 그림자 하나 보이지 않았다. 이윽고 사내는 다리 중간쯤에서 걸음을 멈추었다. 그는 반사적으로 손목시계를 가로등에 비춰 보았다. 시계바늘은 3시56분을 가리키고 있었다.

걸음을 멈추자 금방 한기가 느껴졌다. 그는 어깨를 웅크리면서 불안을 잊으려는 듯 담배를 뽑아물었다. 담배에 불을 붙이고 나서 연기를 두어 모금 내뿜었을 때 자동차 소리가 들려왔다. 그는 차소리가 들려오는 쪽으로 고개를 돌렸다. 승용차 한 대가 쏜살같이 달려오고 있는 것이 보였다. 멀리서도 무서운 속도로 달려오고 있음을 알 수가 있었다.

눈깜빡할 사이에 차는 사내가 서 있는 곳 가까이까지 다가와 있었다. 갑자기 브레이크를 밟는 바람에 끼익하는 소리가 날카롭게 주위를 울렸다.

이윽고 차창이 밑으로 열리더니 한 사내가 얼굴을 내밀었다.

「실례합니다. H동 가려면 어디로 가야 합니까?」

중절모의 사내는 고개를 흔들었다.

「모르겠는데요.」

뒷좌석 차창이 열리더니 총구가 자신을 겨냥하는 것을 보고 중절모는 차의 진행 방향과는 반대쪽으로 재빨리 뛰기 시작했다. 그러자 차도 그를 따라 뒤로 움직였다.

탕!탕!탕!

총소리가 새벽의 적막을 뒤흔들었다. 중절모는 허벅지와 복부에 총을 맞고 바닥에 나뒹굴었다. 차에서 두 사내가 뛰어내리더니 그에게 총탄 세례를 퍼부었다. 그들은 벌집이 된 그를 번쩍 들어 강에다 던져 버렸다. 그런 다음 마치 무슨 물건을 만진 것처럼 가볍게 손을 털고 나서 차에 올랐다. 차는 문이 채 닫히기도 전에 바람을 일으키면서 다리 위를 달려갔다. 바람에 보도 위에 나뒹굴어 있던 중절모가 빙그르르 춤을 췄다.

멀리서 경광등을 번쩍이면서 앰뷸런스가 달려오고 있었다. 승용차는 앰뷸런스를 지나쳐 반대편 어둠 속으로 사라지고 있었다.

다리 중간쯤에 이르자 앰뷸런스는 보도 쪽으로 붙으면서 속도를 줄였다.

두 사내가 먼저 차에서 내리더니 「대장님!」하고 불렀다. 로맨티스트는 황급히 차에서 내렸다.

「이거 보십시오!」

부하들은 중절모와 서류가방, 그리고 보도를 적신 핏자국을 가리켰다.

로맨티스트는 허리를 굽혀 손가락 끝으로 핏자국을 만져보았다. 피는 아직 굳어 있지 않았다.

「여기 보십시오!」

난간을 살피던 부하가 말했다. 로맨티스트는 난간 쪽으로 다가서서 거기에 묻어 있는 핏자국을 살펴보았다. 그의 부하가 그가 잘 볼 수 있게 플래쉬를 비춰 주었다. 대장은 핏자국을 만져

보고 나서 강물을 내려다보았다. 플래쉬 불빛에 드러난 강물은 시커먼 빛으로 일렁이고 있을 뿐이었다.

　M빌딩은 75층 높이의 초고층 건물이었다. 건물이 높다보니 자연 위로 올라가면서 면적이 좁아지고 있었고, 멀리서 볼 때는 삼각형을 이루고 있었다. 그리고 건물 내부에는 첨단장치가 내장되어 있어서, 모든 것이 컴퓨터에 의해 자동으로 작동되고 있었다.

　스패로가 차에서 내리자 두 명의 사내가 그녀 곁으로 바싹 붙어서면서 옆구리에다 권총을 들이댔다.

「얌전히 걸어가!」

　그녀는 흑하고 숨을 들이킨 다음 건물을 올려다보았다. 건물이 워낙 높다 보니 윗부분은 보이지도 않았다. 그녀는 조심스럽게 길을 건너갔다. 그때 쏜살같이 달려오는 차가 보였다. 그들은 급히 길을 건너갔다.

　달려오던 차는 정문 앞에서 끼익 소리를 내면서 급정거했다. 그리고 문이 열리더니 중절모를 눌러쓴 코트 차림의 사나이가 밖으로 나왔다.

　그 사나이는 선글라스로 눈을 가리고 있었다. 그 사나이를 따라 건장한 남자가 차에서 내렸다. 그는 스패로를 지키고 있는 사내들과 악수를 나눈 다음 중절모를 손으로 가리켰다. 중절모의 사나이는 그들을 향해 고개를 조금 끄덕여 보였다. 이윽고 그들이 경비실 앞으로 다가가는 것을 보고 건장한 사내는 차를 몰고 가버렸다.

　경비실에는 아무도 없었다. 두꺼운 유리문을 밀고 안으로 들어가자 그들을 맞은 것은 다음과 같은 글귀였다.

「오신 것을 환영합니다. 용무가 있으시면 앞에 있는 빨간 버
튼을 눌러 주십시오.」

스패로는 빨간 버튼을 눌렀다. 그러자 앞에 걸려 있는 검은 화
면이 밝아지면서 경비원의 얼굴이 나타났다. 중년의 경비원은
하품을 하다 말고 억지로 웃어 보였다.

「무슨 일입니까?」

「산토끼가 달구경하러 왔는데요.」

경비원은 눈을 굴리다가

「한 사람만 올라가십시오. 한 사람만 올려 보내라고 했습니
다.」

하고 말했다.

「저도 올라가야 해요.」

스패로가 항의하자 경비원은 고개를 흔들면서 손가락 하나를
펴보였다.

「한 분만 왼쪽 문으로 들어오십시오.」

왼쪽에 있는 철문이 소리도 없이 스르르 열렸다. 중절모의 사
나이는 뒤돌아보지도 않고 안으로 들어갔다. 그의 뒤에서 문이
소리도 없이 닫혔다.

복도를 걸어가자 안쪽에 또하나의 경비실이 있었다. 그 안에
는 경비원이 한 명 있었다. 경비원은 방문자를 아래위로 살피디
니 문을 열어 주었다. 그 문을 통과하자 비로소 드넓은 로비가
나왔다.

그는 로비를 가로질러 엘리베이터 쪽으로 걸어갔다. 초대형
건물인 만큼 엘리베이터도 여러 대가 설치되어 있었다. 다른 엘

리베이터는 모두 가동이 중지되어 있었고, 맨 왼쪽에 있는 것에
만 전원이 들어와 있었다.

엘리베이터 문이 열리자 그는 안으로 들어갔다. 문이 닫히자
마자 윙 소리를 내면서 엘리베이터는 고속으로 수직상승했다.
너무 속도가 빨라 현기증을 느낄 정도였다.

엘리베이터는 30층에서 한 번 멈췄다가 다시 위로 올라갔다.

이윽고 75라는 숫자가 나타나자 엘리베이터가 정지하면서 출
입문이 열렸다. 밖으로 나온 그는 비상계단을 통해 옥상으로 올
라갔다.

그때 스패로는 차 안에서 수퍼마켓에게 막 보고를 하고 있었
다.

「스패로입니다. 저는 지금 M빌딩 앞에 와 있습니다!」

「어떻게 됐어?」

「이글 혼자서 올라갔습니다. 경비원이 한 사람밖에 들어갈 수
가 없다고 해서 저는 따라가지 못했습니다.」

「알았다. 돌아가도 좋다.」

「더이상 시키실 일이 없습니까?」

「없어!」

「그럼 돌아가겠습니다.」

스패로가 전화기를 내리자 사내는 그녀의 관자놀이를 겨누고
있던 총구를 치웠다.

「협조해 줘서 고마워.」

「이젠 가도 되는 거죠?」

「안 돼. 좀 더 우리와 함께 있어야 해.」

스패로는 울쌍이 되어 차 안에 있는 남자들을 바라보았다.

옥상에는 비바람이 세차게 몰아치고 있었다. 중절모의 사나이는 어둠 속을 응시하다가 결심한 듯 옥상으로 나갔다. 75층 꼭대기인 만큼 바람의 강도가 아래와는 비교도 안 될 만큼 강했다. 그의 옷은 금방 비에 젖어 버렸다. 그는 모자가 바람에 날리지 않게 그것을 손으로 누르면서 옥상 가운데로 재빨리 걸어갔다.

옥상 중앙에는 헬리콥터 착륙장 표시가 그려져 있었다. 그는 밤하늘을 올려다보았다. 보이는 것이라고는 캄캄한 어둠뿐이었다. 그녀는 얼른 손목시계를 들여다보았다. 야광시계가 4시2분을 가리키고 있었다. 그녀는 몸을 돌려 뒤쪽을 바라보았다. 북쪽 밤하늘에 반짝이는 불빛이 나타나고 있는 것이 보였다. 불빛은 점점 가까이 다가오고 있었고, 그와 함께 비행물체의 엔진소리도 들려오고 있었다.

이윽고 비행물체가 헬리콥터임을 확인하자 그는 뒷걸음질로 천천히 착륙장에서 벗어났다.

강렬한 서치라이트가 옥상을 휘젓더니 마침내 그를 포착하고는 움직임을 멈췄다. 헬리콥터는 옥상 위를 선회하고 있었지만 서치라이트는 그에게 고정되어 있었다.

그가 손을 흔들자 마침내 헬리콥터가 서서히 내려오기 시작했다. 몸체가 대형 버스만큼 커보이는 헬리콥터였다. 그는 모자를 한 손으로 누르면서 멀찌감치 뒤로 물러서서 헬리콥터가 착륙하기를 기다렸다.

이윽고 헬리콥터는 요란스러운 엔진소리와 함께 세찬 바람을 일으키면서 옥상 위에 내려앉았다.

문이 열리더니 전투복 차림의 사내가 밖으로 내려왔다. 그는 기관단총을 움켜쥐고 있었다.

「빨리! 빨리!」

그가 중절모를 향해 빨리 오라고 손짓을 해보였다. 중절모의 사나이는 고개를 숙인 채 재빨리 뛰어갔다.

「암호!」

전투복이 총구를 들이대면서 소리쳤다.

「이글!」

그는 큰 소리로 대답했다.

전투복은 한쪽으로 비켜서면서 그를 노려보았다. 중절모는 고개를 끄덕한 다음 헬리콥터 위로 올라갔다.

헬리콥터 안은 넓었다. 전투복 차림의 사내들이 기관단총을 움켜쥔 채 서 있는 것을 보고 그는 멈칫했다. 그들 뒤에서 사복 차림의 대머리 사내가 나타나더니 「어서 오십시오.」하면서 그에게 손을 내밀었다.

「암호를 말씀해 주시겠습니까?」

「이글……」

중절모는 상대방의 손을 살짝 잡았다가 놓았다.

「오시느라고 수고가 많습니다. 양비서라고 합니다. 지금부터 제가 당신을 안내하겠습니다. 남후보께서는 지금 별장에서 기다리고 계십니다. 15분 정도 가면 만나실 수 있습니다. 자, 앉으시죠.」

이글은 양비서가 가리키는 의자에 가서 앉았다.

헬리콥터의 동체가 기우뚱하더니 좌우로 흔들리면서 수직으로 떠오르기 시작했다. 요란스러운 엔진소리가 가라앉을 때까지 그들은 서로를 쳐다보고만 있었다.

「생각보다는 젊어 보이는군요.」

엔진소리가 가라앉았을 때 대머리 사내가 말을 걸어왔다.

이글은 선글라스로 눈을 가리고 있었지만 젊음을 감출 수는 없었다. 그는 씨익 웃어 보였다.

「그쪽은 어떻습니까?」

「좋습니다.」

그는 가볍게 대꾸했다. 그의 목소리는 목에 가시가 걸린 듯 이상하게 들렸다. 대머리 사내는 끄덕이면서 상대방을 찬찬히 살폈다.

「친서는 가져 왔습니까?」

이글이 앉아 있는 의자 옆에는 서류가방이 놓여 있었다.

「그건 말할 수 없습니다.」

이글은 무뚝뚝하게 대답했다.

「왜 말할 수 없습니까?」

「모든 것은 남후보를 만나서 이야기할 겁니다. 다른 사람하고 쓸데없는 이야기를 할 필요는 없지 않습니까?」

양비서는 머쓱해서 입을 다물었다. 너 같은 건 상대하지 않겠다는 도도한 태도에 그는 더이상 말을 붙일 수가 없었다.

헬리콥터 아래로 보이는 야경은 흡사 불꽃놀이 축제가 벌어지고 있기라도 하는 듯 무수한 불빛들로 화려한 바다를 이루고 있었다. 그 바다를 지나자 강이 보였고, 조금 후에는 불빛들도 사라지고 산봉우리들이 보였다. 그가 다시 아래를 내려다보았을 때 헬리콥터는 강을 따라 날아가고 있었다.

이윽고 강가에 듬성듬성 별장 같은 것들이 서 있는 것이 보이더니, 헬리콥터는 그중 한 곳을 향해 급강하했다.

　드넓은 초원에 헬리콥터가 내려앉자 주위로 전투복 차림의 사나이들이 몰려들었다. 그들은 경호요원들인 듯 하나같이 손에 무기를 들고 있었다.

　그중 한 명이 다가오더니 이글의 머리 위로 우산을 받쳐 주었다. 그리고 다른 두 명이 혹시 무기를 휴대하고 있지 않나 해서 그의 몸을 샅샅이 뒤졌다.

　「이건 뭐죠?」

　가슴을 더듬던 사내가 손끝에 돌처럼 단단한 감촉을 느끼자 날카로운 눈으로 그를 쏘아보았다.

　「이런 게 무슨 필요가 있습니까?」

　「그런 말하지 마시오. 난 적지에 단신으로 들어왔단 말이오. 난 죽고 싶지 않아요.」

　「알겠습니다.」

　그들은 고개를 끄덕이면서 뒤로 물러섰다.

　초원의 중간쯤에 통나무집이 한 채 서 있었다. 그것은 통나무집치고는 아주 커보였다. 이글은 안내자를 따라 통나무집 안으로 들어갔다.

　넓은 거실에는 수명의 남녀들이 앉아 있었다. 벽난로를 중심으로 둘러앉아 있는 그들의 손에는 술잔들이 들려 있었다. 벽난로에서는 장작불이 활활 타오르고 있었다. 이글이 안으로 들어서자 그들은 일제히 입을 다물면서 몸을 일으켰다.

　그들의 여유있는 모습들에 비해 그는 느닷없이 나타난 침입자 같아 보였다. 그래서인지는 몰라도 그들은 경계심과 호기심이 뒤섞인 눈으로 그를 일제히 바라보고 있을 뿐 아무도 인사를 건네는 사람이 없었다.

아무도 그에게 자리를 권하지 않았기 때문에 그는 가만히 서 있었다. 그들은 무엇인가를 기다리고 있는 듯했다. 이글은 답답한 나머지 담배를 뽑아 물었다. 거침없이 담배를 피워무는 그의 무례한 행동을 보고 그들은 당황하는 표정들이었다. 그러나 그는 그들의 따가운 시선을 묵살한 채 담배연기를 허공에다 기분 좋게 내뿜었다. 그리고 담뱃재는 고급 카펫이 깔려 있는 바닥에다 털었다. 그것을 보고 한 사내가 황급히 재떨이를 가져오더니 그 옆에 대기했다.

그때 2층으로 통하는 계단 위로 반백의 노신사가 나타났다. 그는 아주 천천히 계단을 내려오고 있었다. 아래층에 있는 사람들은 일제히 그를 올려다보고 있다가 이윽고 그가 거실로 내려서자 좌우로 갈라서면서 예의를 갖추었다.

음모의 실체

「남후보님이십니다. 담배를 끄십시오.」

옆에 있는 사내가 급한 어조로 속삭였다. 그러나 이글은 담배를 꼬나문 채 노신사를 바라보고 있었다.

「예의를 갖추십시오.」

이글은 다시 한번 경고를 받았지만 그것을 묵살한 채 그대로 서 있었다.

「이분이 멀리서 오신 손님이신가?」

노신사가 턱으로 이글을 가리키며 물었다.

「네, 그렇습니다.」

양비서가 재빨리 대답했다.

「꼭 불법 침입자 같군.」

중얼거리면서 다가온 노신사는 미소를 지으면서 이글에게 손을 내밀었다.

「남후보입니다. 오시느라고 수고 많았습니다.」

「오늘까지 연락이 안 오면 돌아갈 생각이었습니다.」

담배를 꼬나문 채 남후보의 손을 살짝 잡았다가 놓으며 이글이 말했다.

「기다리게 해서 미안합니다. 그런데 남의 집에 들어와서 그렇게 무례하게 굴어도 되는 건가요?」

노여운 빛이 얼굴에 나타났다가 사라지는 것을 보고 이글은 웃었다. 입에 물고 있는 담배에 매달려 있던 재가 무게를 이기지 못하고 밑으로 떨어졌다.

「전 예의니 뭐니 그런 건 잘 모르고, 상관하지도 않습니다. 이해하십시오.」

「다른 별에서 왔나 보군요.」

「그렇게 보셔도 상관하지 않겠습니다.」

「오, 아주 솔직해서 좋습니다. 자, 저쪽으로 가서 앉읍시다.」

남후보는 벽난로 쪽으로 다가가 그에게 안락의자를 권한 다음 자신은 흔들의자에 앉았다.

그는 흰 와이셔츠 위에 자주색의 스웨터를 걸치고 있었다.

「이 바퀴벌레들을 쫓을 수 없나요?」

이글이 주위에 둘러서 있는 사람들을 가리키며 말했다.

「어머나, 세상에……」

여자들의 입에서 기가 막히다는 듯 분노어린 반응이 흘러나왔지만 이글은 눈 하나 까닥하지 않았다.

「나들 자리를 좀 비키라구.」

남후보가 손짓을 하자 사람들은 불만스러운 표정으로 하나둘씩 거실을 빠져나갔다.

「모두가 믿을만한 사람들이오.」

「믿을 수 있는 놈은 하나도 없습니다.」

이글은 거침없이 말했다.

「그래, 친서는 가져왔소?」

남후보는 이글 곁에 놓여 있는 서류가방을 힐끗 쳐다보았다. 그러나 이글은 몸을 앞으로 빼더니 바지 뒷주머니에서 반으로 접힌 편지 봉투를 꺼냈다. 그리고 그것을 남후보에게 불쑥 내밀었다.

「아니, 이게 친서란 말이오?」

엉덩이에 짓눌려 구겨진 봉투를 받아들면서 남후보가 물었다.

「그렇습니다. 가방에 넣어두면 표적이 되기 때문에 뒷주머니에 넣어가지고 왔습니다. 뒷주머니가 제일 안전하죠. 그렇다고 그게 변질되는 건 아니지 않습니까?」

남후보는 어이없다는 듯 상대방을 바라보다가

「그렇긴 하지만……」

하면서 봉투 속에서 편지를 빼냈다.

접혀지고 구겨진 종이를 바로 펴느라고 한동안 부시럭거리는 소리가 들렸다. 남후보는 와이셔츠 주머니에서 안경을 꺼내 코에 걸고 나서 편지를 들여다보았다. 흰 종이 위에 컴퓨터로 찍은 것으로 보이는 글자들이 나란히 배열되어 있었고, 마지막 라인에는 문정기(文正基)라는 이름과 함께 사인이 갈겨져 있었다.

문정기는 현재 북한을 통치하고 있는 최고 권력자의 이름이었다. 그 이름을 뚫어지게 보고 있는 동안 남후보의 손끝은 떨리고 있었다. 그는 벽난로 쪽으로 손을 뻗어 벽에 부착되어 있는 버튼을 눌렀다. 신호가 가기 무섭게 양비서가 급한 걸음으로 들어섰다. 남후보는 문정기라는 이름과 사인이 그려져 있는 부분을 찢어 양비서에게 주었다.

「이 사인을 감정해 봐요.」

「10분만 기다려 주십시오.」

양비서는 종이조각을 들고 거실 밖으로 사라졌다. 그것을 보고 이글이 빈정거리는 투로 말했다.

「감식 전문가가 있나요?」

「물론 있지요. 감식 전문가를 대기시켜 놨고, 기계도 있어요.」

「시간이 걸리지 않아 다행이군요.」

남후보는 이글을 쏘아보고 나서 문정기의 친서에 시선을 고정시켰다.

남창우 후보 각하

우리 한반도는 역사적으로 고난의 연속이었습니다. 고난의 역사 속에서 우리 인민들이 흘린 피와 눈물은 강을 이루면서 바다로 흘러갔습니다. 그나마 작은 국토는 양분되어 비극의 시대가 한 세기를 바라보고 있습니다. 이 비극의 시대에 종막을 고하고 한반도에 평화를 정작시키려는 각하의 노력에 대해 본인은 경의를 표하는 바입니다. 아울러 동북아시아를 새로 재편성하여 세계에 웅비하려는 우리의 원대한 계획에 대해 전폭적인 지지를 보내온 각하에게 심심한 감사의 뜻을 전하는 바입니다.

제로계획은 고난의 우리 역사를 영광의 세기로 전환시키는 원대한 비전이자 우리의 사활이 걸린 마지막 도전이기도 합니다. 이 원대한 계획이 우리 힘만으로 이루어질 수 없다는 것을 갈파하신 각하의 선견지명에 대해 다시 한번 경의를 표합니다.

　중국의 손주석께서는 이미 만반의 준비를 끝내고 기다리고 있는 단계라고 저에게 몇 번이나 말씀하셨습니다. 그러면서 남과 북의 최고 책임자가 서로 협력하여 결단을 내려줄 것을 간곡히 부탁하셨습니다.

　우리는 그 첫 단계로서 각하의 당선을 고대하고 있습니다. 각하의 당선은 곧 제로계획의 출발을 알리는 것입니다. 우리는 각하의 당선을 확신하고 있습니다.

　각하께서 당선되시는 것과 동시에 우리는 제로계획을 가동시킬 것입니다. 계획을 실행에 옮기는 데 있어서 각하의 결단과 협조가 절대적으로 필요함은 말할 나위도 없습니다. 계획은 한치의 오차도 없이 실행에 옮겨질 것이고, 거기에 맞춰 각하의 결단과 협조 또한 신속히 이행될 것으로 우리는 믿습니다.

　본인이 파견한 이글은 우수한 요원으로서 저의 분신이나 다름없는 심복입니다. 따라서 전적으로 믿으셔도 좋습니다. 그는 이번 임무를 틀림없이 성공적으로 완수해 낼 것입니다. 그에게 X파일을 넘겨주십시오. 그리고 그로부터 Z파일을 받으십시오. Z파일에는 향후 제가 수행하게 될 계획의 일단이 대강 기록되어 있습니다.

　이렇게 우회적인 전달방법을 택하게 된 것은 각국의 스파이 때문입니다. 특히 중국측 스파이는 우리 정부와 사회 각 분야에 깊이 침투해 있어 각별히 조심하지 않으면 안 될 상대입니다. 손주석께서는 특히 그 점을 주의하지 않으면 안 될 것이라고 강조하셨습니다.

손주석께서는 현재 연금상태에서 풀려난 상태입니다. 하지만 감시는 계속되고 있기 때문에 행동에 많은 제약이 따르고 있습니다. 다행히 그분과는 특별한 채널을 통해서 연락을 취하고 있기 때문에 아직까지는 정보를 교환하는데 있어서 큰 지장을 받지 않고 있습니다. 그러나 만일의 경우에 대비해서 다른 채널을 하나 더 준비해 두려고 하고 있습니다.

각하께서 당선되셨다는 소식을 접하는 순간 우리는 먼 곳에서나마 축배를 올리기 위해 준비를 해놓고 있습니다. 그것은 바로 새로운 역사의 출발이기에 당연히 성대한 축배가 되어야 하리라 봅니다.

승리의 그날까지 건강하시기를 기원하겠습니다.

문 정 기

중국의 손주석은 군부 쿠데타에 의해 실권을 상실한 채 현재 유명무실한 존재로 남아 있었다. 쿠데타 직후 손주석 휘하의 권력층은 모두 처형당했기 때문에 그는 손발이 절단된 상태나 다름없었다. 쿠데타 세력이 손주석을 살려둔 것은 그의 덕망과 인기를 고려했기 때문이었다. 그를 제거함으로써 쿠데타 세력의 잔인성을 보여 주기보다는 그를 주석 자리에 그대로 앉혀둠으로써 보다 큰 실리를 취할 수 있다고 보았기 때문이었다.

그러나 그것은 잘못된 생각이었다. 손주석은 겉으로는 실권이 없는 허수아비에 지나지 않았지만, 사실은 뒷전으로 반쿠데타 세력을 규합하고 있었고, 이미 역쿠데타 이후의 계획까지 원대하게 구상해 놓고 있었다. 그것이 이른바 「제로계획」이라는 것이었다.

남후보는 구겨진 친서를 펴면서 고개를 쳐들어 상대방을 쳐다보았다. 그리고 놀란 표정이 되었다.

「이럴 수가……」

그의 입에서는 믿을 수 없다는 듯 중얼거림이 새어나왔다.

그도 그럴 것이 방금 전까지만 해도 건방진 모습으로 담배를 꼬나물고 있던 사내가 눈 깜박할 사이에 얌전한 여자 모습으로 변해 있었던 것이다. 중절모와 코트를 벗은 그는 30대 여인으로 변해 있었다. 머리는 짧게 자른 단발이었고, 검정 셔츠에 가려진 가슴 부분은 불룩하게 솟아 있었다. 입술에는 어느 새 빨간 립스틱이 칠해져 있었다.

여우에 홀린 듯 멀거니 그녀를 바라보고 있던 남후보의 입에서 마침내 이런 질문이 흘러나왔다.

「당신은 도대체 남자요 여자요?」

「남자인지 여자인지 그게 중요한 게 아니지 않습니까?」

「남자인지 여자인지 그걸 물었소. 난 그걸 알고 싶단 말이오.」

「보시다시피 여자입니다.」

「그럼 이글이 여자란 말이오?」

「그렇습니다.」

「난 남자인 줄 알았소.」

「누구나 그렇게 생각하고 있죠. 여기까지 오는데 우여곡절이 많았어요. 만일 위장하지 않았다면 여기까지 오지 못했을 거예요.」

알파는 고혹적인 눈으로 그를 바라보았고, 그는 아무래도 믿을 수가 없다는 듯이 뚫어지게 그녀를 응시하고 있었다.

「당신 같이 아름다운 여자가 혼자서 여기까지 오다니, 도저히 이해가 안 돼요. 문주석이 연약한 여자한테 이런 힘든 일을 시킨 것을 보면 그 사람도 제정신이 아닌 것 같고……」
「그럼 우락부락한 사내들이 일개 중대 정도 중무장을 하고 나타나야 안심하시겠습니까?」
알파의 빈정거림에 남후보는 당황하는 것 같았다.
「아니, 꼭 그렇다는 건 아니지만……」
알파는 손목시계를 들여다보았다.
「X파일을 주십시오. 시간이 없습니다. 그리고 승용차를 한 대 빌려 주세요.」
「왜 그렇게 서두르는 거요? 난 미녀와 이야기하는 것을 좋아하는데.」
그는 탁자 위에 놓여 있는 꼬냑병을 집어들어 빈 잔에다 술을 따랐다.
「자, 건배합시다.」
그는 갑자기 느긋해지고 있었다. 미녀를 앞에 두고 있다 보니 경계심이 풀어지는 것 같았다.
그때 양비서가 들어왔다.
「틀림 없습니다.」
「알았네.」
남후보가 고개를 끄덕이자 양비서는 잠시 머뭇거리다가 밖으로 나갔다.
알파는 잔을 들어 건배했다.
「당선을 빌겠어요!」
「고맙소. 무사히 임무를 완수해 주시오.」

그는 술을 한 모금 마신 다음 말했다.

「이건 50년 된 술이오. 아주 귀한 손님한테만 대접하는 거요.」

「감사합니다.」

그녀가 다소곳이 말하자 그는 만족한 표정으로 끄덕이고 나서 몸을 일으켰다.

거실의 한쪽 벽면은 서가로 채워져 있었다. 그리고 서가에는 책들이 빽빽이 꽂혀 있었다. 그 앞으로 다가간 그는 의자를 밟고 올라선 다음 맨 위칸으로 손을 뻗었다.

거기서 그는 두툼한 책 한 권을 빼내가지고 내려왔다. 그것은 영어로 된 원서였다. 표지에는 「VIET NAM – THE SHADOW WAR」라는 제호가 금박으로 입혀져 있었다.

남후보는 이글을 힐끗 쳐다보고 나서 뒷표지를 젖혔다. 이글은 꼬냑을 음미하면서 그의 움직임을 지켜보고 있었다.

남후보는 주머니에서 조그만 칼을 꺼내더니 그것으로 뒷표지의 모서리를 뜯어냈다. 모서리가 갈라지자 안쪽 부분을 잡고 조심스럽게 잡아당겼다. 그것은 쉽게 떨어져나갔고, 그 안쪽에는 얇은 플라스틱판이 놓여 있었다. 그 판을 떼어내자 동그란 디스켓이 나타났다. 그것은 같은 두께의 나무판 가운데에 끼여 있었다. 그것을 엎어놓고 두드리자 디스켓이 빠져나왔다. 그는 그것을 집어들고 앞뒤로 살피고 나서 이글에게 말했다.

「X파일이오.」

이글은 그것을 받아서 주머니 속에 찔러넣었다.

「아주 중요한 거니까 소중히 다루시오. 그렇게 호주머니 넣어두면 훼손될 우려가 있어요.」

「걱정하지 마십시오. 복사는 해두셨겠죠?」

「물론이오. 만일에 대비해서 필요하니까요. 자, Z파일을 좀 봅시다.」

「물론 드려야죠.」

이글은 의자 옆에 세워 놓은 가방을 집어들어 무릎 위에 올려 놓았다. 그런 다음 다이얼을 돌려 숫자를 맞추었다.

남후보는 그녀의 움직임을 지켜보고 있다가 가방이 쉽게 열리지 않자 답답한 듯 술잔을 집어들어 입으로 가져갔다.

「안 열리는 거요?」

「암호숫자가 틀리나 봐요.」

그녀는 잠금장치를 양쪽으로 당기며 말했다.

「누가 숫자를 맞췄나요?」

「아, 됐어요!」

찰칵하는 소리와 함께 가방이 열렸다. 그녀는 재빨리 빨간색의 플라스틱 박스를 꺼내 그에게 내밀었다.

「Z파일이에요.」

남후보는 빈 잔을 내려놓고 나서 박스 뚜껑을 열었다. 안에는 작은 디스켓이 한 장 들어 있었다.

「이거 틀림없는 거요?」

「제가 묻고 싶은 질문이에요.」

그녀는 가방을 들고 일어섰다.

「승용자를 한 대 빌려 주세요.」

「이 밤중에 어디로 갈 건가요?」

「여기 있어 봤자 부담이 될 거 아니에요? 전 가볼 데가 있어요.」

밖에는 비바람이 치고 있었다.

알파25는 30분쯤 달리다가 샛길로 접어들었다. 숲속 길을 느린 속도로 가다가 빈 터를 발견하고는 차를 세웠다. 헤드라이트를 끈 다음 실내등을 켰다.

그녀의 움직임은 민첩하면서도 정확했다. 그녀는 가방 속에서 손바닥만한 컴퓨터를 꺼낸 다음 밑바닥 홈에다 X파일 디스켓을 맞추어 끼웠다. 나뭇가지가 비바람에 미친 듯 흔들리고 있는 것이 자꾸만 신경에 거슬렸다. 뚜껑을 열고 전원을 켜자 화면이 밝아왔다.

그 시간에 남후보 역시 컴퓨터 앞에 앉아 있었다.

그는 이글이 떠난 지 반 시간쯤 지나서야 Z파일에 대한 검색에 들어갈 수가 있었다. 즉시 그것을 검색하지 않고 시간을 그렇게 지체한 것은 갑자기 배가 아파왔기 때문이었다. 수행 의사가 진통제를 투여하자 복통이 조금 가라앉는 것 같았고, 그제서야 그는 컴퓨터 앞에 다가앉을 수가 있었던 것이다. 그러나 그는 컴퓨터를 다룰 줄 몰랐기 때문에 여비서가 옆에서 도와 줘서야 그것을 작동할 수가 있었다.

디스켓을 집어넣고 검색에 들어가기 직전에 그는 여비서에게 이렇게 말했다.

「여기서 본 것은 기억하고 있으면 안 돼. 보는 즉시 잊어 먹어야 해. 그리고 누구한테도 이야기해서는 안 돼. 알았지?」

다시 복통이 찾아왔기 때문에 그는 얼굴을 찡그리면서 말했다.

「네, 알겠습니다.」

그의 허벅지 위에 손을 올려놓으면서 여비서는 고개를 끄덕였다. 그가 여비서를 건드린 것은 오래 전이었다. 그 뒤로 몇 번 더 관계를 맺었지만 지금은 시들해져서 접촉을 피하고 있었다. 마음 같아서는 그녀를 내보내고 싶지만 그들의 관계를 그녀가 혹시 폭로할까 봐서 그러지도 못하고 있는 형편이었다.

「보시겠어요?」

그녀가 키보드 위로 손을 가져가면서 물었다. 그는 얼굴을 일그러뜨리면서 고개를 끄덕였다.

「음, 빨리 보여 줘.」

그는 화면을 보기 위해 그녀 쪽으로 상체를 기울였다.

그녀는 능숙하게 키보드를 두드렸다.

오늘로서 너의 존재는 지상에서 말살될 것이다.
너의 죽음에 축배를 들면서.

그녀는 눈을 크게 떴고, 남후보는 부들부들 경련을 일으키고 있었다.

「아니, 이게 뭐예요?」

「나…… 도, 독약 마셨어…… 의, 의사…… 빨리……」

두 손을 쳐들고 허공을 움켜쥐듯이 하다가 그는 의자와 함께 뒤로 쿵하고 쓰러졌다. 놀란 여비서는 비명을 지르면서 밖으로 뛰쳐나갔다.

의사가 뛰어들어 왔을 때 남후보는 마지막 숨을 몰아쉬고 있었다. 두 눈은 이미 초점을 잃고 있었고, 입에서는 거품이 흘러나오고 있었다. 당황한 의사는 응급처치를 했지만 이미 너무 늦어 있었다.

「병원에 빨리 가야 하지 않습니까?!」
경호실장이 눈을 부라리며 물었다.
「늦었어요.」
의사는 절망적으로 고개를 흔들었다.
「뭐라구요?! 그걸 말이라고 해요?! 빨리 헬리콥터 준비해!」
경호실장은 부하들에게 악을 썼다.
남후보는 마지막으로 심하게 한 번 경련을 일으키더니 더이상
움직이지 않았다.

비바람이 차창을 두드려대고 있었다. 바람에 떨어진 나뭇잎들
이 어지럽게 차에 날아와 부딪치고 있었다. 그러나 알파25는 컴
퓨터 화면만 응시하고 있었다. 그녀는 미동도 하지 않고 화면에
나타난 X파일의 내용에 시선을 고정시키고 있었다.

역사는 언제나 강자 편이었고, 강자의 것이었다. 강한 자가
역사를 창조해 왔고 세계 역사를 주도해 왔다. 힘의 역사에서
정의는 무력하기만 했고, 오직 약자의 신음소리에 지나지 않
았다. 세계 역사가 언제 약자를 동정해서 그 흐름을 바꾼 적이
있는가.
오늘날 세계의 재편과정을 보아도 힘의 논리는 명확하게 드
러난다. 세계는 강대국들의 힘이 상충되는 곳을 경계로해서
몇 개의 블럭으로 재편되고 있으며, 약소국들은 어느 한쪽의
블럭에 편입하지 않으면 그 생존을 보장받을 수 없게 되었다.
우리는 이와 같은 세계의 블럭화를 이미 예견했었고, 거기
에 대비해서 만반의 준비를 해왔다. 이 날이 오기를 얼마나 기

다려 왔던가!

　중국본토와 전세계에 뿌리를 박고 있는 우리 중화(中華)의 15억 인민은 이제 세계를 뒤덮고 있는 가장 강력한 세력이 되었다. 이 거대한 인간시장은 중화의 기치 아래 바위처럼 단단하게 결속되어 있고, 명령이 내리기만을 기다리고 있다. 세계에서 과연 15억 인민이 이처럼 일치단결해서 명령에 일사불란하게 움직일 수 있는 나라가 어디 있는가.

　우리 15억 인민은 지난 한 세기 동안 모멸과 빈곤을 견뎌내며 이를 악물고 노력한 결과 이제 세계 최대의 경제대국이 되었다. 빈곤을 인내하면서 축적해 온 군사력 역시 세계 최강으로, 그 가공할 위력 앞에 세계는 숨을 죽이고 있다.

　거대한 중화의 인력과 경제력, 그 가공할 군사력으로 이제부터 우리가 무엇을 할 것인가는 아주 자명하다. 그것은 우리 중화인민의 힘으로 세계 역사의 흐름을 주도하겠다는 것이다. 힘 있는 자가 그 힘을 바탕으로 역사의 흐름을 주도하겠다는 것은 아주 당연하지 않은가.

　아시아에서의 중화의 위력은 재론할 필요가 없을 정도로 확고한 것이다.

　러시아는 사분오열되어 지리멸렬한 상태에 빠져 있다. 러시아가 재기할 가능성은 거의 없다. 우리는 독립을 열망하고 있는 러시아 내의 소수민족들을 계속 지원함으로써 러시아가 영원히 재기불능상태에 빠지도록 공작할 것이다.

　일본은 현재 강대국일지언정 초강대국은 될 수 없다. 일본이 강대국이 될 수 있었던 것은 그 배후에 미국이 있었기 때문이다. 미국과 연대하여 일본은 지금까지 부와 영화를 누릴 수 있었고, 아시아 국가로서는 유일하게 서구제국과 대등한 위치에서 세계 무대의 주역이 될 수 있었다.

그러나 이제부터는 상황이 달라지게 된 것이다.

일본은 태평양 시대의 패자가 되기 위해 미국의 그늘에서 벗어나려고 했고, 그 과정에서 태평양시대의 주도권을 놓고 미국과 심한 알력을 빚을 수밖에 없게 되었다. 그 결과 그들은 지금까지의 협력관계에서 적대관계로 변하게 되었고, 양국관계는 마치 1941년 12월의 진주만 공격의 악몽을 되살리게 하는 상황으로까지 악화되었다.

양국 관계가 이렇게 된 데에는 세계 경찰로서의 미국의 영향력이 더이상 그 힘을 발휘할 수 없게 된 데 그 원인이 있다.

한 마디로, 미국의 시대는 이제 끝났다고 볼 수 있다. 자본주의의 황금기를 구가했던 미국은 결국 자본주의의 병폐로 해서 쇠퇴의 길로 들어서게 된 것이다. 미국은 더이상 세계의 경찰국가도 아니고, 더욱이 일본의 후원국으로 행세하기에는 너무 나약해졌다. 거기에 비해 일본은 상대적으로 너무 막강해졌고, 따라서 일본이 미국을 제치고 태평양 시대의 패자가 되려고 한 것은 너무도 당연한 일이다.

그러나 일본이 아무리 막강하다 해도 미국이 없는 일본은 태평양의 주인이 될 수 없다. 바로 그것이 일본의 한계인 것이다. 지난 세기의 대전에서 일본이 패배한 것은 누구의 도움도 없이 독자적으로 전쟁을 벌였기 때문이다. 아무리 그들이 막강하다 해도 아시아의 광활한 대륙과 드넓은 태평양, 그리고 수십 억 아시아 인민을 상대로 승리를 쟁취한다는 것은 도저히 불가능한 일인 것이다. 지난 세기에 대전을 일으켰던 일본의 행동은 미치광이의 만용에 지나지 않았음이 입증되지 않았는가!

일본이 강국이라는 사실은 부인할 수 없는 사실이다. 그러나 미국의 후원을 상실한 일본은 이제 외톨이로 그 한계를 드러내게 되었다. 일본은 강국이긴 하지만 아시아에서 더이상 패권을 추구할 수 없고, 한 걸음 더 나아가 세계를 지배한다는 것은 거의 불가능한 일이 되었다.

한때 일본은 태양처럼 떠오르는 국가로서 군국주의의 부활과 함께 세계 지배를 꿈꾼 적이 있었다. 그러나 그것은 이제 한낱 환상에 지나지 않게 되었다. 다시 말하지만, 일본은 현재 태평양 상에 고립무원으로 좌초되어 있는 21세기형 항공모함에 지나지 않는다.

일본 기술력의 총집합체인 그 항공모함은 무적함대임을 자랑하고 있지만 현재 바다 위에 좌초되어 있고, 더구나 아무도 도와 주려고 하지 않아 태평양 상에서 오직 외롭게 버티고 있을 뿐이다.

태평양 시대를 이끌어 왔던 두 주역의 퇴장은 이제 시간문제일 뿐이다. 그들은 강대국으로 남을 것인가 하는 문제보다도 자기자신을 온존하게 보존하는 일이 더 중요하다는 것을 머지 않아 깨닫게 될 것이다.

대평양에서의 두 주역의 퇴징은 필연적으로 거대 중국의 출현을 가져오게 되었다. 거대 중국의 등장으로 이제 새로운 태평양 시대가 열리게 되었다.

이것은 결코 우연히 이루어진 것이 아니다. 우리 중화인민 15억의 피와 땀이 이루어낸 당연한 결과인 것이다.

알파25는 잠시 눈을 들어 주위를 살피다가 어둠 속을 응시했다. 숲은 미친 듯 울부짖고 있었고, 그 속에서 많은 눈들이 자신을 응시하고 있는 것만 같았다. 그 눈들은 바로 중국인들의 눈 같았다. 그녀는 고개를 흔든 다음 창문을 조금 열었다. 차가운 바람이 창문 안으로 몰려들어왔다.

그녀는 중국의 논리가 마음에 들지 않았다. 중국의 패권주의가 세계 지배를 노린다면 이 지구는 세계 대전으로 초토화되고 말 것이다. 중국인들 외에는 어느 누구도 중국이 세계를 지배하는 것을 바라지 않는다. 중국은 중화라는 기치 아래 그것을 유난히 강조하면서 15억 인구가 일치단결해서 세계를 지배할 것으로 보고 있지만, 그것은 환상에 지나지 않는 것이다. 중국이야말로 어느 국가보다도 내부 분열로 해서 붕괴될 가능성이 많은 나라인 것이다.

이 파일을 작성한 자는 15억 중국인을 일시에 몰사시키기로 작정한 것 같다. 한 인간 또는 극소수의 환상이 수백 수천만의 인명을 죽음으로 몰아넣은 경우는 얼마든지 있었다. 그렇다면 다시는 그런 일이 있어서는 안 된다는 교훈을 왜 망각하고 있는가. 이제는 수백 수천만이 아니다. 수억, 수십 억, 아니 전지구인의 파멸이 눈앞에 다가오고 있는 것이다. 그것을 막을 길은 없을까?

알파는 다시 컴퓨터 화면에 시선을 고정시켰다.

말레이지아, 싱가폴은 이미 우리 화교의 지배하에 들어간지 오래되었고, 베트남과 라오스 및 캄보디아는 우리와 동맹

관계로서 중화 노선을 추종하고 있다. 그들을 손아귀에 넣는 것은 단지 시간 문제일 뿐이다. 그들이 중화권에 예속되면 태국과 버마는 더이상 독립국가로서 존속할 수 없을 것이다.

중화에 의한 대아시아 구상은 이미 가시화단계에 들어가 있고, 그 마지막 단계로서 우리는 한국을 주시하고 있다.

한국은 건국 초기부터 미국의 태평양 전초기지로서 자본주의 시장으로 성장해 왔다. 미국은 수십 년 동안 자국의 군대를 상주시키면서 한국을 미국화시키는데 전력을 기울여 왔다. 그러한 노력의 결과 한국은 미국의 문화와 상품을 팔 수 있는 훌륭한 시장으로 급성장할 수 있었다. 여기에 한 몫을 더한 것이 일본이었다. 미국을 등에 업은 일본은 한국을 대공산권의 방호벽으로 이용하면서 마음대로 시장을 잠식해 나갈 수 있었고, 한국 덕분에 수십 년 동안 태평성대를 구가할 수 있었다.

그러나 한국은 남북통일이라는 대명제를 앞에 두고 항상 불안정한 상태에 놓여 있었다. 1950년에 발발하여 3년 동안 계속되었던 한국전쟁은 원시적인 재래식 무기전이었는데도 불구하고 수백만의 인명을 앗아갔고, 전국토를 초토화시켰다. 한국은 바로 그 악몽이 재현되는 것을 두려워했다.

그 악몽은 지난 수십 년 동안 한국의 약점이 되어 왔고, 한국의 발전을 저해해 왔다. 주변국들은 그 약점을 최대한 이용해서 한국을 위협했고, 외교라는 미명하에 마치 노리개처럼 한국을 가지고 놀았다. 악몽이 현실화되는 것을 막기 위해 한국은 울며겨자먹기식으로 각가지 위협에 굴복해 왔고, 눈치외교로 명맥을 유지해 올 수밖에 없었다. 한국이 동맹국인 미국의 우려를 무릅쓰고 우리 중국과 러시아를 상대로 적극외교를 펼쳐온 것도 바로 그 때문이었다.

그러나 더이상 굴복이나 눈치외교는 통하지 않게 되었다. 한국은 이제 어느 한쪽을 분명히 선택해야 할 입장에 처하게 된 것이다.

한국의 비극은 사실 지금까지 선택을 유보해 온 데 있었다고 해도 과언이 아니다. 한국이 어느 한쪽에 확실히 서서 분명한 입장을 취했다면 불안해 하지 않아도 되고, 주변의 눈치를 볼 필요도 없었을 것이다. 그러나 한국은 그 선택을 외면한 채 줄타기를 해왔기 때문에 결과적으로 이용만 당한 꼴이 되고 말았던 것이다.

미국이 한국으로부터 점차 손을 뗄 것이라는 것은 벌써 오래 전부터 예견되어 온 일이었다. 미국은 더이상 외국에 대부대를 주둔시킬 힘도 명분도 없어진 것이다.

미국은 이제 세계 경찰국가로서의 임무를 포기한 채 세계 각처에 주둔해 있던 자국의 군대를 서서히 철수시키고 있다. 그 결과 현재 한국에 남아 있는 미군은 불과 수천 명에 지나지 않는다. 그나마 수천 명중 전투요원은 절반도 채 되지 않는다.

한국은 이제야 비로소 미국에 대한 환상에서 깨어나고 있다. 한국민들은 미국으로부터 버림받았다는 사실에 격심한 충격을 받았고, 모두가 배신감과 절망감에 휩싸인 채 안절부절 못하고 있다. 주가는 연일 폭락하고 있고, 물가는 하늘 높은 줄 모르고 치솟고 있다. 상류층 사람들은 외국으로 줄줄이 빠져나가고 있고, 군의 사기는 땅에 떨어진 채 쿠데타설이 끊임없이 나돌고 있다.

이제 한국은 자신의 어리석음을 자각하고 새로운 시대에 동참해야 한다. 그렇지 않을 경우 한국의 자멸은 너무도 분명해진다. 미국을 원망한들 무슨 소용이 있는가. 미국은 자기가 취할 바를 분명히 했을 뿐이다. 그것은 당연한 것이다. 한국은 이제 수십 년 동안 외국군을 붙잡아둔 채 거기에 국가의 안전을 내맡겨 온 그와 같은 어리석음을 두 번 다시 되풀이해서는 안 된다. 미국으로부터 버림받아 이 지상에서 사라진 국가가 어디 한둘인가. 그 비극의 교훈을 왜 한국은 배우지 못했는가.

이제 한국이 선택할 길은 한 가지밖에 남지 않았다. 그것은 거대 중화의 품 안으로 들어오는 것이다. 그 분명한 선택은 한반도에 안전과 평화를 가져올 것이다.

중화의 품 안으로 들어옴으로써 한국은 첫째, 전쟁의 위협으로부터 벗어날 수가 있을 것이다. 한국민들은 1950년 대의 한국전쟁 이후 수십 년 동안 제2의 한국전쟁에 대한 악몽으로 불안에 떨어왔고, 북한의 전쟁 위협에 시달려야만 했다. 그와 같은 불안과 위협은 거대 중화의 품안에서 자연히 녹아 없어지게 될 것이다.

둘째, 한국과 북한은 총 한 방 쏘지 않고 통일을 이룩할 수 있을 것이다. 한국민들이 그토록 염원해 왔던 남북통일이라는 대과제가 중화의 힘으로 아주 자연스럽게 달성되는 것이다. 한국민들은 그것을 금세기의 위업으로 평가해도 될 것이다.

셋째, 중화를 중심으로 마침내 대아시아권이 형성되는 것이다. 중국과 북한, 그리고 남한이 중화의 기치 아래 태평양 벨트를 형성하게 되면 동북아시아에서의 그 위력은 절대적인 것이 될 것이다.

일본은 한국이라는 완충지대를 상실한 채 거대 중화의 힘과 맞서게 될 것이고, 그 위력 앞에 움츠러들게 될 것이다. 태평양의 파고는 거칠어지겠지만 시간이 흐를수록 우리는 일본이 고사되어 갈 것으로 믿고 있다. 만일 우리의 고사작전이 제대로 힘을 발휘하지 못하게 될 경우 우리는 일본을 태평양의 거친 물결 속에 침몰시키고 말 것이다. 대아시아권이 형성될 경우 일본을 격침시키는 것은 별로 어려운 일이 아니다. 미국의 지원이 없는 일본 열도는 개전과 동시에 우리 중화의 동맹군에게 점령당하고 말 것이다.

그때쯤이면 미국은 쇠락의 길로 접어들어 있을 것이고, 자국을 방어하는 것만도 벅찰 것이다.

통일된 한국은 대아시아권 형성에 견인차 역할을 하게 될 것이고, 그 중심이 될 것이다. 그와 함께 눈부신 발전을 이룩하게 될 것이다.

중화의 기치 아래 대아시아권이 형성되면 세계를 분할하고 있는 소수의 블럭들 가운데 아시아 블럭이 가장 강력한 집단이 될 것이다. 그러나 우리는 거기에 만족하지 않고 세계 지배라는 대망에 도전할 것이다. 그러기 위해서는 다른 블럭을 분열시키고 자멸시키는 작전이 필요하다. 우리는 그와 같은 작전에 총력을 기울일 것이다.

이 원대한 야망 앞에 개인과 국가는 자기 희생을 감수해야 할 것이다.

개인의 가치가 존중되고 유난히 강조되어온 국가들이 있었다. 그런 국가들은 개인 위에 군림할 수 없었고, 개인보다 중요할 수도 없었다. 그 결과 국력은 분열되고 소진될 수밖에 없었다. 그 대표적인 예가 미국을 비롯한 자본주의의 천국이라는 국가들이다. 그들은 오늘날 국가 지상주의 국가들과의 경쟁에서 밀려나 쇠락의 길을 걷고 있는 것이다.

대아시아 권이 형성되면 국가라는 개념도 점차 사라질 것이고, 국경도 없어지게 될 것이다.

하나의 지구, 하나의 국가-이것이야말로 우리 거대 중화가 그리고 있는 대야망이다. 그것은 결코 환상이 아닌 현실로 다가왔다.

우리는 거대 중화의 대야망에 도전하거나 방해가 되는 세력에 대해서는 적으로 간주하고 단호하게 응징할 것이다.

우리는 진심으로 한국이 거대 중화의 대아시아 건설에 동참하기를 바란다. 만일 한국이 동참을 거부하게 될 경우 그것은 엄청난 비극을 자초하는 결과가 될 것이다.

북한과 남한이 더이상 분단된 채 존속할 수 없다는 것은 자명한 일이다. 그것은 그들 자신이 더 잘 알고 있는 것이다.

지금까지 한반도가 통일되지 못한 것은 전적으로 남한에 그 책임이 있다. 남한은 줄타기 외교를 벌이면서도 근본적으로 미국 쪽에 붙어서 거기에 자신의 운명을 내맡기고 있었다. 그리고 한 수 더 떠서 북한을 미국 쪽으로 끌어들이려고 부단히 애를 써왔다. 격동하는 아시아의 거센 물줄기를 거꾸로 돌리려는 어리석은 짓이었다.

북한은 이미 거대 중화의 일원으로 굳게 다져진 우리의 맹방이다. 북한을 흡수하겠다는 것은 바로 거대 중화를 흡수하겠다는 것이나 다름없는 짓이다. 그와 같은 어리석은 발상은 이제 더이상 용납될 수 없다. 우리는 그런 어리석은 무리들을 상대로 더이상 시간과 노력을 낭비하지 않을 것이다.

우리는 이미 모든 준비를 끝내 놓고 때를 기다리고 있다.

만일 남한이 계속 미국을 등에 업고 대아시아 건설에 방해 공작을 한다면, 그리고 통일을 거부한다면 우리는 남한을 응징할 수밖에 없다. 그것은 곧 전쟁을 의미하는 것이다.

아시아는 아시아인의 손으로 건설되고 단결되어야 한다는 것이 우리의 대원칙이다. 여기에 미국의 사주를 받아 대아시아 건설을 와해시키려는 한국의 기도는 도저히 묵과할 수 없는 짓이며, 거기에 대해 우리는 대아시아 인민의 이름으로 가차없이 단죄할 것이다.

만일 전쟁이 발발하면 남한은 고립될 것이고, 하루아침에 궤멸되고 말 것이다.

우리는 남한이 도저히 재기할 수 없을 정도로 철두철미 남한을 파괴할 것이다. 그 완전한 파괴가 가져올 폐허 위에 남북이 통일된 새로운 이상형의 국가가 탄생될 것이고, 그 국가는 아시아의 등불이 될 것이다.

남한은 우리 거대 중국의 파괴력을 믿지 않을지도 모른다. 그러나 그 실상을 알고 나면 그 가공할 파괴력에 경악하고 말 것이다.

우리는 전세계를 파괴하고도 남을 충분한 힘을 보유하고 있다.

핵전쟁은 지구 전체를 송두리째 잿더미로 만들 것이기 때문에 자멸을 각오하지 않는 한 사용이 불가능하다.

우리는 거기에 착안해서 자멸하지 않고 승리를 쟁취할 수 있는 새로운 무기를 개발했다. 가공할 파괴력을 지닌 이 무기들은 전쟁 발발과 동시에 남한을 송두리째 마비시키고 궤멸시키게 될 것이다.

암호명 「붉은 안개」로 불리는 첫번째 무기는 화학무기이다. 그러나 지금까지의 화학무기와는 질적으로 다르다.

전쟁이 발발하면 붉은 안개는 미사일에 실려 적진 깊숙이 투하될 것이다. 미사일은 저공으로 날아가기 때문에 그것을 포착해서 요격한다는 것은 불가능한 일이다.

서울 상공에서 붉은 안개가 폭발하면 서울은 안개의 소용돌이에 휩싸이게 될 것이다. 서울 상공이 붉은 안개에 뒤덮이는 순간 모든 움직임은 정지되고, 인간을 비롯한 모든 동물들은 24시간 동안 눈이 멀게 될 것이다. 눈뿐만 아니라 모든 신경계통이 마비되어 24시간 동안 움직일 수 없게 된다. 만일 24시간 안에 또 한 번의 안개(두번째 안개는 푸른 색이다)가 폭발하면 모든 생명체는 30분 안에 몰사하게 된다. 푸른 안개는 항복하지 않을 경우 투하될 것이다.

이처럼 우리는 총 한 방 쏘지 않고 남한을 마비시킬 수 있다. 서울을 마비시키는 데는 5기의 미사일 발사만으로 충분하다. 그리고 남한 전역을 마비시키는 데는 25기가 필요하다. 우리는 수천 기의 미사일을 보유하고 있다.

붉은 안개는 소용돌이를 일으키면서 퍼지기 때문에 침투 속도가 매우 빠르다. 마스크를 쓴다 해도 그것을 막을 수는 없다. 안개를 마시지 않고 접촉하기만 해도 사람들은 금빙 눈이 멀고 신경이 마비된다.

적이 24시간 마비되어 있는 동안 우리는 신속히 적지에 들어가 적을 섬멸하고 적지를 점령할 수 있다.

우리는 붉은 안개의 침투를 막을 수 있는 특수약을 복용한 후에 작전에 참가하기 때문에 붉은 안개 속에서도 자유롭게 활동할 수 있다.

두번째 무기는 암호명 XZ이다.

XZ는 레이저보다 한 차원 높은 새로운 광선으로 만든 무기이다.

레이저 광선은 대기권 안에서 쓰면 빛이 흡수당해 비틀어지는 경향이 있었다. 그러나 XZ는 그와 같은 단점을 극복한 광선으로 만들어진 무기이다.

그 원리는 이런 것이다. 이름을 밝힐 수 없는 물질의 분자에 자동차 가속페달을 밟듯이 엄청난 속도로 가속을 시키면 가속된 분자가 레이저광과 같은 광선기능을 발휘하게 된다. 분자 가속에 의한 이 새로운 광선은 그 파괴력이 실로 무시무시하다.

XZ의 유효사정 거리는 현재 2km이다. 2km 이내의 모든 생물과 물체는 XZ의 공격대상이 될 수 있다.

2km 이내의 거리에서 어느 고층빌딩을 겨냥해서 빛을 발사하면 그것은 마치 폭탄을 맞은 것처럼 파괴된다. 파괴의 정도나 모양을 빛으로 마음대로 조정할 수도 있다. 두부 단면처럼 건물을 두쪽으로 갈라낼 수도 있고, 동그랗게 구멍을 뚫을 수도 있다. 나무밑둥을 자르는 것처럼 아랫 부분을 잘라 버릴 수도 있다. 움직이는 모든 물체를 광선으로 포착해서 살인광선을 발사하면 순식간에 파괴되어 버린다.

지상에서 공중에 떠 있는 물체를 포착해서 XZ로 격추시키는 것은 얼마든지 가능하다. XZ는 빛의 속도인데다 소리도 없기 때문에 그 파괴력은 실로 경이롭다.

XZ를 이용한 총기류는 총의 개념을 바꾸어 놓았다. 지금까지의 총기는 요란스러운 소리와 함께 상대방을 쓰러뜨렸지만 XZ는 소리없이 상대를 제거할 수가 있다. XZ 권총으로 사람을 저격하면 몸에 구멍이 뚫린다. 칼로 벤 것처럼 몸을 자를 수도 있다. 뼈도 단번에 절단할 수 있다. 소리없이 발사되기 때문에 암살용으로 사용하기에는 적격이다. 그것을 위해 우리는 펜이나 라이터 같은 소형 무기로도 개발해 놓았다. 그와 같은 소형 무기를 가지고 다니면서 지하철이나 백화점 같은 데서 사람을 소리없이 처치하는 것은 아주 쉬운 일이 되었다.

우리는 숲을 개발하는데 XZ를 이용해 보았다. 그 결과 한 명이 5에이커의 울창한 숲을 깨끗이 밀어 버리는데 불과 한 시간밖에 걸리지 않았다. 가까이서 작업하지 않고 멀리 떨어진 곳에 앉아 빛을 쏘았기 때문에 그는 손끝 하나 다치지 않았다. 만일 여러 명의 인부들이 전기톱을 이용하여 나무를 잘랐다면 며칠이 걸렸을 것이다. 대형 건물을 철거하는 데도 폭약을 사용해서 폭파시키지 않고 혼자서 소리없이 제거할 수가 있었다.

XZ의 용도는 이처럼 다양하면서 그 효력은 상상을 초월한다. 현재로서는 그 광선을 방어할 수 있는 방법이 전무하기 때문에 그 파괴력은 거의 절대적이다. 그 위력이 너무 엄청나기 때문에 우리는 통제방법을 강구하고 있는 중이다. 누군가가 바닷가에 앉아 있다가 XZ라이터를 꺼내 저 멀리 수평선 위를 지나가는 대형 선박을 향해 빛을 발사할 경우 그것은 침몰하고 말 것이다. 우리는 개인이 그와 같은 가공할 무기를 휴대하는 것을 통제할 수 있는 방법을 연구하고 있는 것이다.

XZ는 공중에서 한층 더 위력을 발휘한다. 서울 상공에서 만일 XZ를 분사할 경우 서울 시가지는 한 시간 안에 폐허로 변할 것이다. 빛을 분사한다고 해서 그 강도가 떨어지는 것은 아니다. 그 빛은 조절하기에 따라서 수천 수만 개의 빛으로 갈라져 발사될 수가 있다. 그것은 마치 수천 대의 폭격기가 도시 상공에서 수만 개의 폭탄을 투하하는 것과 같은 효력을 발휘한다.

세번째는 암호명 TC-001로 불리는 텔레파시 칩의 개발이다.

이것은 간단히 말해 생각만으로 컴퓨터를 작동시킬 수 있는 칩을 말한다. 콩알만한 전자칩을 인간의 몸 속에 이식하면 이 칩은 인간의 생각을 컴퓨터 언어로 전환시켜 컴퓨터에 명령을 내리게 된다.

세계의 과학자들은 이 꿈의 칩을 개발하기 위해 심혈을 기울여 왔지만 지금까지 어느 누구도 그것을 완성할 수가 없었다.

각국의 과학자들이 그것을 개발하기 위해 전력을 기울인 이유는 그것을 먼저 개발하는 자가 세계를 지배할 수 있다고 보았기 때문이다. 자연 경쟁이 치열해질 수밖에 없었고, 그것을 놓고 살벌한 스파이전까지 벌어졌다. 정보를 빼오고, 과학자를 납치유인하고, 상대국 시설을 파괴하기 위해 스파이들을 동원하지 않을 수 없었던 것이다.

그렇게 별짓을 다했지만 어느 나라 어느 과학자도 이 꿈의 칩을 개발할 수는 없었다. 꿈과 현실의 거리는 좀처럼 좁혀지지가 않았던 것이다.

그런데 놀랍게도 우리 중국 과학자들이 그것을 개발해 낸 것이다. 우리 과학자들은 개발을 완료했을 뿐만 아니라 그것을 무기화하는 데도 성공했고, 그래서 우리는 TC-001 무기를 실전에 대비해서 이미 배치해 놓았다. 이 모든 것은 극비리에 추진되어 왔기 때문에 이 사실이 세계에 알려질 경우 세계 각국은 공포에 사로잡히게 될 것이 확실하다. 그래서 우리는 아주 적절한 시점에 그것을 발표하기 위해 때를 기다리고 있다.

주지하다시피 우리 중국의 과학자들은 세계 최고의 실력을 갖추고 있다. 10년 전까지만 해도 우리 과학자들은 선진 강대국 과학자들의 실력보다 확실히 한 수 아래에 있었다. 그러나 수십 년에 걸쳐 과학 분야에 집중적인 노력을 기울인 결과 우리는 마침내 선진 강대국들을 물리치고 세계 최고 수준의 과학자들을 확보하게 된 것이다.

TC-001은 뇌로부터의 신호를 컴퓨터 신호체계로 바꿔 외부 컴퓨터에 전달한다. 그리고 외부에서 전달되는 컴퓨터 신호는 다시 뇌가 인지할 수 있는 신호로 바꿔 대뇌에 전달하게 된다. 이와 같은 텔레파시(전자 정신감응) 기능은 곧 상상을 초월하는 무기를 만들 수 있는 가장 기본적인 요소인 것이다.

현재 정확한 숫자는 밝힐 수 없지만 상당수 우리 공군 조종사들의 뇌속에는 TC-001이 내장되어 있다. 그들은 전투기를 타지 않고도 지상에 앉아 텔레파시를 통해 직접 전투기를 조종할 수 있고, 공격 목표를 선정, 미사일까지 발사할 수가 있다. 이 얼마나 놀랍고 가공할 사실인가!

우리는 처음에는 TC-001의 효력을 믿을 수가 없었다. 그러나 수백 수천 번에 걸친 실험 결과 그 정확성에 마침내 그것을 인정하지 않을 수 없었다.

이제 TC-001은 기존의 모든 무기들을 원시시대의 유물로 민들이 놓았다. 여기에 대항할 수 있는 무기는 이 지구상에 존재하지 않는다.

TC-001을 뇌 속에 내장하고 있는 사람들은 컴퓨터와 전화 없이도 인터넷에 접속할 수가 있다.

궁극적으로 우리는 인간의 모든 감정을 복제할 수 있으며 모든 경험까지도 재창조가 가능하다고 생각하고 있다. 그것을 위해 오늘도 우리 과학자들은 연구에 몰두하고 있다.

이제 한국이 선택할 길은 자명해졌다. 이보다 더 자명한 길이 어디 있겠는가. 더 이상 어떻게 설명할 수 있겠는가.

만일 선택의 길이 이렇게 자명한데도, 그리고 이렇게 자세히 설명했는데도 한국이 통일을 기피하고 대아시아 건설에 동참을 거부한다면, 그것은 스스로 자멸을 선택한 것이나 다름없다고 보아야 할 것이다. 한국이 자멸을 선택한 이상 우리는 추호도 시간을 끌 필요가 없다고 본다. 우리는 즉시 한국을 향해 공격을 개시할 것이다.

우리의 지원을 받은 북한군 2백만은 일 주일 이내에 남한을 완전히 점령하고 통일 정부를 세울 것이다. 우리는 거기에 대비해서 인적 구성까지도 완전히 끝내 놓은 상태이다.

그러나 이와 같은 시나리오는 최악의 상황을 고려해서 만들어놓은 것이다. 우리는 전쟁을 바라지 않는다. 만일 전쟁이 발발하면 한국민의 3분의 1은 희생되고 말 것이다. 결국 5천만 명 가운데 온전하게 살아남은 사람은 2천만 명도 안 될 것이다. 이와 같은 희생을 감수하면서까지 한국은 거대 중국을 상대로 전쟁을 수행할 것인가? 도대체 한국은 전쟁을 수행할만한 능력이 있는가?

다시 말하지만, 한국이 평화롭게 통일을 이룩하고 새로운 태평양 시대의 주역이 되기 위해서는 우리 거대 중화의 품 안으로 들어오는 수밖에 다른 선택의 길은 없다.

우리 거대 중화의 일원이 될 경우 한국은 독립을 유지한 채 우리 중국과 함께 선진 강대국으로 도약할 수 있을 것이고, 새 태평양 시대의 주역이 될 것이다.

우리는 현재 남한에서 진행되고 있는 선거전을 예의주시하고 있다. 이번 선거가 남한의 사활이 걸린 중대한 선거라는 것을 우리는 알고 있다.

우리는 남창우 후보의 탁월한 지도력과 통찰력을 높이 평가하고 있으며, 그가 앞으로 한반도 통일에 주도적인 역할을 할 것으로 보고 있다.

우리는 북한이 작성한 제로계획에 대해 전폭적인 지지를 보낸다. 그 계획은 우리가 구상하고 있는 대아시아 건설의 일환으로, 대아시아 건설에 결정적인 역할을 하게 될 것이다.

제로계획에 따라 우리 중국과 남북한은 조속한 시일 내에 만나 그 계획을 추진해야 할 것이다. 그 계획이 완성되면 남북한은 평화통일을 이룩하게 될 것이고, 우리 거대 중화와 함께 새 태평양 시대의 강자로 세계에 웅비할 것이다.

우리 삼국이 뭉치게 될 경우 일본과의 충돌은 필연적인 것이 될 것이다.

수십 년 전 우리를 침략하여 수많은 인명을 살상하고 식민

제국을 건설하였던 일본에 대해 응징을 가하는 것은 일차적으로 우리 국민들의 가슴 속에 내재되어 있는 비통한 원한을 풀어 주는 것이 될 것이다.

일본은 응징되어 마땅하다.

일본의 역사는 한 마디로 침략의 역사였다. 그들은 끊임없이 이웃 나라를 침략해 왔으며, 일본이라는 존재 때문에 우리 아시아는 잠시도 편안한 날이 없었다.

특히 한반도는 일본의 침략 야욕에 항상 혹심한 희생물이 되어 왔으며, 40년이라는 긴 세월 동안 그들의 식민지로 말할 수 없는 수난을 겪은 바 있다. 한반도는 일본의 대륙침략의 교두보라는 지정학적 위치로 해서 이렇게 희생양이 되지 않을 수 없었다.

이러한 일본에 대해 한국이 우호적인 환상을 품는다는 것은 어리석은 짓이 아닐 수 없다. 한국은 그와 같은 환상을 당장 버려야 한다. 그런 다음 고난의 역사를 보상받기 위해서도 일본에 대해 책임을 물어야만 한다.

그러나 일본은 한국은 물론 우리 중국에 대해서도 결코 책임을 진 적이 없었고, 진심으로 사죄를 한 적도 없었다. 그렇다면 우리는 어떻게 해야 할 것인가?

이 질문에 대한 대답은 너무도 자명하다. 우리는 일본이라는 존재를 제거해야만 한다. 그밖에는 다른 대답이 있을 수 없다.

일본이 존재하지 않으면 아시아에는 평화가 찾아올 것이다. 그리고 그것은 세계 평화를 위한 결정적인 계기가 될 것이다. 지금까지 세계 인민을 괴롭혀 오고 세계 평화를 위협해 온 국가들은 그것을 계기로 해서 모두 해체되어야 한다.

그런데 일본에 대한 응징은 한국의 힘만으로는 도저히 불가능하다. 그것은 누구보다도 한국민 자신이 잘 알고 있을 것이다.

일본을 제거하는 데는 남북한과 거대 중국의 결집된 힘이 필요하다. 대아시아권의 결집된 힘으로 섬나라 일본을 일거에 밀어붙이면 일본은 몸부림치다가 결국은 태평양 깊은 물 속으로 침몰하고 말 것이다. 종이 호랑이에 지나지 않은 미국은 더 이상 일본을 도와 줄 수 없을 것이고, 그렇다면 일본을 도와 줄 수 있는 나라는 이 지구상에 존재하지 않는다. 우리 삼국이 공략할 경우 과연 일본은 얼마나 버틸 수 있겠는가.

일본에 대한 응징은 철저히 이루어져야 한다. 일본 민족이 더이상 재기할 수 없도록 그들을 완전무결하게 분쇄해야 한다. 그들을 섬에서 몰아내고 우리 삼국의 국민들이 그곳에 들어가 살아야 한다. 그렇게 되면 생존한 일본인들은 아시아 대륙으로 흩어져 소수민족으로 전락하고 말 것이다.

일본을 침몰시키면 비로소 대아시아권은 그 위용을 태평양 상에 드러내게 될 것이다. 위대한 아시아의 탄생으로 전세계는 거대한 용이 내뿜는 불길 속에 휩싸이게 될 것이고, 그리하여 세계 질서의 재편성이라는 신화가 탄생하게 될 것이다.

알파25는 컴퓨터를 닫은 다음 차 밖으로 나왔다.

칠흑 같은 어둠과 함께 비바람이 몰아치고 있었다. 그녀는 몸을 움츠린 채 어둠 속을 응시했다.

어둠 속에서 무엇인가 움직이는 것이 있었다. 그녀는 재빨리 나무 뒤로 몸을 웅크렸다. 거센 비바람에 모든 것이 움직이고 있었기 때문에 그것들과 다른 어떤 특별한 움직임을 구별해 낸다는 것은 매우 어려운 일이었다. 그러나 그녀의 예민한 감각은 그 무엇인가를 본능적으로 감지하고 있었다. 순간적이었지만 그녀는 어둠 속에서 흔들리는 사람의 움직임을 포착한 것 같았다. 그러나 아직 확실하지가 않았다. 그녀는 재빨리 안경을 꺼내 끼었다.

그것은 특수안경으로, 「전자 눈」으로 불리는 스타라이트스코프였다. 이 전자 눈은 적외선 망원경과는 크게 다르다. 적외선 망원경은 눈에 보이지 않는 적외광선을 조사(照射)해 그 반사로 볼 수 있게 돼 있다. 때문에 상대가 적외선 탐지장치를 갖춘다면 오히려 자신의 위치를 노출하는 약점이 있다. 그러나 스타라이트스코프는 어떤 빛도 발사하지 않으므로 칠흑 같은 어둠 속에서도 쥐도 새도 모르게 적을 간파할 수 있다. 뿐만 아니라 줌기능이 있어 상대방을 망원경처럼 바싹 앞으로 당겨서 볼 수가 있다.

자연상태에서는 완전한 어둠이란 있을 수 없다. 모든 물체는 어둠 속에서도 비록 작은 양이지만 빛을 반사한다. 전자눈은 바로 그 빛을 잡아내 전기적으로 증폭하는 방식을 채택한다. 렌즈를 통해 들어오는 빛을 2천5백~3천 볼트의 고전압으로 가속해 발광면에 충돌시킨다. 그러면 빛은 통상보다 3천~4천배 밝아지게 되는 것이다. 가시거리는 5백m. 아무리 어두워도 5백m 이내의 모든 물체는 올빼미보다도 더 확연히 볼 수 있다.

알파는 몸을 웅크린 채 주위를 세밀하게 살폈다. 만일 누군가가 있다면 틀림없이 강한 상대일 거라는 생각이 들었다. 이처럼 짧은 시간 안에 그녀가 있는 곳을 찾아내 접근해 온다는 것은 바로 그의 실력이 뛰어나다는 것을 의미한다. 뿐만 아니라 그가 노리고 있는 것이 무엇인지도 분명해진다.

그녀는 오른쪽으로 시선을 움직이다가 갑자기 뒤로 몸을 돌렸다. 총신이 번쩍이는 것이 나뭇가지 사이로 얼핏 보였다. 동시에 그녀는 속으로「쇼트건이다!」하고 소리쳤다. 미친 듯 흔들리는 나뭇가지 사이로 시커먼 그림자가 천천히 접근해 오고 있는 것이 마침내 시야에 잡혔다. 그녀는 재빨리 거리를 당겨보았다. 그리고 상대방을 알아보는 순간 눈앞이 캄캄해져 왔다.

오메가는 챙이 넓은 야전모를 쓰고 있었다. 얼굴에 빗물이 흘러내리는 것을 피하기 위해 그런 것 같았다. 그리고 눈에는 그녀처럼 특수 안경을 끼고 있었다. 귀에 수신장치를 꽂고 있는 것으로 보아 누군가로부터 계속 지시를 받고 있는 것 같았다.

챙이 넓은 야전모와 특수안경 때문에 얼굴이 기의 가려져 있었지만 움직임이나 전체적인 윤곽이 오메가가 틀림없었다.

「개자식! 나를 노리다니!」

그녀는 분노에 떨면서 입술을 깨물었다.

오메가는 믿을 수 없다는 버블의 말이 옳은 것 같았다. 버블의 직관력이 새삼 돋보였다. 그런데 어떻게 여기까지 오게 되었을까? 오메가는 지금쯤 카오스의 관리하에 있어야 옳다. 카오스 요원들에게 둘러싸여 조사를 받고 있을 줄 알았는데, 어느 새 여기에 나타난 것이다.

오메가는 별로 주위를 살피지도 않고 일직선으로 접근해 오고 있었다. 그의 움직임을 노려보고 있던 알파는 그가 숲 속에 세워둔 자동차를 노리고 접근해 오고 있음을 알았다. 오메가는 그녀가 아직 차 안에 있는 줄로 착각한 것 같았다. 그러나 그는 차 가까이 다가가기 전에 차 안에 아무도 없다는 것을 알게 될 것이다. 그렇다면 그 전에 그를 공격해야 한다. 순간 그녀는 아차했다. 그가 만일 가까이 접근하지 않고 좀 떨어진 거리에서 자동차를 공격한다면 그 안에 들어 있는 컴퓨터와 X파일이 파괴될 가능성이 있다. 무엇보다도 X파일에 그녀는 신경이 쓰였다. 그것 때문에 얼마나 많은 사람들이 희생되었는가. 사라져 간 그들 모두가 X파일 때문에 비명에 숨져간 것이다. 애써 손에 넣은 그것을 지금 와서 잃을 수는 없었다. 그것을 완전한 상태로 버블에게 전달해 주어야 한다. 그 가공할 사실을 알게 되면 버블은 어떤 표정을 지을까?

그것은 기록으로 남아서 많은 사람들이 읽도록 해야 한다. 하지만 지금 당장은 공개할 수 없다. 공개되면 일대 혼란이 일어날 것이다. 아시아뿐만 아니라 전세계에 크나큰 충격을 줄 것이다. 때문에 지금은 공개해서는 안 된다. 극소수의 사람들만 그것을 보아야 한다.

그러나 그녀는 X파일을 가져오기 위해 차로 접근할 수가 없었다. 차 안에 들어가자마자 오메가의 쇼트건이 불을 뿜을 것이고, 그러면 그녀의 몸뚱이는 벌집이 되고 말 것이다. 오메가의 시선을 피해 차 안으로 들어가는 것은 불가능한 일이다. 여기서 그녀가 취할 수 있는 것은 오메가가 차를 공격하기 전에 그녀가 먼저 선수를 치는 것이었다. 그러나 그것도 쉬운 일은 아니었다.

그녀한테는 지금 소형 독침이 한 개 있을 뿐이었다. 그것으로는 쇼트건의 위력에 도저히 맞설 수가 없다는 것을 그녀는 잘 알고 있었다.

어떻게 할까? 결국 독침을 사용하려면 그에게 가까이 접근하는 수밖에 다른 수가 없는 것 같았다. 그전에 그가 그녀를 발견하고 방아쇠를 먼저 당긴다면 할 수 없는 일이지만……. 이 단계에서는 하는 데까지 해보는 수밖에 다른 방법이 없었다.

독침의 유효 사거리는 10m. 지금 오메가와의 거리는 50여m쯤 되는 것 같았다. 그녀는 주머니에서 만년필을 꺼냈다. 그것은 여러 가지 기능이 있는 만년필이었다. 송수신 기능도 있었고, 플래쉬 기능도 있었지만, 무엇보다도 독침을 발사할 수 있는 살인 무기로서의 기능이 뛰어났다.

겉으로 보기에는 그것은 일반 만년필과 조금도 다름이 없어 보였다. 실제로 그것은 만년필로도 사용할 수가 있었다.

그것을 무기로 사용할 때는 뚜껑을 닫은 상태에서 중간부분을 가볍게 눌러 주면 된다.

중간에는 깨알만한 버튼이 하나 있었다. 그것은 만년필 몸통과 같은 색깔이기 때문에 얼른 눈에 띄지 않는다. 그 버튼을 눌러 주면 독침은 아무 소리도 없이 빠른 속도로 발사된다.

알파는 바닥에 납짝 엎드렸다. 왜 나를 죽이려고 하지? 도대체 누가 적이고 누가 동지인지 알 수 없게 되어 버리고 말았다. 그것을 구분해 낸다는 것은 어둠 속에서 미로를 헤매는 것만큼이나 어렵다. 정의나 양심, 신뢰 따위는 쓰레기 취급을 받은 지 오래다. 그런 것을 들먹이는 것 자체가 우스운 일이다. 이 바닥에서는 오로지 먹느냐 먹히느냐 하는 문제만이 존재할 뿐이다. 가장 정확히 들어맞는 말이 있다면 그것은 배신이라는 말이다. 끝없는 배신―그녀는 그 시퍼런 날 위에서 자신이 마치 맨발로 걸어가는 곡예사 같다는 생각이 들었다.

제발 그대로 곧장 다가와다오. 두리번거리지 말고 똑바로 걸어오란 말이야. 그녀는 오금이 저려왔다.

오메가는 필적할 상대가 없을 정도로 뛰어난 살인사였다. 그의 대담성과 민첩한 행동은 거의 천부적인데서 비롯된 것이었다.

그는 겉으로 보기에는 대단한 미남이었지만 실제 모습은 맹수와 흡사했다. 맹수의 용맹성과 기회를 정확히 포착해 내는 민첩성, 주변의 이상한 움직임을 순간적으로 감지해 내는 예민한 감각, 급소를 공격해서 먹이를 단번에 쓰러뜨리는 뛰어난 공격력 등 맹수가 지니고 있는 특성을 그대로 갖추고 있었다. 그래서 그는 그토록 위험한 작전을 수행하면서도 지금까지 살아남을 수가 있었던 것이다.

오메가는 30m 가까이까지 다가오더니 더이상 접근하려고 하지 않았다. 그의 예민한 감각이 이상한 낌새를 눈치챈 것 같았다. 일단 의심이 가면 그는 결코 접근해 오지 않을 것이다. 어떻게 할까? 그녀는 점점 초조해지기 시작했다. 이제 온몸은 비에 젖어, 사지가 얼어붙는 것 같았다.

갑자기 오메가의 모습이 시야에서 사라졌다. 알파는 당황해서 고개를 쳐들었다. 왼쪽을 살핀 후에 오른쪽으로 시선을 돌리자 쇼트건이 번득이는 것이 보였다. 아까보다는 쇼트건의 위치가 낮아 보이는 것이 몸을 낮추고 움직이고 있는 것 같았다. 쇼트건에서 반사되는 빛이 오른쪽으로 이동하고 있었다.

그녀는 땅바닥을 포복으로 기어갔다. 그녀 역시 맹수로 변신해 있었다. 생사가 결정되는 순간의 그녀는 초인적인 힘을 발휘한다. 그녀 자신은 살아남은 뒤에야 그것을 알게 된다. 그리고 자신이 자기 자신을 이해할 수 없는 것을 알고는 혼란 속으로 빠져든다.

오메가는 오른쪽으로 원을 그리면서 차에 조금씩 접근하고 있었다.

그녀는 그보다 좀더 빨리 움직였다. 그렇게 하면 그의 뒤로 접근할 수 있을 것 같았다. 그는 뒤쪽을 별로 주의하지 않는 것 같았다. 알파는 포복을 계속하면서 주위를 살폈지만 오메가 외에는 다른 움직임은 눈에 띄지 않았다. 그는 단독으로 접근해 오고 있었다. 그렇다면 좀더 속도를 빨리 해도 되겠다고 그녀는 생각했다.

왜 나를 죽이려고 하는 걸까? 누구의 지시로 나를 없애려고 하는 걸까? 오메가가 마지막으로 노리는 것은 무엇일까? 그녀는 마침내 오메가의 뒤쪽으로 접근할 수가 있었다. 그와의 거리는 20m쯤 되었다. 그녀는 속도를 늦추기로 했다. 거기서부터는 더욱 조심하지 않으면 안 될 것 같았기 때문이다.

갑자기 총성이 울렸다. 그녀는 납짝 엎드렸다. 섬광이 어둠을 뚫고 날아가고 있었다. 자동차 유리창이 박살나는 소리가 들렸다. 쇼트건이 계속 불을 뿜었다.

「안 돼! 그 안에 X파일이 있어, 이 바보야!」

그녀는 소리치고 싶은 것을 꾹 참았다. 그리고 총소리를 이용해 빠른 속도로 포복했다. 순간 총성이 멎었다. 10여 발 정도 발사된 것 같았다. 갑자기 총성이 멎은 것으로 보아 비로소 차 안에 아무도 없는 것을 알아차린 것 같았다. 그가 당황해 하는 것이 보였다. 몸을 한 바퀴 홱 돌리면서 주위를 날카롭게 살핀다. 그러나 균형이 무너지면서 당황해 하는 것이 뚜렷이 보인다. 그는 이제 적이 어디 있는지 가늠조차 못하고 있는 것 같았다. 지금까지의 공격적인 자세에서 방어적인 자세를 취하는 것만 보아도 알 수가 있다. 그녀는 거리를 재보았다. 아직 10m는 훨씬 넘는 것 같았다.

그는 나무 뒤에 몸을 숨긴 채 더이상 움직이지 않는다. 감이 잡힐 때까지는 움직이지 않을 것 같다. 다행히 그는 지금 등을 보이고 있었다. 그러나 그가 뒤쪽도 살피고 있다는 것을 그녀는 알 수가 있었다. 이럴 때는 먼저 흥분하는 쪽이 패한다는 것을 그녀는 경험을 통해 알고 있었다. 오메가도 그것을 알고 있을 것이다. 알면서도 인내심이 부족하면 흥분하기 마련이다. 그녀는 오메가가 흥분하기를 기다렸다.

몹시 추웠다. 온몸이 덜덜 떨려왔지만 그녀는 이를 악물고 기다렸다. 그녀의 그와 같은 기다림에 답하기라도 하는 듯 마침내 오메가가 흥분하기 시작했다.

「알파! 나와라! 숨어 있지 말고 나와!」

고함소리와 함께 총소리가 허공을 울렸다. 그는 아무 데나 대고 총을 발사했다. 그가 발작을 일으키고 있는 것이 분명했다.

「숨어 있어 봐야 소용없어! 넌 도망칠 수 없어! 빨리 손들고 나와! 마지막 파티를 열자구! 나와서 파티 준비를 하라구!」

그녀는 재빨리 기어갔다. 이제 오메가의 거친 숨소리까지 들려오고 있었다.

「알파, 빨리 나와! 너를 죽일 생각은 없어! 난 X파일만 필요해! 그것만 넘겨주면 널 죽이지 않을 거야! 우리는 그런 사이가 아니잖아?! 우리는 함께 행동하기로 했잖아?! 그런데 넌 왜 혼자서 행동했지? 왜 날 버리고 혼자서 갔지? 그 파일은 위험해! 네가 그걸 가지고 있는 한 넌 항상 위험해! 알파, 왜 숨어 있는 거지? 빨리 나오라구!」

총소리가 다시 어둠을 흔들었다.

「그래. 나간다, 이 바보야!」

알파는 속으로 외치면서 몸을 일으켰다. 인기척을 느끼고 오메가도 그녀 쪽으로 고개를 돌렸다. 알파는 지체하지 않고 만년필 꼭지를 눌렀다. 멈칫하는 것과 동시에 오메가의 쇼트건이 불을 뿜었다. 그러나 총알은 그녀의 머리 위로 날아갔다. 그의 몸뚱이가 쓰러지는 것이 보였다. 그는 쓰러지면서도 방아쇠를 당기고 있었다. 그녀의 눈에는 그것이 만용처럼 보일 뿐이었다. 그녀는 총소리가 멎을 때까지 가만히 엎드려 있었다.

이윽고 괴로운 신음소리가 들려오기 시작했다. 그제서야 그녀는 천천히 몸을 일으켰다. 그리고 오메가 쪽으로 조심스럽게 다가갔다.

오메가는 바닥에 드러누운 채 온몸을 무섭게 떨어대고 있었다. 독침은 그의 목에 깊이 박혀 있었다.

「사, 살려줘! 알파, 제발 살려줘!」

알파는 구둣발로 그의 손목을 밟았다.

「왜 나를 죽이려고 했지? 누가 시킨 거야?」

순간 그녀의 다리가 오메가의 팔에 감겼다. 그는 두 팔로 그녀의 다리를 움켜잡으면서 몸을 뒤틀었다. 그 바람에 그녀는 바닥에 나동그라지고 말았다. 오메가는 재빨리 그녀를 덮쳐누르면서 오른손을 쳐들었다. 그의 손에는 칼이 들려 있었다. 칼이 곧장 자신의 얼굴을 향해 내려오는 것을 보고 그녀는 얼결에 그의 손목을 움켜잡았다. 그러나 죽음 직전의 맹렬한 기세에 눌려 그녀는 힘을 쓸 수가 없었다. 칼 끝이 그녀의 눈을 노리고 내려오는 것을 보고 그녀는 고개를 홱 돌리면서 눈을 감았다. 칼끝이 목에 닿는 순간 섬뜩한 전율이 스쳐갔다. 그녀는 왼손을 뻗어 그의 사타구니를 힘껏 움켜잡고 비틀었다. 「아!」하는 소리와 함께 칼을 쥐고 있는 그의 손에서 힘이 급격히 빠져나가는 것이 느껴졌다. 그녀는 그를 힘껏 밀어젖히면서 몸을 빼냈다. 한 바퀴 몸을 굴린 다음 일어서서 보니 그는 사시나무 떨듯 떨어대고 있었다. 칼을 쥐고 있던 손은 풀려 있었고, 그에게는 더이상 그것을 쥘 힘도 없는 것 같았다.

「사…… 살려줘…… 부탁이야…… 제발……」

입에서는 거품이 흘러나오고 있었다.

그녀는 주위를 둘러보다가 쇼트건을 발견하고는 그것을 집어 들었다.

「누가 날 죽이라고 했지?」

그녀는 총구를 그의 이마에 갖다댔다. 번갯불이 번쩍하는 사이로 그의 부릅뜬 눈과 허연 거품이 얼핏 보였다.

「누가 날 죽이라고 했지?」

「버…… 버블……」

「버블이?!」

멍하니 벌어진 입은 더이상 움직이지 않았다. 부들부들 떨어대던 몸의 경련도 갑자기 잦아들고 있었다.

「버블이 확실해?!」

「……」

오메가의 대답대신 천둥소리가 어둠을 뒤흔들었다.

알파는 몇 걸음 뒤로 물러난 다음 오메가를 향해 쇼트건의 방아쇠를 당겼다. 쇼트건의 파괴력을 말해 주듯 총탄이 발사될 때마다 오메가의 몸뚱이는 풀썩풀썩 뛰어올랐다. 잠시 후 그의 몸뚱이는 짓이겨 놓은 것처럼 형체를 알아볼 수 없을 정도로 해체되었다.

「나쁜 자식……」

알파는 축 쳐진 모습으로 중얼거리면서 오메가의 참혹한 모습을 내려다보다가 차로 돌아갔다.

차의 앞쪽과 운전석 쪽 유리창은 박살나 있었다. 그녀는 차 안을 들여다보았다. 검정 수첩처럼 생긴 컴퓨터 램프는 유리 파편에 덮여 있었다.

그녀는 차 안으로 들어가 유리 파편을 쓸어낸 다음 램프를 작동시켜 보았다. 다행히 그것은 손상을 입지 않고 그대로 작동되고 있었다. 램프 밑에 끼워 놓은 X파일이 제대로 있는지 손으로 만져보고 나서 그것을 화면에 띄워보았다. 파일 역시 손상을 입지 않고 그대로 있었다. 그녀는 파일을 꺼내 주머니 깊숙이 집어넣은 다음 차에 시동을 걸었다. 그때 항문이 갑자기 뜨거워지면서 진동이 느껴졌다. 그녀는 움직임을 멈추고 더 기다려 보았다. 항문이 타는 듯이 뜨거워지면서 진동이 더욱 심해졌다. 견딜 수 없을 정도로 뜨거워지자 그녀는 엉덩이를 움직거리면서 리시버를 귀에다 꽂았다.

「여보세요.」

「여기는 메디칼 센터. 암호를 말씀하세요.」

「알파25……」

「아, 알파! 클레오파트라예요.」

「……」

그녀는 거칠어지는 호흡을 가라앉히려고 숨을 깊이 들이마셨다.

「지금 상황이 어때요? 액션이 감지되었는데 무슨 일이 있었나요?」

「약간의 충돌이 있었어요.」

「알파가 X파일을 마침내 손에 넣었다는 정보를 지금 막 받았어요. 정말인가요?」

「그래요.」

그녀는 인정할 수밖에 없다는 것을 잘 알고 있었다. 상대방이 모든 것을 파악하고 있는 상황에서 거짓말을 한다는 것은 쓸데없는 짓이다. 그것은 의심만 사게 할 뿐이다.

「어머나, 축하해요! 마침내 그걸 손에 넣었군요! 알파가 그걸 손에 넣을 것이라는 것을 저는 알고 있었어요. 알파밖에는 그럴만한 사람이 없으니까요. 충돌이 있었다고 했는데, 무슨 충돌이었나요?」

「오메가가 파일을 뺏으려고 했어요. 그래서 그를 없애 버렸어요.」

「어머나, 대단한 충돌이었군요. 오메가를 없애다니, 당신은 정말 최고의 킬러예요!」

그녀는 클레오파트라의 말에 구역질이 났다.

「오메가가 나를 죽이려고 했어요. 하마터면 모든 것이 수포로 돌아갈 뻔했어요.」

「그래서 그를 제거하라고 했던 거예요. 아무튼 오메가를 제거했다니 이젠 안심해도 되겠군요.」

「난 지금 심하게 부상을 입었어요. 피를 너무 많이 흘려 빨리 병원에 가지 않으면 안 돼요.」
「어머나, 저걸 어쩌죠? 어디를 그렇게 다쳤죠?」
「팔과 목을 다쳤어요. 빨리 응급처치를 하지 않으면 난 죽을
거예요.」
「아니, 알파, 알파가 죽다니, 그건 말도 안 돼요. 알파에 대한
기대가 얼마나 큰지 모를 거예요. 혼자 병원에 갈 수 있나요?」
「갈 수 있을 거예요.」
「빨리 가서 응급처치를 받으세요. 그런데 피닉스는 지금 X파
일을 보고 싶어해요. 지금 바로 그것을 가지고 오라고 했어요.
어떡 하죠?」
「지금 난 병원에 가야 해요. 파일을 가지고 가는 동안 내가 죽
든가 의식을 잃으면 피닉스는 파일을 볼 수가 없을 거예요. 그
러니까 지금 중요한 것은 바로 병원에 가는 거예요. 파일을 넘
기는 것은 그 다음 문제예요.」
삐익 하는 소리가 나더니 클레오파트라 대신 피닉스의 목소리
가 들려왔다.
「쿨럭쿨럭쿨럭…… 알파…… 쿨럭쿨럭쿨럭…… 알파, 피닉스
다…… 쿨럭쿨럭……」
그녀는 미간을 찌푸렸다. 가래끓는 소리는 듣기만 해도 역겨
웠다. 너무 역겨운 나머지 소름이 돋기까지 했다.
「알파, 쿨럭쿨럭……」
「네, 피닉스……」
「X파일을 지금 당장 가져와라. 쿨럭쿨럭쿨럭…… 난 지금 그
걸 보고 싶어. 지금 당장 보고 싶으니까 빨리 가져와. 넌 그걸
봤겠지?」

「네, 봤습니다.」

「어떤 내용이었어? 쿨럭쿨럭…… 아, 이놈의 기침……」

「놀라운 내용이었습니다.」

「어떤 내용이었는지 이야기해 봐. 전화로 자세히 이야기하면 안 되니까 대강만 이야기해 봐. 대강 말이야. 쿨럭쿨럭쿨럭쿨럭쿨럭쿨럭……」

「이 파일대로 시행된다면 이 지구는 머지 않아 멸망하고 말 겁니다. 3차 대전이 일어날 것이고, 그렇게 되면 이 지구는 멸망하고 맙니다.」

「그래? 내용이야 어떻든 네가 신경을 쓸 일이 아니야. 네 임무는 그것을 찾아서 나한테 갖다 주는 거야.」

「이건 가공할 내용입니다.」

「네가 상관할 일이 아니야. 3차 세계대전이 일어날 거라고? 쿨럭쿨럭쿨럭……」

「그렇습니다.」

「그건 필연적인 거야. 세계를 재편하기 위해서는 세계대전이 불가피해. 벌써 사라졌어야 할 것들이 아직도 세계 무대를 독점하고 있다는 것은 말도 안 돼. 그런 것들은 없어져야 해. 쿨럭쿨럭쿨럭……」

「세계대전이 일어나면 이 지구는 멸망하고 맙니다.」

「알파, 넌 그런 걱정할 필요없어. 넌 명령에 따르기만 하면 돼. 대전이 일어난다고 해서 모두 죽는 건 아니야. 강한 자는 살아남기 마련이야. 우리 스메샤는 영원히 존재할 거야.」

「바보 같은 자식!」

그녀는 하마터면 욕을 내뱉을 뻔했다.

어쩌면 이렇게 양쪽이 같은 생각을 가지고 있을까. 스메샤는 무국적의 비밀 국제조직으로 알려져 있지만 사실은 일본을 위해서 일하고 있는 지하조직이다. 중국 쪽에서도 세계대전을 불사하겠다고 나오고 있는데 일본 쪽에서도 똑같은 생각을 하고 있는 모양이다. 만일 X파일이 스메샤의 손에 넘어가면 일본은 경악할 것이다. 그 다음에 일어날 사태는 물어보지 않아도 뻔하다. 파일은 일본을 거쳐 미국의 손에 넘어갈 것이고, 결국 미국과 일본은 결속해서 전쟁상태로 돌입할 것이다.

만일 파일을 스메샤의 손에 넘기지 않는다면 어떻게 될까? 알파는 머리속이 혼란스러웠다. 그녀는 명령에 따를 수가 없었다. 그녀는 더이상 자신이 명령에 따르는 존재가 되어서는 안 된다는 것을 벌써부터 자각하고 있었다. 파일이 일본 손에 들어가게 되면 그것이 전쟁을 촉발시킬 것은 뻔한 일이다. 전쟁을 지연시키기 위해서는 결국 이 파일을 넘겨서는 안 된다. 일단 이 파일 하나로 시간을 버는 수밖에 없다.

「알파, X파일은 이상이 없겠지?」

「이상없습니다.」

「그렇다면 그걸 빨리 가져와. G9으로 가져와. 지금 당장!」

「가져가고 싶지만 전 지금 움직일 수가 없습니다. 부상이 심해서 움직일 수가 없습니다.」

「거짓말하지 마! 넌 지금 거짓말하고 있어!」

「아니에요! 팔과 목을 다쳐서 꼼짝할 수 없어요! 너무 많이 피를 흘려……」

그녀의 말을 클레오파트라의 다음 말이 막았다.

「알파, 우리는 새로운 감지장치를 개발했어요. 그것은 멀리서도 상대방의 감정상태를 알아볼 수 있는 장치예요. 거기에는 거짓말 탐지 기능도 있어요. 놀라운 장치죠?」
「축하해야 되겠군요.」
「물론이에요. 여기 그래프를 보면 알파 당신이 지금 거짓말을 하고 있다는 표시가 나타나고 있어요. 당신이 부상을 입어서 움직일 수 없다고 했을 때 그래프가 지진이 난 것처럼 흔들렸어요. 알파, 앞으로는 거짓말을 해도 소용없어요. 제발 거짓말 하지 말아요. 난 알파가 처벌받는 게 싫어요.」
「거짓말은 당신이 하고 있어요! 그런 감지장치는 있을 수가 없어! 거짓말하지 마!」
「어머나, 알파. 어쩌면 그렇게 말할 수가 있어요? 난 알파를 걱정해서 하는 말인데 어쩌면 그럴 수가 있어요?」
「흥, 걱정한다고? 컴퓨터가 무슨 걱정을 다 하지? 그럼 내가 컴퓨터한테 감사해야 하나? 제발 웃기지 말아요! 난 당신이 싫어!」
「아, 나쁜 여자! 당신은 제정신이 아니에요. 아주 위험한 상태에 있으니까 소환해서 재교육을 받아야 해요. 아, 이럴 수가……」
흐느끼는 소리가 들려왔다. 컴퓨터가 울다니! 알파는 클레오파트라의 울음소리에 기가 질려 버렸다.
「알파, 마지막으로 명령한다! 쿨럭쿨럭쿨럭…… X파일을 빨리 G9으로 가져와!」
「갈 수가 없어요. 기어가란 말인가요? 전 지금 죽어가고 있어요.」
「알파, 명령 불복종은 사형이야!」

「알고 있습니다.」

「각오하고 있겠지? 가장 고통스럽게 집행할 거야. 쿨럭쿨럭쿨럭……」

「이래 죽으나 저래 죽으나 마찬가지군요.」

「뭐라고?」

「그렇다면 지금 출발하겠습니다. 그대신 며칠 후에나 도착하게 될 겁니다. 기어가야 하니까요.」

「알파! 쿨럭쿨럭쿨럭……」

「하지만 도착하기 전에 죽겠죠.」

「날 놀리는 거냐?」

위잉!

귓속이 울리기 시작했다. 알파는 두 손으로 귀를 누르면서 몸을 움츠렸다가 밖으로 뛰쳐나갔다.

위잉!

소리는 귓속을 후비면서 머리 속을 갈갈이 찢어발기는 것 같았다.

「아악!」

그녀는 땅바닥에 나뒹굴면서 몸부림치기 시작했다.

「알파, 내 말 들리나?」

「드, 들려요!」

「한 시간 이내로 파일을 가져와!」

「갈 수 없어요!」

위잉!

「아악!」

그녀는 악을 쓰면서 나무 기둥에 머리를 부딪쳤다.

「악마! 이 악마! 날 죽이면 파일도 없어져! 빨리 중지하지 않
으면 이 파일을 파괴해 버릴 거야! 난 어차피 죽을 몸이니까,
그럴 바에는 이걸 당신한테 넘겨 주지 않을 거야.」
귓속의 소음이 갑자기 사라지고 있었다. 그것은 점점 멀어져
가더니 잠시 후에 완전히 사라지고 말았다. 그녀는 비틀거리며
몸을 일으켰다.
「알파! 쿨럭쿨럭쿨럭쿨럭…… 쿨럭쿨럭쿨럭……」
알파는 거칠게 숨을 몰아쉬다가 나무에 기대앉았다.
「알파!」
「당신은 악마야. 이제부터 난 당신 같은 악마하고는 거래하지
않을 거야. 그러니까 나한테 이래라저래라 지시하지 마. 난 자
유롭게 살고 싶어. 이제부터 난 자유야.」
「알파, 네가 아무리 몸부림쳐도 소용없어. 넌 내 손아귀 안에
있어. 너를 살리고 죽이는 건 전적으로 내 손에 달려 있어.」
「……」
알파는 대꾸할 힘도 없어 멍하니 밤하늘을 올려다보았다. 그
러나 하늘은 보이지 않았다. 보이는 것이라고는 어둠뿐이었다.
「알파! 내 말 들리나?!」
「……」
「빨리 파일을 가져오지 않으면 넌 죽게 돼!」
「……」
「그 대신 파일을 가져오면 널 풀어 주겠다. 이건 약속이야! 머
리 속에 있는 칩도 빼주고, 널 완전히 자유롭게 해주겠다. 그
리고 네가 행복하게 살 수 있도록 충분한 자금을 주겠어. 쿨럭
쿨럭. 그 파일은 너한테는 아무 소용도 없는 거야. 왜 그런 걸

가지고 목숨을 버리려고 하는 거지?」

「이 파일은 나한테 아주 소중한 거야. 내 목숨을 지켜 주는 수호신이야. 이걸 버리면 난 죽게 돼.」

「알파, 제발 그러지 마! 쿨럭쿨럭쿨럭……」

「그 기침소리! 구역질나서 미치겠어! 기침소리 좀 그만 낼 수 없어?」

「쿨럭쿨럭…… 그걸 넘기면 넌 바로 그때부터 자유로워지는 거야. 그리고 행복한 가정을 가질 수가 있어.」

「웃기지 말아요. 그런 유혹에 내가 넘어갈 줄 알아요? 난 당신 같은 악마의 말은 하나도 믿을 수가 없어.」

그녀는 몸을 일으켰다.

「분명히 말하는데, 앞으로 조금이라도 나를 고문하면 이 파일을 부숴 버릴 거야.」

「그걸 넘기지 않으면 추적팀을 보낼 거야. 쿨럭쿨럭쿨럭…… 네가 어디를 가도 난 네가 있는 위치를 알 수가 있어. 넌 내 손바닥 안에서 움직이고 있다는 걸 알아야 해. 내 손이 손오공 손바닥이란 걸 알고 있겠지?」

「언젠가는 그 손가락을 잘라 버릴 거야.」

그녀는 차 안으로 들어가 시동을 걸었다.

「그 전에 넌 추적팀에게 붙잡힐 거야. 세계 도처에서 우리 스메샤 요원들이 내 명령을 기다리고 있다는 걸 모르나?」

「그런 조무라기들은 내 상대가 안 돼.」

그녀는 숲속을 빠져나가기 시작했다.

깨진 창문을 통해 몰려들어온 비바람이 그녀의 얼굴을 후려치는 바람에 그녀는 눈을 바로 뜰 수가 없었다.

「알파, 쿨럭쿨럭쿨럭…… 어디로 가고 있는 거지? 넌 목적지에 닿기 전에 추적팀에게 붙잡힐 거야!」

「난 붙잡히지 않아!」

그녀는 거칠게 차를 몰았다. 다행히 차는 제대로 살 굴러가 주었다.

귓속에서 더이상 신호는 들려오지 않았다. 그녀가 말을 듣지 않자 피닉스는 새로운 조치를 취하는 것 같았다. 그녀는 숲속을 벗어나기 전에 잠시 차를 세운 다음 쇼트건을 점검해 보았다. 총알은 몇 발밖에 들어 있지 않았다. 숲속을 벗어나자 그녀는 악셀을 힘주어 밟았다. 차는 빠른 속도로 달려가기 시작했지만, 대신 그녀는 눈을 뜰 수가 없었다.

하는 수 없이 그녀는 차의 속도를 줄였다. 그리고 한 손으로 얼굴에 흐르는 빗물을 훑어내면서 차를 몰았다. 그러나 얼마 가지 못해 차를 세우고 말았다. 앞으로 몰려들어 오는 비바람에 얼굴이 얼어붙는 것 같아 더이상 달릴 수가 없었다. 그녀는 비상등을 켜놓은 다음 차에서 내렸다.

차도는 어쩌다가 차들이 지나다니고 있을 뿐 휑하니 비어 있었다. 헤드라이트 불빛이 어둠을 가르면서 나타났다가 사라질 때마다 그녀는 아쉬운 눈빛으로 그것을 쫓아가곤 했다. 멀리서 불빛이 날 때마다 그녀는 차도로 나서서 손을 흔들어 대곤 했지만, 차들은 좀처럼 그녀 앞에 멈춰 주지 않았다.

그렇게 20분쯤 서 있을 때 마침내 승용차 한 대가 그녀를 지나쳐 급정거했다. 그녀가 그쪽으로 뛰어가자 차는 뒤로 굴러와 주었다. 그녀는 차 안을 들여다보았다. 앞쪽에 두 명의 남자가 앉아 있었고, 뒤쪽에도 또 한 명의 사내가 앉아 있었다. 뒤쪽 문이 열리더니「빨리 타요.」하는 거친 목소리가 들려왔다.

「감사합니다.」

그녀는 뒷자리에 앉으면서 앞사내를 바라보았다. 얼굴이 온통 지저분한 털로 덮여 있는 그 사내는 다리를 벌린 채 퍼져앉아 있었는데, 게슴츠레한 눈으로 그녀를 쳐다보고 있었다.

차 안에는 술냄새가 진동하고 있었다.

「예쁘게 생겼는데 그래.」

운전석 옆에 앉아 있는 장발의 사내가 뒤를 돌아보면서 말했다.

「차 사고났나? 완전히 박살났던데. 어디까지 가는 거요?」

운전대를 잡고 있는 사내가 물었다.

「서울가는 길입니다.」

「우리도 서울가는 길이야. 자, 술 한잔 해.」

장발이 그녀에게 술병을 내밀었다. 그녀는 고개를 저었다.

「술 못합니다.」

「야, 우리 인사나 하자.」

옆자리의 털보가 말했다. 그는 어느 새 물건을 꺼내 놓고 흔들고 있었다. 사내들이 킥킥거렸다.

「여기다 키스해.」

그는 알파의 손을 끌어다 그것을 만지게 했다.

「키스하라니까!」

사내는 난폭하게 그녀의 머리칼을 움켜잡더니 그녀의 머리를 사타구니에다 처박았다. 그러나 갑자기 목을 찌른 총구를 보고 멈칫했다.

「모두 내려! 빨리!」

「이거 왜 이러실까?」

　장발이 술병으로 그녀를 내려치려는 순간 쇼트건이 불을 뿜었다. 사방으로 피가 튀면서 장발의 얼굴이 날아가 버리는 것을 보고 운전석의 사내는 급히 차를 세웠다.

제로계획

버블은 촛불을 앞에 놓고 조용히 앉아 있었다.

알파가 찬바람을 안고 나타나는 바람에 촛불이 흔들렸다.

「아, 알파, 어서 오시오.」

버블이 일어서면서 말했다. 알파는 그가 내미는 손을 가볍게 잡았다가 놓았다.

「몰골이 말이 아니군요.」

그녀의 모습을 아래위로 살피면서 그가 말했다.

「덕분에 충돌이 좀 있었어요.」

그녀는 냉담하게 말하고 나서 자리에 앉았다.

「독한 술 한잔 하겠소?」

「네, 한잔 주세요.」

그녀는 낡은 목조 탁자 위에 놓여 있는 담배를 양해도 구하지 않고 한 개비 꺼내 촛불에다 갖다댔다.

버블은 구석 쪽으로 가서 술병과 잔들을 가져왔다.

아무런 설비도 되어 있지 않은 폐창고 같은 데서 촛불을 켜놓고 일하고 있는 버블이 그녀의 눈에는 기이하게만 보였다.

「이건 누가 특별히 만든 술인데 아주 독해요.」

그가 술을 따르면서 말했다.

「프랑스인 친구가 준 건데, 자기 할아버지가 특별히 만든 것이래요. 자, 무사히 돌아온 것을 축하해요.」

두 사람은 잔을 가볍게 부딪쳤다. 알파는 잔 밑에 고여 있는 술을 가만히 들여다보았다. 그것은 노리끼한 빛을 띠고 있었다. 그녀는 냄새를 조금 맡아본 다음 그것을 단숨에 들이켰다. 순간 뜨거운 열에 목이 타는 것 같은 고통이 엄습했다. 그녀가 목을 움켜쥐고 얼굴을 찌푸리는 것을 바라보면서 버블은 아무렇지도 않게 잔을 비웠다.

「이런 술에 익숙하지 않으면 처음에는 고통스럽지요. 그리고 단번에 그렇게 마셔 버리면 감당하기가 힘들어요.」

독주의 화끈거리는 열기가 점점 아래쪽으로 내려가고 있었다. 그녀는 버블을 노려보다가 잔을 내밀었다.

「한 잔 더 주세요.」

얼어붙었던 몸이 풀리고 있는 것을 느끼면서 그녀는 담배연기를 허공에다 길게 내뿜었다.

「괜찮을까?」

그는 조금 염려스러운 듯 그녀의 반응을 살피면서 술을 따랐다.

「취하고 싶어요. 오메가를 죽였어요.」

그녀는 잔을 집어들고 또 단숨에 술을 넘겼다. 아까처럼 목이 찢어지는 것 같은 아픔은 느껴지지 않았지만 화끈거리는 열기는 여전했다.

버블은 가만히 그녀를 쳐다보고 있었다. 오메가를 죽였다는 그녀의 한 마디가 그에게 충격을 준 것 같았다.

「그가 나를 죽이려고 했어요. 그래서 없애 버렸어요.」

버블은 고개를 끄덕거렸다.

「결국 그렇게 됐군.」

알파는 무서운 눈으로 그를 노려보았다.

「왜 나를 죽이려고 했죠?」

「무슨 말을 하는 거요?」

그의 얼굴이 무표정하게 변했다.

「시침떼지 말아요! 오메가가 죽어가면서 말했어요. 당신이 나를 죽이라고 명령했다고. 왜 나를 죽이려고 했죠?」

버블은 미소를 지었다.

「난 그런 명령 내리지 않았는데.」

「거짓말 말아요!」

알파는 분노에 차서 소리쳤다. 그러나 버블은 온화한 미소를 띠고 있었다. 그것을 보고 알파는 자리를 차고 일어섰다.

「오메가한테 나를 죽이고 X파일을 가지고 오라고 시킨 거 다 알아요! 파일을 그렇게 순순히 내줄 줄 알았나요?!」

「알파, 뭔가 잘못 생각하고 있어요. 내가 당신을 죽이려고 했으면 벌써 죽였을 거요. 당신이 나한테 접근하는 것이 얼마나 자유로운지 당신은 잘 알 거요. 그건 내가 당신을 신뢰하고 있다는 증거요.」

「그건 내가 할 소리예요! 나도 당신을 얼마든지 죽일 기회가 있었어요! 하지만 당신을 믿었기 때문에 당신을 살려둔 거예요! 그런 줄도 모르고 나를 죽이려고 하다니, 당신의 정체는 도대체 뭐예요? 가면을 벗어 봐요!」

그녀의 두 눈은 충혈되어 있었고, 몸은 취기로 흔들거리고 있었다.

「그러지 말고 앉아요. 앉아서 냉정하게 생각해 봅시다.」

「냉정하게 생각하자구요? 나한테 독주를 마시게 해놓고 냉정하자구요?」

그녀는 술병을 거칠게 집어들고 잔에다 가득 따랐다. 술이 밖으로 넘쳐흘러 손과 탁자를 적셨다.

「아까운 술 흘려서 미안해요.」

그녀는 잔을 입으로 가져가 꿀컥꿀컥 마셨다. 그것을 보고 버블이 손을 뻗어 제지했다.

「그렇게 마시면 죽어요.」

「놔요!」

그녀가 거칠게 뿌리치는 바람에 술잔이 날아가 콘크리트벽에 부딪쳤다.

버블은 산산조각난 유리조각들을 바라보고 있는 알파를 가만히 안아 주었다.

「자, 저쪽에 가서 좀 앉읍시다.」

그녀는 더이상 그의 손을 뿌리치지 않았다.

거기에는 조그만 철문이 하나 있었다. 철문을 열자 어두운 방이 나타났다. 버블은 성냥불을 켜서 초에 불을 붙였다.

어둠이 사라지면서 한쪽 벽면에 붙여져 있는 침대가 보였다. 그 옆에는 소파도 놓여 있었다. 아무런 특색도 없는 평범한 방이었다.

버블은 알파를 소파에 앉혔다. 그녀와 나란히 앉자 그녀의 몸이 그의 품안으로 기울어졌다.
「추워서 혼났어요. 어떻게 살아왔는지 모르겠어요.」
그녀가 중얼거렸다. 그녀는 의식을 잃지 않고 있었다. 다만 술기로 몸이 제대로 말을 듣지 않고 있을 뿐이었다.
「이젠 안심해도 돼요.」
「더이상 싸울 힘이 없어요. 도망치고 싶지도 않아요. 죽이고 싶으면 지금 죽이세요.」
버블은 그녀를 꼭 안아주었다. 그녀는 그의 품 속을 파고들면서 가슴에다 얼굴을 비볐다.
「그저 평범하게 살고 싶어요. 지금까지의 생활은 악몽이라고 생각하고, 새로운 생활을 하고 싶어요. 일반 여자들처럼 결혼해서 아기도 낳고, 밥도 짓고, 빨래도 하면서 평범하게 살고 싶어요.」
그의 가슴이 그녀가 흘리는 눈물로 축축이 젖어오고 있었다.
「그렇게 할 수 있을 거요.」
「사회에 나가 밝은 하늘 아래서 직장생활도 하고 싶어요. 전 직장생활을 하면 잘할 수 있을 거예요. 전 외국어도 잘하고 컴퓨터도 잘 다룰 줄 알아요. 그러니까 직장생활을 잘할 수 있어요. 그리고 경험이 많으니까 아무리 어려운 일이라도 할 수 있어요.」
「당신 같은 능력을 가진 여자는 찾기 힘들 거요.」
그는 그녀의 머리를 쓰다듬어 주었다.
「머리가 엉망일 거예요. 비를 많이 맞았거든요. 따뜻한 물에 목욕을 하고 싶어요. 그러고 나서 24시간 자고 싶어요.」
「그럼 목욕을 하도록 해요. 여기 욕실이 있으니까 얼마든지 해요.」

그의 말이 끝나자마자 한쪽 벽면이 소리없이 열렸다. 벽 안쪽으로 긴 통로가 나 있는 것이 보였다. 복도에는 촛불이 아닌 전등이 켜져 있었다.

「좀 있다가 하겠어요. 그보다 먼저 해결해야 할 일이 있어요.」

벽면이 다시 닫히고 있었다. 버블의 손에는 리모컨이 들려 있었다.

「실현성이 없는 이야기지만 만일 제가 새 생활을 하게 된다면 저를 취직시켜 줄 수 있나요?」

「물론이지. 일하고 싶은 곳이 있으면 어디든지 취직시켜 줄 수 있어요.」

「고마워요.」

그녀는 남자의 옷을 헤치더니 그 안으로 손을 밀어넣었다.

「아, 가슴이 따뜻해요. 심장이 뛰고 있어요.」

그녀는 그의 가슴을 만지면서 어린애처럼 말했다. 그는 잠자코 그녀가 하는 짓을 바라보고 있었다.

「전 당신이 피도 안 통하고 심장도 뛰지 않는 로봇인 줄 알았어요.」

「내가 그렇게 냉혈한으로 보였나?」

「네, 그래요. 피도 통하지 않는 냉혈로 보였어요. 사실 그런지도 모르죠. 가슴의 털이 부드러워요. 부인이 있나요?」

「없어요.」

「애인은 있나요?」

「없소.」

그는 여자한테 별로 관심이 없는 듯이 말했다.

「아, 태양이 보고 싶어요. 태양 아래서 싱그러운 풀냄새를 맡으며 애인과 함께 손잡고 걷고 싶어요.」

「그럴 때가 있을 거요.」

「아뇨. 절대 없어요!」

그녀는 단호하게 말하면서 머리를 흔들었다.

「우리 모두가 머지 않아 죽게 될 거예요. 세계대전이 일어나면 살아남는 사람은 아무도 없을 거예요.」

그녀는 그의 가슴에서 손을 빼고 그를 올려다보았다.

「세계대전이 일어날 거예요. 머지 않아 일어날 거예요.」

그녀가 되풀이해서 강조하자 그는 그 말뜻을 잘 이해할 수 없다는 듯이 그녀의 눈을 들여다보았다.

「제 말을 믿지 못하시겠죠? 하지만 세계대전 시나리오가 저한테 있어요. 그걸 읽고 나면 살고 싶은 마음이 없어질 거예요.」

「X파일을 말하는 건가요?」

그가 조용히 물었다. 그녀는 가만히 고개를 끄덕였다.

「그 파일을 좀 봅시다.」

그 말에 그녀는 고개를 살래살래 흔들었다.

「전 아직 당신을 의심하고 있어요. 그래서 보여 드릴 수 없어요. 당신을 완전히 신뢰할 수 있을 때까지 기다려 주세요.」

「의심이 풀리지 않으면 그걸 보여 주지 않겠군?」

「물론이에요.」

버블은 고개를 흔들었다.

「그게 다른 사람 손에 넘어가면 안 돼요. 당신은 그것 때문에 피닉스의 손에 죽게 될 거요. 피닉스는 어떻게 해서든 그걸 뺏으려고 할 거요.」

「그렇지 않아도 그는 내가 말을 안 들으니까 추적팀을 보내겠다고 했어요. 아마 그들은 지금쯤 가까이 와 있을 거예요. 하지만 피닉스는 나를 죽일 수 없어요. 나를 죽이면 X파일을 찾을 수 없을 테니까요. 그래서 그자는 저를 고문도 못하고 있는 거예요. 만일 나를 고문하면 파일을 파괴해 버리겠다고 했거든요.」

「그건 일시적인 방편에 불과해요. 파일을 손에 넣는 것이 불가능하다고 판단되면 그가 무슨 짓을 할지 몰라요. 틀림없이 당신을 죽일 거요. 그것도 아주 고통스럽게 잔인한 방법으로 죽일 거요. 그러니까 그 전에 수술을 해야 해요.」

「겁이 나요. 수술이 실패할까 봐 겁이 나요. 과연 성공할 수 있을까요?」

「그런 수술은 해보지 않았기 때문에 자신할 수 없지만, 기술 수준이 뛰어나기 때문에 아마 성공할 수 있을 거요.」

그는 잠시 뜸을 들였다가 다시 말했다.

「피닉스의 손에 비참하게 죽는 것보다는 그 편이 더 나을 거요. 비록 수술이 실패하더라도 말이오.」

그녀는 그의 가슴에 얼굴을 묻은 채 가만히 있다가 고개를 뒤로 젖히고 그를 바라보았다.

「네, 좋아요. 수술하겠어요. 실패 같은 건 생각하지 않겠어요.」

「잘 생각했어요.」

그는 여자를 안고 있으면서도 입을 맞추거나 하지 않았다. 그녀는 아까부터 기다리고 있었지만 그는 그냥 그녀를 안고 있는 것 이상의 행동은 하지 않았다. 마침내 기다리다 못해 그녀가 먼저 말했다.

「키스해 주세요.」

그는 알파를 지그시 내려다보다가

「키스해 본 지 너무 오래 돼서……」

하고 말했다.

그러자 그녀의 눈이 이렇게 물었다.

「거절하시는 거예요?」

키스를 거절하는 것은 여자에게는 참을 수 없는 모욕이 될 것이라고 그는 생각했다. 그런 것을 떠나 그는 진정으로 그녀에게 입을 맞추고 싶었다.

그녀를 안고 있는 그의 팔에 힘이 가해지더니 마침내 그의 입이 알파의 입 위에 포개졌다. 그녀는 눈을 감으면서 그에게 모든 것을 내맡겼다. 그것은 그를 신뢰하고 있다는 표시였다. 그는 키스하는 것이 서툴렀다. 그러나 그런 것이 흠이 될 수는 없었다.

「이젠 누군가를 사랑하고 싶어요.」

키스가 끝났을 때 그녀가 말했다.

「사랑한다는 것은 좋은 일이지.」

그가 낮은 소리로 중얼거리듯 말했다.

「누구를 사랑해본 적 없으세요?」

그는 고개를 무겁게 내젓다가 이렇게 말했다.

「사랑타령을 하기에는 난 너무 일에만 매달려 왔었어요. 그러다 보니까 이렇게 늙어 버렸어요. 이젠 사랑할 힘도 여유도 없어요.」

그녀는 그의 가슴을 쓰다듬으면서 고개를 흔들었다.

「당신은 늙지 않았어요. 지금이 제일 멋있을 때예요.」

「그렇게 봐주니 고맙소. 지금 내 생각은 사랑 이야기보다 당신이 말한 세계대전에 쏠려 있어요. 그 생각 때문에 머리가 혼란스러워요. 거기에 대해 더좀 자세히 이야기해 줄 수 없겠소?」

「X파일을 보여 달라는 말씀이군요?」

버블은 고개를 끄덕였다.

「내가 봐야 할 것 같소. 그걸 보여 주시오.」

알파는 그의 품에서 빠져나왔다. 그리고 그를 똑바로 응시했다.

「그걸 보여 주면 어떻게 할 거죠?」

「내용이 뭔지는 잘 알 수 없지만…… 이렇게 처리할 거요. 첫째, 나라를 위해서 그걸 이용할 거요. 둘째, 정의와 양심에 입각해서 올바른데 그걸 이용할 거요. 난 지금까지 이 두 가지 원칙을 지키려고 노력해 왔어요.」

그녀의 눈빛이 반짝거리기 시작했다.

「당신을 믿을 수 있을까요?」

「……」

그는 괴로운 눈빛으로 그녀를 묵묵히 바라보았다.

「그 파일에는 한국의 운명이 걸려 있어요. 그것이 다른 사람 손에 잘못 넘어가면 한국은 끝장나고 말아요. 그만큼 중요하고 무시무시한 파일이에요.」

「알고 있어요. 그렇기 때문에 그걸 손에 넣으려고 모두 혈안이 되어 있다는 것도 알고 있어요. 난 그걸 우리나라를 지키는데 이용할 거요.」

「당신을 과연 믿어도 될까요?」

「절대 후회하지 않을 거요.」

그는 자신에 차서 말했다.

그녀는 천천히 몸을 일으켰다.

「왜 저를 죽이려고 했죠?」

그녀는 아까 했던 질문을 똑같이 반복했다.

「죽이려고 한 게 아니오. 당신을 도와 주라고 오메가를 파견했던 거요. 그런데 그가 그런 짓을 한 거요.」

그녀는 몇 걸음 걸어가다가 돌아섰다.

「이해할 수가 없군요. 당신은 분명히 오메가를 믿을 수 없는 위험 인물이라고 했어요. 그렇다면 왜 그를 보낸 거죠? 모순 아닌가요?」

그녀는 버블이 더이상 대답할 수 없을 것으로 생각했다. 그러나 그는 이렇게 말했다.

「오메가를 시험해 보기 위해 보냈던 거요.」

「그의 손에 제가 죽을지도 모르는데도요?」

「당신의 실력도 시험해 보고 싶었소. 두 사람 가운데 한 명은 어차피 죽을 수밖에 없는 운명이었소. 당신들 두 사람이 함께 도주하고 있다는 것부터가 이상하고 어색했소.」

그가 몸을 일으키자 그녀는 침대 쪽으로 다가와 그 위에 걸터앉았다.

버블이 계속해서 말했다.

「나는 당신의 실력이 오메가를 능가하고 있다는 것을 알고 있었어요. 그래서 그에게 결코 당하지 않을 거라고 생각했어요. 그리고 당신의 실력이 어느 정도인가를 직접 확인해 보고 싶었어요. 결과는 내가 예상했던 대로였어요. 오메가의 정체가 드러나고, 당신은 듣던 바대로 불사조 같은 여자였소.」

그녀는 그를 노려보다가 퉁명스럽게 말했다.

「당신은 가만히 앉아서 모든 것을 얻었어요. No를 제거하고, 오메가를 없애고, 저를 끌어들였어요. 그리고 이제 X파일을 손에 넣으려 하고 있어요. 손가락 하나 까닥하지 않고 앉아서 말이에요. 그럴 수가 있는 거예요?」

「난 관리밖에 할 줄 몰라요. 총쏠 줄도 모르고 주먹질도 할 줄 몰라요. 당신은 내가 쳐놓은 넓은 관리망 안에 들어온 거고, 그래서 내 관리를 받게 된 거요. 난 내가 맡고 있는 일에 대한 관리에 충실할 뿐이오. 그것이 국가를 위하는 길이라고 생각하기 때문이오.」

「아주 그럴듯하군요. No도 죽였으니 앞으로 어떡 할 거죠?」

「그건 말할 수 없어요. 앞으로의 일은 극비사항이기 때문에 아무한테도 말할 수 없어요. 나를 믿는다면 그 파일을 보여 주시오..」

그녀는 다시 몸을 일으켰다.

「파일을 가져오겠어요.」

「어디에 있소?」

「밖에다 놔뒀어요.」

그녀가 방을 나가자 버블도 뒤따라 나왔다. 그녀는 그가 따라오게 내버려 두었다.

창고 밖에는 여전히 비바람이 치고 있었다. 그녀는 특수 안경을 끼고 어둠 속을 둘러보다가 숲속에서 큼직한 바위를 발견하고는 그쪽으로 걸어갔다.

버블은 그녀의 뒷모습을 바라보고 있다가 재빨리 뒤따라 붙었다.

창고 건물 뒤로는 야산이 있었다. 산에는 나무가 울창히 자라고 있었다.

그녀는 바위 뒤로 돌아가 주위를 살피다가 바위 밑 틈새로 손을 밀어넣었다. 팔뚝까지 깊이 들어갈 정도로 밀어넣자 이윽고 손끝에 와닿는 감촉이 있었다. 그녀는 그것을 끄집어냈다. 뒤에서 그녀의 움직임을 지켜보던 버블이 그녀의 손을 잡아 일으켜 주었다.

방으로 돌아온 그녀는 손에 들고 있던 것을 탁자 위에 올려놓았다. 그것은 네모로 접은 비닐 주머니였다. 바위 틈새에 깊이 밀어넣어 두었기 때문에 물기 같은 것은 없었다. 알파는 그것을 펴서 안에 들어 있는 것을 꺼냈다. 그녀가 꺼낸 것은 빨간 색의 납짝하고 자그마한 플라스틱 케이스였다. 그것을 열자 안에서 검정색의 디스켓이 나왔다.

「당신을 믿고 이걸 주는 거예요. 만일 배신하면 당신을 죽일 거예요.」

「고맙소. 그런 일은 아마 없을 거요.」

디스켓을 받아서 이리저리 살펴보던 그는 몸을 일으켰다.

「갑시다.」

한쪽 벽면이 소리도 없이 열렸다. 아까의 그 벽면이었다. 알파는 그를 따라 안으로 들어섰다. 뒤에서 벽이 다시 소리도 없이 닫혔다.

벽 안쪽은 전혀 다른 분위기를 보여 주고 있었다. 모든 것이 현대식으로 꾸며져 있었고, 먼지 하나없이 깨끗해 보였다. 그리고 방음 장치가 완벽하게 되어 있기 때문인지 소음이 전혀 들려오지 않았다. 너무 조용해서 오히려 소름이 끼칠 정도였다.
　「이 복도는 산 속으로 뻗어 있어요. 굴을 깊이 뚫어서 만든 거
　예요. 인공으로 조절하지 않아도 여름에는 시원하고 겨울에는
　따뜻해요.」
　복도를 걸어가면서 버블이 말했다.
　복도의 양켠에는 문이 없었다. 그러나 일련번호들이 나란히
붙어 있는 것을 자세히 보니 출입문이 있기는 있었다. 모든 문들
이 손잡이나 자물쇠 장치가 되어 있지 않고 벽면과 같은 색깔로
벽처럼 되어 있었기 때문에 문이 없는 것처럼 보였던 것이다.
　버블이 검정색으로 Z-005라고 적힌 벽 앞에 멈춰 섰다. 그러
자 글자 색깔이 초록색으로 반짝이면서 벽이 열렸다. 벽 안쪽으
로는 또 하나의 통로가 있었다.
　「거미줄처럼 미로가 만들어져 있기 때문에 잘못 들어오면 빠
　져나가기 힘들어요.」
하고 그가 말했다.
　복도를 걸어가던 그는 녹색문 앞에서 걸음을 멈추었다. 문 위
에는 아무런 표시도 되어 있지 않았다. 그러나 그가 그 앞으로
다가서자 녹색문이 금빛으로 변하면서 문이 열렸다. 어떤 것도
손을 댈 필요없이 자동으로 처리되고 있었다. 그들이 안으로 들
어가자 문이 또 소리도 없이 닫혔다.
　넓은 방안에는 갖가지 기계류들이 설치되어 있었다.
　거기에는 컴퓨터 같은 것들도 있었지만 거의가 알 수 없는 것
들이 대부분이었다.
　책상 앞에 다가앉은 버블은 그녀에게 자리를 권한 다음 책상
서랍에서 손바닥만한 컴퓨터를 꺼냈다. 그 컴퓨터에는 자판이

없었다. 거기에다 X파일을 낀 다음 음성으로 명령을 내리자 컴퓨터가 켜지면서 작동하기 시작했다.

「이 컴퓨터는 한 번 배터리를 넣으면 일 년 동안 쓸 수가 있어요. 그러니까 일 년 동안은 배터리 수명 같은 것은 걱정하지 않아도 되죠.」

「좋은 컴퓨터이군요.」

컴퓨터에 질린 그녀는 빈정거리는 투로 말했다. 그런 줄도 모르고 버블은 그 컴퓨터에 대해 또 칭찬을 늘어놓았다.

「이건 손가락 하나 댈 필요가 없어요. 주인의 목소리를 비롯해서 지문, 암호 등을 인식하기 때문에 목소리로 명령만 내려도 작동이 돼요. 하지만 다른 사람이 켜려고 하면 안 돼요. 마치 훈련이 잘 된 충견 같다고나 할까.」

「대단한 거군요. 믿음직스럽겠어요.」

「그렇지는 않아요. 이놈을 보고 있으면 겁이 나요. 언젠가는 이놈한테 잡혀먹을 것 같은 생각이 들어요. 난 컴퓨터가 점점 무서워져요. 전에는 컴퓨터를 잘 다루는 것을 자랑으로 여겼는데 지금은 전혀 그렇지가 않아요. 오히려 두려운 생각이 앞서요.」

「저하고 같은 생각이군요.」

알파의 얼굴에서 빈정거리는 표정이 사라지고 있었다.

마침내 화면에 X파일의 내용이 나타나기 시작했다. 화면이 작기 때문에 글자도 작아보였다. 내용은 영문으로 되어 있었다.

버블이 화면을 응시하고 있는 동안 알파는 그의 표정의 변화를 바라보고 있었다.

잠시 후 버블은 명령을 내린 후 의자를 돌려 뒷면을 바라보았

다. 뒤쪽에 설치되어 있는 대형 화면에 파일의 내용이 크게 나타
나고 있었다. 그것을 바라보고 있는 버블의 표정은 하얗게 질려
가고 있었다. 질리다 못해 얼굴에는 가벼운 경련까지 일고 있었
다.

이윽고 화면에서 시선을 돌린 그는 말없이 고개를 흔들다가
몸을 벌떡 일으켰다.

그는 무슨 말인가 하려다가 감정이 너무 격해진 탓인지 침만
삼켰다. 알파는 그런 그를 지켜보면서 가만히 기다리고 있었다.

「10년 전만 해도 이것은 한낱 공상에 지나지 않는, 악몽 같은
것이었소. 그런데 이렇게 현실로 나타날 줄이야……」

그는 비틀거리다가 의자에 도로 털썩 주저앉았다.

「현실인가요? 중국이 그럴 수 있다는 것이 전 도무지 믿어지
지가 않아요. 믿을 수가 없어요.」

「이건 현실이오.」

그는 기력이 갑자기 쇠잔해져 버린 것 같은 목소리로 말했다.

「10년 전에도 그런 말을 한 사람이 있었소. 그러나 그 말에 모
두가 비웃었지요. 만화 같은 이야기라고 말이오. 난 그때 유럽
에 있었는데, 유럽의 신문에 실린 어떤 학자의 글에서 그런 말
을 읽은 적이 있어요. 그 학자는 그때 그 글에서 중국을 경계
해야 한다고 말했어요. X파일에 들어 있는 내용과 같은 상황
이 머지 않아 일어날 거라고 하면서 말이오. 하지만 그 말을
믿는 사람은 아무도 없었어요. 웃기는 소리라고 하면서 오히
려 그를 비웃었지요. 그러나 10년이 지난 지금 그 학자의 말이
정확히 들어맞았다는 것을 나는 실감하지 않을 수 없어요. 그
학자는 10년 앞에 벌어질 상황을 정확히 진단했어요.」

「그 학자가 누구였죠?」

「일본의 이름있는 정치학자로 알고 있는데 정확한 이름은 잘 모르겠어요.」

「예리한 학자이군요.」

「앞을 내다보는 눈이 정확한 학자죠. 당시 그의 글에 대해 다른 학자들과 전문가들의 반론이 상당히 있었어요. 모두가 잠꼬대 같은 이야기라고 하면서 공격을 하는 바람에 그의 말은 빛을 보지 못하고 묻히고 말았어요.」

버블은 잠시 동안 멍하니 허공을 바라보았다.

「중국을 막아야 해요! 어떻게 해서든지……」

그녀가 강한 어조로 말하는 바람에 그는 잠에서 깨어난 듯 그녀를 바라보았다.

「지난 10년 동안에 이 지구상에서 가장 변화가 컸던 나라는 중국이었소, 중국의 잠재력이 10년 동안에 이렇게 폭발적으로 분출될 것이라고는 아무도 예상하지 못했어요.」

「말도 안 돼요! 중국이 한국을 집어삼키는 것을 그대로 두고 볼 수는 없어요! 어떻게든 저지해야 해요. 그렇게 많은 인구에다 그렇게 넓은 땅덩이를 가지고 있으면서 도대체 뭐가 부족해서 또 한국 같은 작은 나라를 집어삼키겠다는 거예요?!」

이번에는 그녀가 몸을 일으켰다. 그녀는 분노에 차서 손을 흔들었다.

「그건 모르는 소리요. 중국은 옛날부터 세계의 중국, 중국의 세계를 꿈꿔 왔어요. 그와 같은 꿈은 한번도 사라진 적이 없었어요. 그들은 중화로 세계를 덮는다는 것을 당연한 것으로 생각하면서 수천 년을 살아왔어요.」

버블은 컴퓨터에 새로운 명령을 내렸다. 그러자 X파일 내용이 사라지면서 다른 내용이 나타났다.

손주석, 역쿠데타 성공

이와 같은 제호가 큼직하게 화면에 나타나면서 글자들이 깜박이기 시작했다.
「보시오. 중국은 시나리오대로 움직이기 시작했어요. 이건 손주석이 마침내 전면에 나서서 제로계획을 진두지휘하기 시작했다는 증거예요.」
「아니, 이럴 수가!」
화면을 바라보는 알파의 눈이 점점 커지고 있었다. 그녀는 벌어진 입을 다물 수가 없었다.
「손주석은 중국의 지도자들 가운데 강경파의 대표적인 인물이오. 그가 자꾸만 패권주의를 부르짖자 온건파들이 쿠데타를 일으켜 그를 유명무실하게 만들었어요. 하지만 그는 강경파들을 규합해서 이번에 역쿠데타를 성공시킨 거요. 그의 역쿠데타는 단지 시작에 불과해요. 세계를 집어삼키려는 원대한 제로계획에 시동이 걸리기 시작했다는 증거요. 한국을 집어삼키는 것도 그들의 계획대로라면 시작에 지나지 않아요. 한국을 집어삼킨 다음에 그들은 일본을 고립시킬 것이고, 태평양상에서 미일 연합군과 한판 전쟁을 벌일 거요. 만일 그 전쟁에서 승리하면 그들은 세계를 지배하게 될 거요.」
버블이 명령하자 중국에 관한 뉴스가 쏟아져 나오기 시작했다.

「이거 보시오. 온건파들을 미제 스파이로 몰아서 처형하고 있어요. 공개처형하고 있어요. 중국 대륙에 피의 선풍이 몰아치고 있어요. 저 바람이 한반도로 넘어오게 되면 한국에도 피비린내 나는 살육이 전개될 거요.」

「저 바람을 차단시켜야 해요.」

그녀는 억눌린 목소리로 말했다.

「당연한 일이오. 한국에서 저 바람을 차단시키지 못하면 전아시아와 태평양은 그들의 손에 떨어져요. 그건 그렇게 어려운 일이 아니오. 만일 한국이 그들의 손에 떨어지게 되면 아시아의 화교들이 일시에 중국을 지지하고 나설 거요. 그들이 일제히 봉기하면 전아시아를 집어삼키는 것은 별로 어려운 일이 아니오. 다행히 남후보를 제거했기 때문에 중국은 한국에서의 동조세력를 규합하기가 당분간 어렵게 됐어요. 알파, 당신은 아주 큰일을 한 거요. 그리고 X파일도 찾아왔으니, 당신이야말로 일등공신이오. 하지만 그것을 드러내 놓고 알릴 수가 없으니, 정말 유감천만이오.」

「이상한 말씀을 하시는군요. 저는 한번도 그런 생각을 한 적이 없어요. 제가 한 일들이 외부에 알려지는 것도 싫어요.」

버블은 그녀의 머리 위로 손을 가져갔다. 그리고 머리칼을 쓰다듬어 주었다.

「머리가 말랐소.」

「머리에서 냄새가 날 거예요. 감아야 해요.」

「당신은 아주 훌륭한 일을 했어요. 만일 남후보가 살아서 당선되었다면, 그는 고스란히 한국을 중국측에 넘겨주었을 거고, 중국은 총 한 방 쏘지 않고 한국을 고스란히 손에 넣게 되었을 거요. 그것이 남후보를 제거함으로써 일단 수포로 돌아가게 됐어요. 북한도 당황하고 있을 거요. 하지만 그렇다고 해서 중국이 제로계획을 포기하거나 하지는 않을 거요.」

그는 그녀의 머리 위에 가만히 뺨을 갖다 댔다.

「문제는 이제부터요. 우리가 생각하고 있는 것보다 더 빨리 한반도에서 전쟁이 발발할 가능성이 더 커졌어요. 문제는 바로 거기에 있어요.」

버블의 말에 알파는 고개를 젖히고 의아한 눈으로 그를 바라보았다.

「왜 그러죠? 그게 무슨 말씀이죠?」

「아주 간단한 논리지요. 중국은 남후보가 당선될 경우 중국과 남북한 3국을 통합한 연방국가를 구상했어요. 이 파일에 그 구상이 분명히 나타나 있어요. 그 구상은 이미 상당한 단계까지 구체화되고 있었던 것 같아요. 그건 간단히 말해 총 한 방 쏘지 않고 한국을 집어삼키겠다는 것이오. 만일 남후보가 살아서 당선되었다면 그 구상은 실현되었을 거요. 하지만 알파가 남후보를 없애는 바람에 이젠 상황이 달라졌어요. 남후보가 없어졌다고 해서 중국이 제로계획을 포기할 리는 없어요. 총 한 방 쏘지 않고 한국을 무혈점령하려던 계획이 사라진 이상 그들은 차선책으로 무력을 동원할 것이 틀림없어요. 북한군을 앞세워, 또는 북한군과 합동으로 남침을 결행할 것이 분명해요. 그렇게 되면 한반도는 피비린내나는 전쟁터로 변할 것이 뻔해요.」

알파의 얼굴이 빨개졌다. 그녀는 분노에 차서 물었다.

「지금 무슨 말씀을 하시는 거예요?! 제가 남후보를 없앤 것이 잘못되었다는 건가요? 전 당신의 지시를 받고 그를 제거했어요. 그런데 왜 이제 와서 그런 말씀을 하시는 거죠?」
「잠깐 내 말을 들어봐요. 남후보를 죽인 것이 잘못되었다는 말이 아니오. 그런 뜻으로 말한 게 아니에요. 남후보 같은 자를 제거한 것은 백번 잘했어요.」
「그럼 왜 그런 말씀을 하시는 거예요? 남후보를 살려 두었으면 총 한 방 쏘지 않고 한국을 먹었을 텐데 그를 제거하는 바람에 전쟁이 일어나 피바다가 될 거라는 말씀 아닌가요? 그 말씀대로라면 피 한 방울 흘리지 않고 점령당하는 게 낫지 파괴와 살육을 당한 뒤에 점령당할 필요가 없잖아요.」
「그런 뜻으로 말한 게 아니라니까요.」
버블은 괴로운 표정으로 그녀를 바라보면서 머리를 흔들었다.
「비록 한반도가 피비린내나는 전쟁터로 변한다 해도 그들에게 고스란히 한국을 넘겨주기 보다는 그들과 맞서 싸우는 편이 나아요. 전쟁이 일어날 경우 우리가 일방적으로 당할 거라는 생각은 잘못된 거요. 중국은 XZ와 TC-001 같은 최첨단 무기로 한국을 침공하겠지만, 거기에 못지 않게 우리 쪽에도 가공할 무기들이 있어요. 미국과 일본은 그 이상의 무기로 우리를 도와줄 것이오. 중국은 미국과 일본이 적극적으로 참전하지 않을 것으로 보고 있고, 또 그들의 능력을 과소평가하고 있는데, 그것은 큰 착각이오. 미국과 일본, 그리고 러시아는 중국의 무모한 패권전략을 결코 좌시하지 않을 거요.」
알파는 허공을 응시하다가 말했다.
「이러나저러나 한반도는 강대국들의 전쟁터가 되고 말겠군요. 우리의 의지와는 상관없이 그들은 이 땅에서 마음대로 전쟁놀이를 하겠군요. 첨단무기들이 한국민들을 상대로 마구 사용될 것이고, 그렇게 되면 한국은 폐허가 되고 말겠죠. 더이상 한국이라는 나라는 지구상에 존재할 수 없게 되겠죠. 불쌍한 한국인들…… 전쟁이 일어나면 국민의 3분의 2 정도는 죽게 되겠죠?」

버블은 고개를 끄덕이다가 괴로운 듯 다시 입을 열었다.

「미국이 쇠퇴의 길을 걷고 있고, 그래서 더이상 세계의 경찰국가 노릇을 할 수 없게 되었다고 생각하는 것은 잘못된 판단이오. 미국이 한국 및 아시아에서 발을 뺄 거라고 생각하는 것도 그릇된 생각이오. 중국은 자기들 쪽에 유리하게 생각하고 있어요. 내가 볼 때 미국은 결코 한국을 포기하지 않아요. 미국은 중국을 피해 도망갈만큼 그렇게 약하지도 않아요. 미국은 아직도 세계 최강이고, 모든 면에서 중국을 압도하고 있어요. 만일 미국이 물러나면 일본까지도 위태로워지는데, 미국이 그런 선택을 할 것 같아요? 미국은 물러나지 않아요. 그리고 일본이 가만 있을 것 같아요? 일본은 무슨 수를 써서라도 미국을 아시아에 붙잡아둘 것이오. 일본의 군사력은 현재 세계를 위협할 정도로 위력적이에요. 그들의 첨단무기는 세계 최고 수준이에요. 중국이 XZ와 TC-001를 가지고 세계를 위협한다면 일본은 그것들을 무력화시킬 수 있는 첨단무기들을 가지고 있어요. 일본은 공개를 하지 않고 있을 뿐이지 사실은 상상을 불허하는 놀라운 무기들을 가지고 있어요. 나는 거기에 대한 정보들을 가지고 있어요. 일본을 고립시켜 태평양에 침몰시키겠다는 말은 환상에 지나지 않아요. 그런 환상은 누구나 할 수 있어요. 중국인들은 인구가 많고 워낙 땅덩이가 넓다 보니까 별의별 환상들을 다 품어요. 이 X파일 속의 내용은 허풍에 지나지 않아요. 중국인들의 허풍이 환상적으로 그려진 허구의 시나리오에 지나지 않아요.」
「이 파일을 무시하는군요?」
알파는 스크린을 바라보면서 물었다.
스크린에서는 작달막한 사내가 주먹을 흔들면서 웅변을 토하고 있었다.
「손주석이에요. 말하는 것이 제정신이 아닌 것 같아요.」
하고 그녀가 말했다.
손주석이라는 자는 턱 밑에 염소처럼 길게 수염을 달고 있었다. 수염은 잿빛이었고, 머리는 대머리였다. 길게 찢어진 두 눈은 야심에 찬 인상을 보여주고 있었다.
「저자가 앞으로 당분간 중국 천하를 호령하게 될 거요. 그리고 무모한 도발로 한반도를 전쟁터로 만들지도 몰라요.」
「그럼 어떡 해야죠? 그냥 보고만 있어야 하나요?」
「저자에게 만일 전쟁이 발발할 경우 한국은 거기에 맞서 싸울 것이라는 단호한 의지를 보여줘야 해요. 그리고 한국과 미국, 그리고 일본 연합군이 얼마나 위력적인가를 보여줘야 해요. 그렇게 보여줬는데도 불구하고 공격을 해온다면 할 수 없이 전쟁을 치를 수밖에 없어요. 아마 그 전쟁에서는 승자와 패자가 극명하게 나타날 거요. 하지만 내 생각에 전쟁은 나지 않을 거라고 봐요. 중국은 조만간 자기 실력이 어느 정도인가를 알게 될 거고, 환상에서 깨어나게 되면 감히 공격해 오지는 못할 거라고 봐요. 그렇게 되면 제로계획은 무용지물이 될 거고, 한반도는 다시 현상유지상태로 가게 될 것이오. 여기서 중요한 것이 있어요.」

버블은 일어서서 실내를 왔다갔다 했다.

알파는 잠자코 기다렸다. 버블은 움직임을 멈추고 그녀의 어깨 위에 한 손을 올려놓았다.

「미국과 일본측에 이 X파일을 보여줘야 해요. 우리 손에 이것이 남아 있으면 아무 쓸모가 없어요. 미국과 일본 쪽에 이것을 보여줌으로써 그들을 자극시켜야 해요. 그들은 이걸 보고 나면 태도가 달라질 것이 분명해요. 사실 미국과 일본은 그동안 경쟁관계로 들어가면서 사이가 악화되어 있었어요. 미국은 아시아에서 일본과 결별하게 되면 큰 손실을 입게 되기 때문에 전전긍긍하고 있던 참이에요. 이럴 때 이 파일을 보여주면 그들은 깜짝 놀라 즉시 손을 잡게 될 것이오. 위기의식이 그들을 단결하게 만드는 거죠. 그 방법밖에는 중국을 막을 수 있는 다른 길이 없어요. 그들이 단결해서 위력을 과시하면 중국은 감히 도발해 오지 못할 거요. 그리고 그것이 우리가 살 수 있는 길이기도 하고요.」

알파는 가만히 있었다. 그녀는 이미 자기한테 내려질 명령을 알고 있었다.

「X파일을 미국과 일본측에 전해 주어야 하는데 그럴만한 사람이 없어요. 단 한 사람을 빼놓고는……」

「그럼 그 사람한테 맡기세요.」

두 사람의 시선이 뜨겁게 부딪쳤다.

「알파, 마지막으로 맡아 주시오.」

그녀는 무겁게 고개를 흔들었다.

「전 자신이 없어요. 죽을 것만 같아요.」

「알파, 당신밖에는 이 임무를 수행할 수 있는 사람이 없어요. 당신이 이 일을 맡아 주느냐 마느냐에 따라 한국에서 전쟁이 일어날 수도 있고 안 일어날 수도 있어요.」
그녀는 전율을 느끼면서 온몸을 떨었다.
「그렇다면 더욱 할 수 없어요. 그런 엄청난 임무라면 전 너무 질려서 걸음도 제대로 걷지 못할 거예요. 정말이지 자신없어요.」
「알파, 이 나라가 온통 킬링필드화하는 것을 보고 싶소? 수천만 명의 시체가 썩어서 산을 이루고 악취가 진동할 거요. 그것이 인간이 할 짓이오? 당신은 분노를 느끼지 않소?」
「제 감정을 자극하지 마세요. 분노를 느끼는 것과 이 일을 수행하는 것과는 별개 문제예요. 일을 수행하는 문제는 냉정히 생각해 봐야 해요. 아주 냉정하게 생각해야 해요. 감정만으로 대응한다면 실패하고 말아요. 실패는 곧 죽음이에요. 전 죽고 싶지 않아요. 전 오래오래 살고 싶어요. 그래서 위험한 일은 되도록 하지 않으려고 해요. 냉정히 따져서 성공할 가능성이 있는 일만 하고 싶어요.」
「그런 일이라면 아무나 할 수 있어요. 아무나 할 수 없는 일이니까 당신한테 부탁하는 거요. 당신 같은 사람이 필요한 이유도 거기에 있어요. 당신 같은 사람이 아니고는 이런 일을 할 수가 없어요. 당신은 그래서 특수훈련도 받았고, 오늘까지 수없이 사선을 넘어왔어요. 그런데 가장 중요한 일을 앞두고 못하겠다니 말이 안 돼요. 알파, 당신은 이 일을 해낼 수 있어요. 실패하지 않고 성공적으로 해낼 수 있어요. 당신만큼 우수한 공작원은 이 지상에 존재하지 않아요.」

「오, 말도 안 돼요.」

그녀는 두 손을 들어 크게 흔들었다. 그러나 버블은 쉽게 포기하려 들지 않았다.

「당신은 할 수 있어요.」

「왜 저한테 그런 일을 맡기려고 하는 거죠? X파일을 찾아온 것으로 제 임무는 끝나지 않았나요? 카오스에도 얼마든지 우수한 요원들이 있잖아요?」

「당신만한 사람은 없어요. 당신은 현존하는 공작원 가운데 가장 우수해요. 당신을 능가하는 공작원은 그 어디에도 없어요. H가 내린 결론이에요.」

「그 인공지능 컴퓨터인가 뭔가 하는 것 말인가요? 당신도 컴퓨터 신봉자인가요? 전 그 컴퓨터 말만 들어도 신물이 나요.」

「H컴퓨터는 아주 정직해요. 그리고 놀라울 정도로 정확해요. 나도 컴퓨터를 신봉하는 것은 아니지만 H만은 믿어도 좋아요. 그리고 내 자신이 판단하기에도 당신만한 적임자는 없어요. 내가 당신한테 이 막중한 일을 부탁하는 것은 첫째, 당신을 믿기 때문이에요. 사실 믿을 수 있는 사람은 그렇게 흔치가 않아요. 당신은 그 점에서는 완벽해요. 난 당신을 조금도 의심치 않아요. 하지만 다른 사람들은 믿을 수가 없어요. 심복이라 하더라도 믿을 수가 없어요. 워낙 다른 쪽에서 공작이 심하기 때문에 덫에 걸려들기도 하고 자진해서 배신하는 경우가 많아요. 두번째는 당신만한 실력을 갖춘 요원이 없어요. 다른 요원들은 실패하고 말아요. 지금 우리 주위에는 X파일을 탈취하려고 적들이 쫙 깔려 있어요. 그 속을 뚫고 나갈 수 있는 사람은 당신밖에 없어요. 다른 사람들은 문밖에 나가자마자 모두 사살될 게 뻔해요.」

「당신은 저를 너무 과신하고 있어요. 저에 대해서 아무 것도 모르면서 말이에요. 당신은 제 몸이 어떻게 생겼는지도 모르잖아요?」

그녀는 뚫어질 듯 그를 쳐다보았고, 그는 고개를 끄떡였다.

「그건 그래요.」

「제 몸을 보고 싶지 않으세요? 그리고 저를 갖고 싶지 않으세요?」

그를 쳐다보는 그녀의 두 눈은 어느 새 뜨겁게 타오르고 있었다. 그러나 버블은 괴로운 표정이었다.

「당신을 여자로 받아들이고 싶지만…… 그렇게 되면 정이 들까봐 겁이 나요. 정이 들면 당신을 차마 보내지 못할 것 같아요.」

그녀는 웃었다.

「말씀하시는 것이 꼭 소년 같군요. 우리는 그런 단계는 지났잖아요. 육체 관계를 가졌다고 해서, 그런 것 때문에 얽매이거나 할 사람들은 아니잖아요.」

그녀는 어느 새 옷을 벗고 있었다. 그는 놀란 눈으로 그녀를 바라보다가 할 수 없다는 듯 이렇게 말했다.

「여기서 이러지 말고 욕실로 갑시다.」

「서두를 것 없잖아요.」

그녀는 팬티를 벗어던졌다. 그리고 나서 그를 향해 돌아섰다.

그녀의 육체는 여자의 부드러움을 고스란히 간직하고 있었다. 그러면서도 한편으로는 남자 같은 강인함이 엿보이고 있었다. 부드러운 느낌이면서도 남자 같은 근육질로 뒤덮인 그녀의 육체를 그는 찬탄의 눈으로 바라보고 있었다. 최고의 살인자의 육체 치고는 너무 아름답다, 아니 너무 멋지다는 생각이 들었다. 옷을 입고 있을 때는 이렇게까지 멋질 줄은 몰랐었다.

「그렇게 가만 있으면 어떡 하죠? 제가 벗겨 드릴까요?」

그녀가 가까이 다가서면서 물었다. 그녀의 알맞게 부풀어오른 젖가슴이 흔들리고 있었다. 음부를 뒤덮고 있는 털은 무성하고 기름진 빛을 띄고 있었다.

「당신을 보는 순간 가지고 싶었어요.」

하고 그녀가 말했다.

「나하고 같은 생각이었군.」

「당신도 그랬나요?」

그는 고개를 끄덕였다.

그녀는 능숙하게 그의 바지를 풀어내리고 있었다.

「내가 벗겠소. 이리 와요.」

문이 열리더니 욕실이 나타났다. 그는 알파를 데리고 욕실로 들어갔다.

「정말 멋진 몸을 가졌소. 이런 몸은 아무리 만져도 싫증이 안 나요.」

그가 그녀의 몸을 만지고 있는 동안 그녀는 부지런히 그의 옷을 벗겨나갔다.

「자, 이리 와요. 내 몸은 볼품이 없으니까 기대하지 말아요.」

그는 샤워기 쪽으로 그녀를 데리고 가더니 뜨거운 물을 틀었다. 그리고 그녀의 몸을 씻겨 주기 시작했다.

그녀는 꿈꾸는 듯한 표정으로 그의 손길을 느끼고 있었다. 그의 손길은 섬세하고 성실했다. 그녀는 그 손길에 온몸이 녹아드는 것 같았다.

그는 정성들여 그녀의 몸을 구석구석 씻겨 주었다. 그가 몸을 씻겨 주는 동안 그녀는 점점 흥분하기 시작했고, 마침내 더 참지 못하고 신음소리를 내면서 그에게 달려들었다.

「그러지 말고 어떻게 좀 해줘요! 미치겠어요!」

그녀는 무릎을 꿇으면서 그를 올려다보았다. 그러나 그녀를 내려다보는 그의 눈은 냉정한 빛을 띄고 있었다.

「좀더 기다려요.」

「아, 기다릴 수 없어요!」

그녀는 그의 하체에다 젖가슴을 비벼댔다.

「당신의 아기를 가지고 싶어요!」

그녀는 절박하게 말했다.

「당신이 내 아기를 갖게 되면 난 당신을 작전에 투입시킬 수가 없어요.」

그는 괴로운 듯이 말했다. 그녀는 고개를 세차게 흔들었다.

「전 작전에 참가할 거예요! 그들에게 파일을 전해줄 거예요! 걱정하지 마세요! 전 자신 있어요! 다른 사람은 그 일을 할 수 없어요!」

그녀는 그가 이끄는 대로 움직였다.

그녀가 욕조 턱에 의지해서 상체를 구부리자 그는 그녀의 엉덩이에 미친 듯 입을 맞추었다. 그녀는 다리를 벌리면서 신음소리를 토해냈다.

「버블, 제발……」

「난 이런 적이 없어요. 귀신에 홀린 것 같아요.」

그러면서 그는 마침내 그녀의 몸 속으로 자신을 밀어넣었다.

 그의 일부가 몸 속으로 밀려들어가자 그녀는 거의 울음에 가까운 신음소리를 내면서 허리를 뒤틀었다. 그는 두 손을 밑으로 뻗어 그녀의 흔들리는 젖가슴을 받쳐주었다.

 그녀는 쉽게 끝내는 체질이 아닌 것 같았다. 그가 감당할 수 없을 정도로 격렬하게 몸부림을 치면서 소리소리 지를 때마다 금방 끝날 것 같으면서도 다시 시작하는 것이었다. 그러나 그녀 못지 않게 버블도 괴력을 발휘하고 있었다. 그는 필요한 것을 자유자재로 구사할 수 있는 기술을 갖추고 있었다. 그와 같은 기술은 첨단과학의 힘으로 얻어진 것이었다.

 그의 음경 안에는 실리콘이 심어져 있었다. 그것은 음경을 확대시키기도 하고 축소시키기도 하는 기능을 갖추고 있었다. 그리고 장시간 음경을 발기상태로 유지시킬 수도 있는 기능이 있었다. 실리콘을 삽입함으로써 최대로 발기했을 때의 그의 음경은 길이가 무려 5cm나 더 늘어나게 되었다. 직경도 배 정도로 굵어져 있었다. 그는 자신의 음경을 리모콘으로 조정하고 있었다. 그 리모콘은 손목에 차고 있는 시계에 있었다. 리모콘이 지시를 내리면 음경 안에 심어 놓은 칩이 그 신호를 받아서 실리콘을 조정하는 것이었다.

 「당신은 최고예요! 제가 상대한 남자들 가운데 최고최상이에요!」

 한 시간 넘게 몸부림치고 나서 땀에 흠뻑 젖은 얼굴로 그를 바라보면서 그녀가 말했다. 그는 땀 한 방울 흘리지 않고 있었다.

 「당신은 내 아기를 갖게 될 거요.」

 그가 무거운 목소리로 말했다.

 「정말이에요?」

그녀가 눈을 빛내며 물었다.

「만일 아기를 갖게 되면 어떻게 하겠소?」

「그야 낳아서 기르죠. 전 아무 것도 하지 않고 아기만 기를 거예요.」

그녀는 흥분해서 말했다. 그럴 때의 그녀는 모성애가 넘쳐흐르는 일반 여성에 지나지 않았다.

「당신을 닮아서 아기는 영리할 거예요.」

「난 당신을 닮은 예쁜 딸이 태어났으면 해요.」

「전 아들을 갖고 싶어요. 당신을 닮은 아들 말이에요.」

그런 말을 하면서도 그들은 어느 쪽도 결혼 이야기는 꺼내지 않았다.

결혼이라는 것은 남녀 사이에서 이미 그 의미를 상실한 지 오래였다. 결혼 이야기를 꺼내는 것 자체가 촌스러운 것으로 여겨지고 있었기 때문에 그것은 더이상 대화의 메뉴에도 끼지 못하고 있었다.

「만일 당신이 내 아기를 낳게 된다 해도 난 아무런 도움도 주지 못할 거요. 미안해요.」

그가 얼굴에 흐르는 땀을 닦아 주면서 말하자 그녀는 웃었다.

「어떤 도움도 바라지 않아요. 도움 같은 건 필요하지 않아요.」

「파일을 복사하겠소.」

「좀 있다가 하면 안 되나요?」

그녀가 아쉬운 듯이 그를 쳐다보면서 물었다.

「시간이 없어요. 지금 국제관계가 얼마나 급박하게 돌아가고 있는지 모를 거요. 제로계획이 차질을 빚게 된 것을 알게 되면 중국과 북한은 그 즉시 행동에 돌입하게 될지 몰라요. 미국과 일본이 대비책을 세우기 전에 일거에 남한을 점령해 버릴지도 몰라요. 파일을 지금 미국과 일본에 넘겨준다 해도 그들이 대비책을 세우기까지는 상당한 시간이 걸릴 거요. 빠르면 빠를수록 비극을 막을 수가 있어요.」

환희의 여운 속에 잠겨 있던 그녀의 얼굴에서 서서히 핏기가 가시고 있었다. 그녀는 고개를 끄덕이면서 몸을 일으켰다.

「알겠어요. 서두르겠어요.」

「혼자 가기가 뭣 하면 몇 사람 데리고 가는 게 어때요? 도움이 될 수 있는 우수한 요원들이 있으니까 필요하면 말해요.」

그녀는 고개를 흔들었다.

「됐어요. 다른 사람과 함께 행동하는 데 익숙하지가 못해서 혼자 움직이는 게 좋아요.」

그녀가 출발 준비를 하는 동안 버블은 X파일을 복사했다. 그런 다음 미국과 일본측에 전화를 걸었다.

미국과 일본 쪽에는 그와 직접 선이 닿는 상대들이 있었다. 그 비밀루트는 아주 긴요한 일이 있을 때만 가동되도록 보안이 철저하게 유지되고 있었다.

「파일은 직접 전해야 해요. 그렇지 않으면 중간에서 샐 가능성이 많아요.」

하룻밤을 즐기지도 못한 채 피곤한 몸을 이끌고 어둠 속으로 나서는 알파를 배웅하면서 버블이 말했다. 알파는 그를 뚫어지게 바라보다가 결심한 듯 몸을 홱 돌려 어둠 속으로 사라졌다.

죽음과의 대화

알파는 뒷좌석에 상체를 묻은 채 두 눈을 지그시 감고 있었다.

차는 고속도로 위를 질주하고 있었다. 실내에는 최신 음악이 시끄럽게 터져나오고 있었다. 운전사는 음악에 맞춰 어깨를 들썩거리고 있었다. 그는 가끔씩 백미러를 통해 그녀를 힐끗힐끗 쳐다보곤 했는데, 그녀는 그것이 별로 마음에 들지 않았다. 그는 장발에 얼굴이 털투성이로, 지저분하기 짝이 없는 사내였다. 차를 모는 것도 몹시 거칠어 마음이 편치 않았다. 왜 이런 사내한테 운전을 맡겼는지 그녀는 이해할 수가 없었다.

그녀는 두 눈을 뜨고 차창 밖을 내다보았다. 밖에는 여전히 비바람이 치고 있었다. 이런 날씨에 제대로 비행할 수 있을지 걱정이 되었다. 그러나 예정대로 비행기는 출발준비를 끝내 놓고 그녀를 기다리고 있었다.

비행장까지는 약 8킬로의 거리였고, 차는 빠른 속도로 달리고 있었기 때문에 금방 도착할 줄 알았는데 생각보다는 시간이 더 디 걸리고 있었다. 차는 갑자기 속도가 떨어지더니 고속도로 한

켠에 멈춰섰다.

「무슨 일이에요?」

그녀는 신경을 곤두세우고 물었다. 운전수는 그녀를 보고 씨익 웃었다.

「아무리 바빠도 생리는 해결해야죠.」

밖으로 나간 그는 그녀가 보는 앞에서 물건을 꺼내 놓고 소변을 보기 시작했다. 그녀는 고개를 돌렸다.

소변을 다 보고 난 털보는 운전석으로 다가오는 듯하다가 갑자기 고속도로를 가로질러 뛰어가기 시작했다. 고속도로에는 차량 통행이 뜸했기 때문에 건너뛰는 것은 얼마든지 가능했다. 필사적으로 뛰어가는 것을 보고 알파는 지피는 것이 있었다. 그녀는 재빨리 차에서 뛰쳐나와 길 아래쪽으로 뛰기 시작했다. 길 아래쪽은 다행히 풀밭이었다. 그녀가 풀밭에 납작 엎드렸을 때 굉음과 함께 섬광이 번쩍했다. 이어서 주위가 대낮같이 밝아졌다.

그녀가 고개를 쳐들었을 때 승용차는 해체된 채 불길 속에 휩싸여 있었다. 다시 한번 폭발이 일자 차는 산산조각이 나면서 공중으로 날아올랐다.

그녀는 고속도로 쪽으로 기어올라갔다. 털보가 이쪽으로 건너오고 있는 것이 보였다. 그녀는 도로 풀밭으로 내려갔다. 그리고 달리기 시작했다. 뒤에서 총소리가 들려왔다. 총소리는 계속 들려오고 있었다.

그녀는 짜증이 났다. 시간이 지체되는 것에 화가 났다. 털보는 쫓아오면서 계속 총을 쏘아대고 있었다. 그녀는 개울가로 내려갔다. 다리를 건널까 하다가 다리 앞에 서 있는 몇 그루 나무를 보고 그것을 선택하기로 했다. 털보가 뛰어오고 있는 것이 뚜렷이 보였다. 고속도로에서 타오르고 있는 불빛은 그녀가 서 있는 곳까지 비치고 있었다. 그녀는 나뭇가지를 꺾어 들고 나무 사이에 서 있었다.

이윽고 다리 앞에 이른 털보는 주위를 둘러보면서 그녀를 찾고 있었다. 그러다가 나무 사이에 서 있는 그녀를 알아보고는 멈칫하면서 권총을 발사했다.

한 발의 총성이 밤하늘을 울렸다.

그것은 알파를 향해 발사된 것이었지만 쓰러진 사람은 알파가 아닌 털보였다. 그는 비명을 지르며 두 손으로 얼굴을 감싸쥐더니 땅바닥 위로 나뒹굴었다. 알파는 조심스럽게 다가와 구둣발로 그의 가슴을 누르면서 고통스럽게 신음하고 있는 그를 싸늘한 눈으로 내려다보았다.

「왜 나를 죽이려고 한 거지?」

「아, 살려줘! 내 눈! 아무 것도 안 보여!」

「누가 시킨 거지?」

그녀의 손에는 만년필 같은 것이 들려 있었다. 그것은 소리없이 사람을 죽일 수 있는 무기였다. 버튼을 누르면 끝에서 가는 살인광선이 뻗어나와 무엇이든지 꿰뚫어 버리기 때문에 아주 무서운 무기라고 할 수 있었다. 무쇠는 물론 두꺼운 콘크리트벽도 관통하기 때문에 방탄조끼를 입은 사람이라 하더라도 그것을 막아낼 수는 없다. 그것은 중국이 자랑하는 XZ와 동일한 성능을 지닌 무기라고 할 수 있었다. 레이저보다 한 차원 높은 광선을 발사할 수 있는 그 무기는 사실은 한국이 먼저 개발하여 극비에 부치고 있는 첨단무기였다. 한국은 그것을 몸에 휴대할 수 있는 소형무기로까지 개발하는데 성공, 지금은 대량생산 단계에까지와 있었다.

알파가 가지고 있는 만년필형의 그 첨단무기는 버블이 그녀에게 준 것이었다. 알파를 떠나보내면서 그는 그녀의 안전을 위해 그 극비무기를 선물로 주었던 것이다.

버블과 헤어진 그녀는 카오스 요원의 안내로 잠시 비밀장소에 들러 그녀가 앞으로 해야 할 일들에 대해 브리핑을 받은 다음 신형무기를 사용하는 방법을 배웠었다. 그것은 사용방법이 아주 간단하고 쉬우면서도 그 파괴력은 엄청났다.

「이것은 소형이기 때문에 유효사거리가 백 미터입니다. 그 점만 유의한다면 사용하는데 불편이 없을 겁니다. 버블이 당신한테 드리는 최고의 선물입니다. 우리는 이것을 여신의 미소라고 부릅니다. 이 미소가 당신을 지켜줄 것입니다.」

카오스 요원의 그 말을 상기하면서 그녀는 털보를 노려보았다. 확실히 여신의 미소는 놀라운 파괴력을 발휘하고 있었다. 털보는 이미 숨이 끊어져 있었다.

그녀는 고속도로를 버리고 국도 쪽으로 나가보았다. 길가에 트럭이 한 대 세워져 있었다. 여신의 미소로 장금장치를 해체한 다음 그녀는 운전석으로 들어가 앉았다.

한 시간쯤 지나 그녀가 비행장에 도착했을 때 소형 제트기는 활주로에서 이미 이륙준비를 끝내 놓고 그녀가 도착하기만을 기다리고 있었다.

「예정시간보다 두 시간이나 늦었어요!」

활주로에서 그녀를 기다리고 있던 카오스 요원이 불만스러운 목소리로 말했다.

「미안해요. 사고가 있었어요.」

비행기에 뛰어오르자마자 제트기는 활주로를 조금 질주하다가 비바람치는 밤하늘로 가쁜하게 날아올랐다.

비바람이 거세게 휘몰아치고 있었기 때문에 그렇지 않아도 작은 비행기는 마치 방향을 잃고 날아다니는 나뭇잎처럼 위태롭게 흔들렸다.

비행기 안에는 댓명쯤 되는 사람들이 앉아 있었다. 그중 두 명은 여자였다. 비행기가 고도에 올라가 수평을 유지하자 조그만 사내가 다가와 그녀에게 악수를 청했다.

「청이라고 합니다. 잘 모시라는 지시를 받았습니다.」

그는 눈과 눈 사이가 멀어 눈의 초점이 흩어지는 것 같았다. 눈썹도 희미해서 별로 인상적이지 못한 사내였다. 알파는 그의 인상이 꼭 누에 같다는 생각이 들었다.

「커피 한 잔 하시겠습니까?」

「네, 한 잔 주세요.」

그녀는 무표정하게 말했다.

잠시 후 젊은 여자가 종이컵에 커피 두 잔을 담아가지고 다가왔다. 그녀는 하체의 볼륨이 대단해서 청바지가 찢어지는 것 같았다.

「무슨 일인지는 모르지만, 아주 중요한 일인가 보지요?」

누에 같은 사내가 통로를 사이에 두고 앉으면서 그녀 쪽으로 상체를 기울였다.

「저도 잘 몰라요. 도착한 뒤에 임무를 알려 주겠다고 했어요.」

「중요한 일이라면 그래야겠지요. 우리는 수없이 작전에 참가하긴 하지만 그 작전의 목적이 무엇인지 모를 때가 많습니다.

도중에 하차할 때가 많으니까요.」

비행기가 마치 미사일에 맞기라도 한 듯 쿵하는 소리를 내면서 밑으로 떨어졌다. 알파는 손잡이를 움켜잡으면서 심호흡을 했다. 밑으로 떨어지던 비행기는 다시 날아오르고 있었다.

「날씨가 험하군요.」

누에 같은 사내가 아무렇지도 않은 듯 말했다.

「날씨가 이렇게 험한데 작전에 투입시킨 걸 보면 매우 급한 일인가 보죠?」

「네, 그런가 봐요.」

「우리는 공항에 내리지 않을 겁니다. 바닷가에 내릴 겁니다. 내리기에 적당한 곳을 알고 있어요.」

「그래요?」

알파는 자세한 것은 묻지 않았다.

다섯 명의 남녀가 모두 호기심어린 눈으로 그녀를 바라보고 있었다. 그녀는 그들이 거추장스럽게 느껴졌다.

「저하고 함께 행동할 건 아니죠?」

「네, 아닙니다. 우린 안내만 할 겁니다. 그 일이 끝나면 우린 떠날 겁니다. 혼자서 해낼 수 있겠습니까?」

그때 마이크 소리가 들려왔다.

「미행당하고 있습니다!」

그것은 기장의 목소리였다. 누에 같은 사내는 무전기를 입에다 갖다 댔다.

「무슨 소리야!」

「정체불명의 비행기가 다가오고 있습니다! 전투기 같습니다!」

갑자기 진동이 느껴졌다. 알파는 창밖을 내다보았다. 전투기 한 대가 빠른 속도로 다가오더니 옆으로 바싹 접근하는 것이 보였다.

「기수를 돌려라!」

전투기에서 지시하는 목소리가 기내에 울려퍼졌다.

알파는 시계를 차고 있는 손목에 진동을 느꼈다. 묵살해 버릴까 하다가 그녀는 버튼을 눌렀다.

「알파25……」

그녀는 가만히 말했다.

「아, 알파, 클레오파트라예요!」

여는 때와는 달리 그녀의 목소리는 날카롭게 들려왔다. 알파는 미간을 찌푸렸다.

「듣고 있으니까 목소리좀 낮춰요.」

「알파, 지금 일본 쪽으로 가고 있군요. 무슨 짓을 하려는 거죠?」

「온천에 목욕하러 가는 길이에요.」

「목욕하러 가는데 특별기까지 동원했나요? 대단하군요.」

「그냥 얻어탄 거예요. 신경쓸 거 없어요.」

「누가 태워 준 거죠?」

「난 당신의 자질구레한 질문에 일일이 대답하고 싶지 않아요. 구역질나요.」

「못된 것 같으니! 가만두지 않을 거야! 지금까지는 체면상 예의를 지켰지만 이젠 그럴 수 없어! 혼내 줄 거야!」

「아무리 지껄여 봤자 넌 컴퓨터에 불과해. 넌 사람이 아니야. 그걸 알아야 해. 이제 제발 사람 흉내내지 마. 피도 흐르지 않고 심장도 없는 것이 뭘 안다고 큰 소리야. 구역질나니까 제발 꺼지라구!」

「뭐가 어째, 이년아?! 이 찢어죽일 년 같으니! 갈갈이 찢어죽일 거야!」

클레오파트라가 마치 사람처럼 길길이 뛰고 있는 것이 보이는 듯했다.

알파와 클레오파트라의 대화는 모든 사람들이 들을 수 있을 정도로 기내에 울려퍼지고 있었다. 기장이 주파수를 맞추어 놓는 바람에 그렇게 된 것이었다.

카오스 요원들의 얼굴에는 어느 새 살기가 나타나 있었다. 그들은 그때까지 알파의 정체를 모른 채 단지 중요한 임무를 수행하러 가는 인물로만 알고 있었던 것이다. 그런데 비로소 그녀의 정체를 알게 되었던 것이다.

비록 알파가 지금은 카오스를 위해서 일하고 있지만 그녀는 카오스 요원들한테는 철천지원수라고 할 수 있었다. 그녀와 대결한 카오스 요원들치고 지금까지 살아서 돌아온 사람은 아무도 없었다. 한 마디로 카오스 요원들은 그녀의 밥이었던 셈이었다. 그래서 카오스 요원들의 가슴 속에는 항상 그녀에 대한 복수의 감정이 끓고 있었던 것이다. 그것이 그녀의 손에 죽어간 카오스 요원들의 원혼을 달래 주는 길이기도 했기 때문에.

「기장은 들어라! 기수를 즉시 남쪽으로 돌려라! 그리고 전투기를 따라와라! 전투기에는 미사일이 탑재되어 있다. 지시에 따르지 않으면 격추시키겠다!」

카오스 대원들의 얼굴에 공포의 빛이 나타났다.

「이유가 뭔가? 우리는 민간인이다! 무슨 이유로 그러는 건가?」

「우리가 필요한 것은 알파25이다! 우리는 그 여자가 필요하다! 그 여자만 우리한테 넘기면 당신들은 무사히 돌아갈 수 있다! 만일 넘기지 않으면 당신들은 모두 태평양에 수장될 것이다!」

카오스 요원들의 시선이 일제히 알파에게 쏠렸다. 그들의 시선은 하나 같이 적의에 차 있었다.

「그럴 수는 없다!」

조그만 사내 청이 말했다. 비행기 안에서는 그가 지휘자인 것 같았다.

「지시에 따르지 않으면 격추시키겠다! 격추되면 모두 몰사할 것이다. 알파 한 명 때문에 모두 죽고 싶지는 않겠지? 지금 당장 우리 전투기를 따라와라!」

「그럴 수는 없다! 알파만을 원하는 이유가 뭔가?」

청은 호락호락 들어줄 것 같지 않았다.

「그는 우리가 필요로 하는 것을 가지고 있다. 우리는 그것이 필요하다. 그리고 알파는 명령에 거역하고 우리를 배반했다. 지금 그 여자한테는 사형선고가 내려져 있다. 우리는 그 여자를 처단해야 한다.」

「알파가 가지고 있는 게 뭔가?」

「그건 알 필요없어!」

「난 알고 싶다! 알기 전에는 알파를 넘길 수 없어!」

「좋아. 할 수 없다. 알파가 가지고 있는 것은…… X파일이라는 것이다.」

「X파일?」

「그렇다. 알파는 그것을 다른 곳에 넘기려고 하고 있다. 그렇게 되면 3차 대전이 발발할 것이다. 어떻게든 알파를 저지하고 그것을 확보해야 한다.」
그들의 시선이 다시 알파에게 쏠렸다.
알파는 창백한 얼굴로 그들을 바라보고 있었다.
「전투기는 어디 소속이지?」
「스메샤다.」
「조금만 기다려 달라. 알파한테 확인해 보겠다.」
청이 알파 쪽으로 다가가자 나머지 사람들도 그녀 주위로 몰려들었다. 그들 가운데는 권총을 들고 있는 사람도 있었고 손도끼를 움켜쥐고 있는 사람도 있었다. 어떤 사람은 그녀의 목을 조이기 위해 밧줄을 들고 있었다.
「당신이 알파25인가?」
청이 지휘자답게 침착하게 물었다.
「그래요. 제가 알파예요.」
웅성거리는 소리가 일었다.
「죽여! 당장 죽여!」
한 사내가 도끼를 휘두르며 흥분해서 말했다.
「가만 있어! 잘못하다가는 우리가 모두 몰사한다구.」
청은 부하를 제지한 다음 다시 알파에게 물었다.
「스메샤의 말대로 당신은 X파일을 가지고 있나요?」
「가지고 있지 않아요. 그건 버블이 가지고 있어요. 내 손에서 떠난 지 오래됐어요. 스메샤는 지금 오해하고 있어요. 그리고 스메샤한테 그걸 넘기면 절대 안 돼요.」
「거짓말이야! 그년한테 파일이 있어! 조사해 봐!」

클레오파트라가 앙칼지게 말했다.
「몰살당하기 전에 넘깁시다!」
도끼를 든 자가 청에게 위협적으로 말했다.
「조사해 봐.」
청의 말이 떨어지기 무섭게 그들은 알파를 검색하기 시작했다. 두 명은 그녀의 가방을 뒤졌고, 다른 두 명은 그녀의 몸을 더듬었다.
「왜 이래요? 이건 버블의 뜻에 어긋난 거예요. 버블한테 보고하겠어요.」
알파가 항의했지만 그들은 멈추기는커녕 눈에 불을 켠 채 달려들었다.
「한가한 소리하지 마! 보고고 뭐고 지금 그럴 시간이 없어! 미사일 한방이면 모두 가루가 돼버린다구! 우리가 죽기 전에 너부터 죽어야 해! 이 날이 오기를 우리가 얼마나 기다린 줄 알아?」
한 사내가 권총 끝으로 그녀의 턱을 치켜올리며 으르렁거렸다.
「날 죽이면 당신들도 살아날 수 없어.」
「잔말 말고 가랑이 벌려!」
샅샅이 뒤져도 파일이 나오지 않자 여자 두 명이 아예 그녀의 옷을 벗긴 다음 은밀한 부분까지 검사했다. 그러나 그것은 어디에도 없었다. 여자 한 명이 알파의 머리칼을 움켜잡고 흔들어대자 다른 한 명은 그녀의 팔을 비틀었다.
「파일 어딨어?! 빨리 말하지 않으면 우린 죽어! 그걸 주란 말이야!」

　그들은 죽음의 공포에 사로잡혀 어쩔 바를 모르고 있었다. 전투기가 금방이라도 미사일을 발사할 것만 같은 긴박한 상황이니 그럴 수밖에 없었다. 그러나 알파 쪽은 오히려 침착한 모습이었다.

「파일은 없어요. 없으니까 헛수고하지 말아요.」

「있어! 그년이 틀림없이 가지고 있어!」

클레오파트라가 앙칼지게 말했다.

「아무리 찾아 보았지만 없어. 이건 정말이야.」

하고 청이 말했다.

　알파는 단숨에 두 여자를 물리쳤다. 그녀한테 달려들어 고통을 가하고 있던 그녀들은 알파가 한 번 가볍게 손발을 놀리자 힘없이 나가떨어지고 말았다. 알파는 재빨리 옷을 입으면서 사내들에게 말했다.

「당신들 미사일 맞고 싶지 않으면 내 몸 속으로 들어와 숨어요.」

「그게 무슨 말이야?」

「지금 농담할 때야?」

「네 구멍이 그렇게 크냐?」

사내들은 입에 담을 수 없는 말까지 서슴없이 했다.

「그년을 우리한테 넘겨! 우리가 파일을 찾을 테니까 그년을 넘겨!」

클레오파트라가 소리를 질렀다.

「아무리 그래봐야 없는 건 없어!」

「마지막으로 경고한다! 전투기를 따라가라!」

「어떻게 할까요?」

기장의 불안한 목소리가 들려왔다.
「따라가 봐.」
청이 명령했다.
전투기가 옆으로 스치듯이 지나가는 것이 보였다. 비행기가 나뭇잎처럼 흔들리고 있었다.
「클레오파트라는 어디서 명령하고 있는 거요?」
청이 알파를 붙잡고 물었다.
「그는 전투기에 타고 있지 않아요. 지상 어디에선가 숨어서 명령을 내리고 있는 거예요.」
「빌어먹을!」
「전투기를 따라가지 말아요. 스메샤는 결국 우리 모두를 죽일 거예요. 그럴 바에는 차라리 당당하게 맞서는 게 나아요. 그쪽이 오히려 살아날 수 있는 기회가 있을지도 몰라요.」
알파의 말에 청은 의심스러운 눈으로 그녀를 바라보았다.
「안 됩니다! 알파의 말을 믿어서는 안 됩니다!」
카오스 대원들이 만류하고 나섰다.
「차라리 알파를 여기서 죽여 버리는 게 낫습니다. 그리고 시체를 넘겨주면 우리는 목숨을 건질 수 있습니다. 당장 죽여 버리죠!」
줄을 들고 있는 자가 알파의 뒤로 다가서면서 말했다.
청은 급히 클레오파트라를 불렀다.
「클레오파트라, 알파를 죽이면 어떨까? 우리가 알파를 죽여서 넘겨주면 되지 않을까?」
「안 돼! 그건 절대 안 돼! 파일을 찾기 전에는 그년을 죽여서는 절대 안 돼! 파일을 찾기도 전에 그년을 죽이면 영영 그걸 못 찾게 될 거야. 허락없이 죽이면 안 돼!」

알파의 목에 줄을 감으려던 사내는 주춤하면서 물러섰다. 알파는 싸늘하게 미소를 지었다.

「모두 잘 들었죠? X파일이 내 손에 있는 한은 아무도 나를 해칠 수 없어요. 당신들은 살고 싶으면 내 말을 들어야 해요. 그렇지 않으면 모두 죽게 돼요. 스메샤는 무자비한 자들이에요. 절대 그들의 말을 들어서는 안 돼요.」

대원들은 아무 말도 못하고 그녀를 바라만 보고 있었다. 비로소 그녀의 손에 모든 사람들의 목숨이 달려 있다는 것을 깨달은 것 같았다.

「그, 그럼 어떡 해야죠?」

청이 어쩔줄 모르며 물었다.

「예정대로 가세요. 겁낼 것 없어요.」

「만일 미사일을 발사하면 어떡 하죠?」

「위협발사는 하겠지만 격추시키지는 못할 거예요. 격추시키면 파일을 손에 넣을 수 없을 텐데 그럴 리가 있겠어요?」

「파일은 어디 있나요?」

「그건 말할 수 없어요.」

청은 불안한 눈으로 그녀를 쳐다보고 나서 수신장치를 눌렀다.

「기장, 그대로 비행한다! 예정대로 가라!」

「그, 그건 안 됩니다!」

「그대로 가란 말이야! 아무 일 없을 거야!」

「아, 알겠습니다!」

「카오스! 알파!」

클레오파트라의 목소리가 날카롭게 기내를 울렸다.
「왜 따라가지 않는 거야?!」
「우리는 예정코스대로 갈 것이다. 방해하지 말라!」
「뭐라고?! 정말이야?! 격추돼도 좋다 이거야?!」
「우리는 격추되지 않는다.」
「좋아. 그렇다면 할 수 없다. 오리온 나와라!」
「여기는 오리온!」
「미사일을 발사해요! 당장 격추시켜요!」
「알겠습니다.」
카오스 대원들은 순식간에 공포에 휩싸이며 어쩔줄을 몰라했
다.
「대장, 이래도 되는 겁니까?! 알파의 말을 믿어도 되는 겁니
까?!」
「별수 없잖아!」
「우린 모두 죽습니다!」
「두고 보면 알아요.」
알파도 한 마디 했다. 그러자 모두가 벌떼처럼 그녀를 공격했
다.
「두고 볼 여유가 어딨어?! 모두 죽고 난 뒤 보겠다는 거야?!」
그때 창밖을 내다보고 있던 대원이 소리질렀다.
「미사일이다!」
그 소리에 모두가 자라처럼 목을 움츠리며 몸을 웅크렸다. 오
직 유일하게 알파만이 그 자리에 그대로 앉아 있었다.
그녀가 앉아 있는 창문 옆으로 미사일 하나가 파란 불꽃을 뿜
으며 스치듯 지나가는 것이 보였다.

「미사일이 지나갔습니다!」

기장이 흥분해서 소리쳤다.

「기수를 돌려라! 지시에 따르지 않으면 격추시키겠다!」

전투기 기장의 목소리가 기내를 울렸다.

「어떻게 할까요?」

기장이 겁에 질려 물었다.

「그대로 가!」

누에 같은 사내가 소리쳤다.

알파는 두번째 미사일이 날아오는 것을 노려보았다. 그것은 옆에서 곧장 날아오고 있었다. 1초 2초 3초 4초 5초…… 그녀는 세는 것을 포기하고 눈을 감으려고 했다. 그때 미사일의 방향이 갑자기 바뀌는 것이 보였다. 그것은 비행기 밑으로 빠져 날아가더니 잠시 후 공중폭발했다. 파란 섬광이 밤하늘을 화려하게 수놓고 있는 것을 바라보면서 알파는 안도의 한숨을 가만히 내쉬었다.

「알파! 알파!」

클레오파트라의 악에 비친 목소리가 기내를 울렸다.

「지금까지는 위협발사였지만 다음 것은 위협이 아니야! 다음 미사일은 정확히 네가 탄 비행기를 두 동강이 낼 거야! 각오해라!」

「그렇게 되면 X파일도 산산조각나겠지. 파일이 필요하지 않나 보지?」

알파는 빈정거렸다.

그때 다른 목소리가 하나 들려왔다. 그것은 가래가 끓는 목소리로, 그것이 들리자마자 사람들은 하나같이 이맛살을 찌푸렸다.
　「알파, 피닉스다. 콜록콜록콜록……」
　알파는 몸서리를 치면서 가만히 귀를 기울였다.
　「알파, 내 말 안 들리나?」
　「들려요.」
　「알파, 왜 말썽을 피우는 거지? 콜록콜록콜록……」
　「우리 관계는 끝났어요. 끝났다고 말했잖아요. 제발 나한테
미련 갖지 말아요. 당신 목소리, 듣기만 해도 소름끼쳐요.」
　「알파, 네가 아무리 발버둥쳐도 내 목소리를 안 들을 수가 없
어. 내 손바닥 안에 있다는 것을 잠시도 잊어서는 안 돼.」
　「제발 웃기지 말아요! 난 자유의 몸이에요! 누구도 날 어쩌지
못해요!」
　그때 기장의 목소리가 들려왔다.
　「5분 후면 목적지 상공에 도착할 예정입니다. 착륙준비를 해
주십시오.」
　「알파, 거기에 착륙하면 안 돼! 넌 지금 버블한테 이용당하고
있는 거야! 빨리 거기서 탈출하지 않으면 넌 결국 모든 것을
잃게 돼. 콜록콜록콜록……」
　「홍, 생각해 줘서 고맙군요.」
　기침소리가 더 크게 들려왔다. 피닉스는 끊임없이 터져나오는
기침에 몹시 고통스러워하는 것 같았다.
　「알파, 넌 지금 크게 잘못하고 있는 거야. 콜록콜록콜록……
우리 스메샤를 배신하다니, 넌 정말 어리석은 짓을 한 거야.
앞으로의 세계는 우리 스메샤가 지배하게 돼. 우리 스메샤를
통하지 않고는 아무 것도 할 수 없어. 네가 운좋게 도망친다

해도 넌 죽을 때까지 스메샤한테 쫓기게 될 거야. 콜록콜록콜록콜록…… 아, 이놈의 기침…… 기침 때문에 하고 싶은 말이 있어도 못하겠어. 알파, 지금 네가 살 수 있는 길은 X파일을 우리한테 넘겨주는 거야. 그걸 넘겨주면 네가 평생 호화롭게 살아갈 수 있을 만큼 충분한 돈을 주겠어.」

「고마워요. 그렇게 배려해 주시니 정말 고마워요. 그런데 어쩌죠? 파일을 안 가지고 있으니 어쩌죠? 아무리 찾아도 없어요. 제가 잃어 버렸던가 아니면 누가 훔쳐갔나 봐요. 미안해서 어쩌죠? 그리고 전 그렇게 많은 돈으로 흥청거리며 호화롭게 살고 싶은 생각은 추호도 없어요. 죄송해요.」

「망할년 같으니! 콜록콜록콜록……」

「헬리콥터다!」

기장이 소리쳤다.

「모두 두 대입니다!」

알파는 창밖을 내다보았다. 헬리콥터 한 대가 오른쪽으로 접근하고 있는 것이 보였다.

「알파, 비행기에서 내리자마자 모두 사살될 거야! 무모한 짓 하지 마!」

피닉스의 기침소리가 점점 멀어지더니 잠시 후 조용해졌다.

「어떻게 할까요?」

기장이 물었다.

「착륙하면 안 됩니다!」

대원들이 이구동성으로 말했다.

「난 내려야 해요. 날 내려 주고 돌아가세요.」

「안 돼. 그럴 수는 없어요. 모두 착륙한다! 예정대로 착륙하라

!」

누에는 책임감이 강하고 명령에 철저히 복종하는 사람이었다.

「안 됩니다! 이 상태에서 착륙하면 모두 죽습니다! 저 헬리콥터의 공격을 벗어난다는 것은 불가능합니다! 착륙하는 것은 자살행위나 다름없습니다!」

부하들의 항의가 만만치 않자 누에 같은 사내는 권총을 뽑아 들었다.

「더이상 군말하는 놈은 쏴 버리겠다! 빨리 착륙해!」

비행기는 급강하하고 있었다. 공항 활주로가 아닌 긴 해안선을 향해 내려가고 있었다.

해안선에는 불빛 하나 없었다. 그러나 기장은 특수안경을 끼고 있었기 때문에 해안선을 뚜렷이 볼 수가 있었다.

바닷물이 빠져나간 해안에는 수 킬로에 걸쳐 드넓은 모래밭이 펼쳐져 있었다. 비바람은 여전히 거세게 휘몰아치고 있었지만 착륙하는데는 지장이 없을 것 같았다. 두 대의 헬리콥터는 일정한 간격을 유지한 채 따라오고 있었다.

「만일 우리가 당신을 안내할 수 없게 되면 당신은 독자적으로 행동해야 돼요. 할 수 있겠죠?」

얼굴에 비장한 결의를 드러내면서 누에 같은 사내가 말했다.

「해보죠.」

알파는 가볍게 응수했다.

「북쪽으로 2킬로쯤 떨어진 곳에 레스토랑이 있어요. 출입문이 빨간 색이고 문 위에 검은 박쥐그림이 그려져 있어요. 레스토랑 이름은 M이에요. 거기 가서 마담 M을 찾으세요. 그러면 무슨 말이 있을 거예요. 비상사태에 대비해서 마련해 놓은 거예요.」

비행기가 요동치기 시작했다. 대원들은 몸을 웅크리면서 밖을 노려보고 있었다.

알파는 가까스로 몸을 움직여 화장실 쪽으로 다가갔다. 가다가 한 번 나동그라졌지만 금방 일어나서 다시 걸어갔다.

「이런 데도 오줌이 나오나?」

남자들이 빈정거렸지만 그녀는 개의치 않고 화장실 문을 열었다.

화장실 안으로 들어간 그녀는 안으로 문을 잠근 다음 화장지가 들어 있는 뚜껑을 열었다. 통 안에는 화장지가 가득 들어 있었다. 그것을 모두 들어내자 바닥에 하얀색의 납짝한 플라스틱 케이스가 있었다. 그것을 꺼내 주머니에 집어넣고 나서 화장지는 제자리에 도로 넣어두었다.

그녀가 화장실 밖으로 나왔을 때 비행기는 바퀴를 내리고 밑으로 급강하하고 있었다. 알파는 특수 안경을 낀 다음 밖을 내다보았다. 모래밭이 손에 잡힐듯 시야에 들어오고 있었다. 그녀는 벨트를 조이면서 몸을 웅크렸다.

쿵하는 소리와 함께 비행기는 부서져나갈 듯 심하게 흔들렸다. 비행기는 앞으로 곤두박질치듯 머리 쪽을 모래밭에 처박으면서 달려나갔다. 모래바람이 창문을 후려갈기고 있었다. 비행기는 마치 공룡이 울부짖는 것처럼 굉음을 내면서 몸부림치다가 더이상 앞으로 가지 못한 채 멈춰 섰다. 동시에 매캐한 연기가 기내로 쏟아져 들어왔다.

「비상착륙할 수밖에 없었습니다! 곧 있으면 연료통이 폭발합니다! 빨리 내리십시오!」

기장의 말이 끝나기 무섭게 대원들은 출구 쪽으로 달려갔다. 연기 때문에 금방 시야가 흐려져 오고 있었고, 숨을 쉬기조차 어려워지고 있었다. 조금 있으면 질식할 것만 같았다.

「알파! 알파를 먼저 내보내!」

누에 같은 사내가 알파를 문 쪽으로 밀면서 소리쳤다. 그러나 그녀에게 양보하는 대원은 아무도 없었다.

모두가 서로 빠져나가려고 몸부림치고 있었다. 필사적으로 탈출을 감행하고 있었기 때문에 알파는 자연 뒤로 밀릴 수밖에 없었다. 그러나 그녀는 그들처럼 그렇게 발악적으로 행동하지는 않았다.

출구 쪽은 대낮처럼 밝았다. 헬리콥터에서 비추는 탐조등 불빛에 탈출하는 대원들의 모습이 고스란히 노출되고 있었다. 대원들은 밑으로 뛰어내리자마자 몇 번 몸을 굴린 다음 도망치기 시작했지만 탐조등 불빛에서 벗어날 수는 없었다. 뒤이어 총소리가 어둠을 뒤흔들기 시작했다. 헬리콥터의 기관총 사수는 여유있게 목표물을 향해 방아쇠를 당기고 있었다. 헬리콥터에서 내려다본 목표물들은 마치 움직이는 것이 굼벵이 같이 느려 보였다. 그래서 얼마든지 조준사격할 수가 있었다.

알파보다 먼저 뛰어내린 대원들은 그래서 몇 걸음 도망가지도 못한 채 온몸이 벌집이 되어 모래밭에 나동그라지고 말았다. 다리에 총을 맞은 여자 대원 한 명은 모래밭에 꿇어앉아 두 손을 높이 쳐들고 항복하겠다는 의사를 보였다. 그러나 기관총 사수는 웃으면서 사정없이 그녀의 가슴을 향해 방아쇠를 당겼다. 부푼 젖가슴에 여러 발의 총탄을 맞은 그녀는 두 손으로 허공을 움켜잡을 듯이 하면서 허우적거리다가 뒤로 벌렁 쓰러지고 말았다.
「빨리 뛰어내려!」
누에 같은 사내가 알파를 끌어당기더니 그녀의 어깨를 세차게
밀었다. 알파는 뛰어내리지 않았다. 그는 끝까지 알파를 지키고
있었다. 기내에는 이제 그들 두 사람만 남아 있었다.
「모두 죽었어요!」
하고 그녀가 모래밭을 내려다보면서 말했다.
탐조등 불빛에 드러난 시체들은 모두 다섯 구였다. 그중에는
기장도 있었다.
「조금 있으면 비행기가 폭발해!」
누에 같은 사내가 악을 썼다. 매연 때문에 그들은 눈을 제대로
뜰 수가 없었다. 숨을 쉴 때마다 기침이 나오곤 했다.
「알파! 당신은 쏘지 않을 거야!」
「당신은 어떡 하죠?!」
「내 걱정은 하지 말아요!」
「안 돼요!」
알파는 급히 메디컬센터를 불렀다.
「알파25다! 클레오파트라!」
「흥, 꽤 다급해진 모양이지?」
클레오파트라의 빈정대는 목소리가 들려왔다.
「빈정대지 마! 비행기에서 나갈 테니까 알아서 해! 비행기는
곧 폭발할 거야!」
「살고 싶은 모양이지?」
「말할 시간이 없어! 또 한 사람이 있어! 이 사람도 나갈 테니
까 쏘면 안 돼! 이 사람도 파일이 있는 곳을 알고 있으니까 살

려두는 게 좋을 거야!」

말을 끝내자 알파는 비행기에서 뛰어내렸다. 뒤이어 누에 같은 사내도 밑으로 몸을 굴렸다. 거의 동시에 기관총 소리가 요란스럽게 주위를 울렸다.

그들은 미친 듯이 뛰어갔다. 계속 총탄이 쏟아지고 있었지만 그것은 그들의 주위로만 떨어지고 있었다. 그것이 위협사격에 지나지 않다고 생각하면서 다소 안심했을 때 뒤에서 폭발음이 들려왔다. 지축을 흔드는 굉음에 그들의 몸뚱이는 공중으로 붕 떠올랐다가 모래밭에 내동댕이쳐졌다. 알파는 잠시 정신을 잃었다가 뜨거운 열기에 깨어났다. 비행기는 불길에 싸여 있었고, 거기서 내뿜는 열기는 피부를 태울 정도로 뜨거웠다. 그녀는 황급히 누에 같은 사내를 찾았다. 그는 그녀보다 수 미터 뒤떨어진 곳에서 꿈틀거리고 있었다.

「이봐요! 일어나요!」

그녀는 그쪽으로 뛰어가 그를 끌어당겼다.

머리 위에서는 두 대의 헬리콥터가 계속 맴돌고 있었다.

「당신이 나보다 강하군.」

그녀에게 끌려가면서 그가 말했다. 그는 다리에 심한 부상을 입고 있었다. 그래서 제대로 걸음을 옮기지 못하고 있었다.

「당신 혼자 가요. 내버려 두고 혼자 가요. 난 갈 수 없어.」

그가 주저앉으면서 말했다.

「안 돼요! 자, 일어나요! 포기하면 안 돼요!」

「이러다간 둘이 다 죽어요. 당신은 중요한 일을 수행해야 해요. 상관하지 말고 빨리 가요.」

그가 사정했지만 그녀는 그를 결코 버리지 않고 부축해서 일으켰다.

「나만 살겠다고 갈 수는 없어요. 이보다 더 중요한 일은 없어
요.」

그녀가 악착같이 그를 끌고 가사 그는 마침내 감동한 것 같았
다. 축 늘어져 있던 그는 힘을 내어 움직이기 시작했다. 그러나
한쪽 다리만으로는 움직이는데 한계가 있었다.

「떨어지면 안 돼요. 저자들은 당신이 떨어지기만을 기다리고
있어요. 떨어지자마자 사살할 거예요. 지금은 내가 맞을까봐
쏘지 못하고 있는 거예요. 저를 꼭 붙들어요.」

「이러다간 밤새 걸어가야 해요.」

「일 년이 걸려도 좋아요.」

그녀는 결코 그를 포기하지 않았다. 그는 그녀의 마음이 진심
인 것을 알고는 더이상 자신을 포기하라는 말을 하지 않았다.

그들은 연인처럼 꼭 끌어안은 채 긴 모래밭을 비틀비틀 걸어
갔다.

그들을 따라오던 두 대의 헬리콥터는 마침내 모래밭으로 내려
왔다.

잠시 후 그들은 검은 복장에 검은 마스크로 얼굴을 가린 자들
에게 포위되었다. 그들의 손에는 기관단총이 들려 있었다.

「알파, 그자한테서 떨어져!」

마스크에 붉은 별이 그려진 자가 손으로 그녀를 가리키면서
말했다.

그녀는 멈춰서서 그들을 노려보았다. 모두 여섯 명이었다.

「그럴 수는 없어!」

그녀는 단호하게 말했다.

「저자를 떼어내!」

붉은 별의 명령에 검은 사나이들이 알파에게 달려들었다. 알파는 재빨리 만년필을 꺼내들었다.

「안 돼! 오지 마!」

한 사내가 개머리판으로 누에 같은 사내의 머리를 내려치려고 했다. 알파는 재빨리 만년필의 버튼을 눌렀다. 실낱 같은 푸른 광선이 그 사내의 얼굴을 지나갔다. 광선이 원을 그리면서 춤을 추었다. 살인광선에 맞은 사내들은 갑자기 비명을 지르면서 쓰러졌다. 붉은 별의 손에서 총이 떨어졌다. 광선에 스친 두 손은 칼에 베인 듯 잘려 있었다. 그는 헬리콥터 쪽으로 달려갔다. 누에 같은 사내는 자기 눈을 믿을 수가 없었다. 위기에 대처하는 알파의 실력을 비로소 처음 본 그는 속으로 경탄을 금치 못했다.

헬리콥터 한 대가 막 떠오르고 있었다. 알파는 조종석에 앉아 있는 사내를 향해 광선을 쏘았다. 유리를 뚫고 들어간 광선이 곧장 가슴을 관통하자 막 떠오르던 헬기는 한 바퀴 회전을 하더니 바다 쪽으로 날아갔다. 알파는 헬기를 향해 다시 광선을 쏘았다. 프로펠러가 산산조각나면서 흩어지는 것이 보였다. 이어서 불길이 솟구치더니 헬기는 곧 불덩이로 변하면서 바다 위로 추락했다. 바다와 어둠이 기다렸다는 듯이 금방 헬기를 삼켜 버리자 남은 헬기 한 대는 산쪽으로 도망치기 시작했다. 알파는 그것을 향해 광선을 발사했지만 이미 사정거리를 벗어났기 때문에 소용이 없었다.

「굉장하군요.」

누에 같은 사내가 모래밭에 나뒹굴어 있는 시체들을 보면서 말했다.

「처음 보나요?」

「이야기는 들었지만 처음 봅니다.」

「카오스 대원들 가운데 이걸 가지고 있는 사람은 없나요?」

「없어요.」

「하긴 이런 무기가 대량으로 생산되면 문제가 많겠지요. 모두가 하나씩 호주머니에 꽂고 다니다가는 도처에서 살인사건이 빈발할 거예요. 다시 헬기가 오기 전에 빨리 가요.」

「이 은혜는 잊지 않겠소.」

모래밭을 벗어나 조금 걸어가자 차도가 나타났다.

차도 위를 달리는 차량은 거의 보이지 않았다. 그러나 그들은 차를 기다렸다.

승용차가 그들 앞을 그대로 지나쳐갔다. 멀리서 헤드라이트 불빛이 가물거리는 것이 보이자 알파는 차도로 나섰다. 불빛은 금방 가까워졌다. 몸체가 큰 트럭이었다. 그녀가 두 손을 흔들어대자 트럭은 지나칠 듯하다가 멈춰섰다. 그녀는 트럭으로 뛰어가 소리쳤다.

「좀 태워 줘요! 환자가 있어요!」

「좋아. 하지만 조건이 있어.」

트럭에는 두 사내가 타고 있었다. 두 명 다 웃통을 벗고 있었고 몹시 취해 있는 것 같았다.

「네, 좋아요.」

그녀는 사내들이 내거는 그 조건이라는 것이 무엇인지 잘 알고 있었다.

「남자는 뒤에 태워. 그리고 당신은 앞으로 와.」

누에 같은 사내가 타면 안 된다고 했지만 그녀는 그를 트럭 뒤에다 태웠다. 트럭 위에는 돼지들이 잔뜩 실려 있었다.

「조금만 참아요!」

트럭 바닥은 돼지들의 배설물로 뒤범벅되어 있었다. 트럭이 발작하듯 거칠게 출발하는 바람에 누에 같은 사내는 바닥에 나동그라지면서 배설물을 뒤집어쓰고 말았다.

사내들은 알파를 가운데 앉혀 놓고 노골적으로 수작을 걸기 시작했다. 운전석에 앉아 있는 자가 그녀의 허벅지를 쓰다듬자 조수석의 사내는 그녀의 손을 잡아서 자신의 사타구니 위에 올려놓았다.

「허벅지가 아주 단단한데. 운동선수야?」

그녀는 웃으며 고개를 흔들었다. 손에 뜨뜻한 것이 만져졌다. 오른쪽 사내가 그것을 꺼내더니 그녀의 손에 쥐어 주고 흔들게 했다. 그녀는 무표정하게 그것을 내려다보았다. 운전석의 사내는 그녀의 다리 사이를 열심히 헤집고 있었다.

「야, 다리를 오무리지 말고 벌려!」

그녀는 다리를 벌려 주면서 왜 인간은 이렇게 지저분한 존재일까 하고 생각했다. 이 정도는 참을 수 있다. 그녀는 참기로 했다. 조금만 가면 되니까. 그때 트럭이 멈춰 섰다. 이렇게 되면 이야기가 달라진다. 그녀는 미소를 지으면서 운전수를 쳐다보았다.

「야, 아랫도리 모두 벗고 이리 올라와.」

하고 말했다.

그녀가 그대로 앉아 있자 운전수가 그녀의 젖가슴을 잡아비틀었다.

「우리 사장님이야. 시키는 대로 해. 말 안 들으면 잘라 버릴 거야.」
운전수는 재크나이프를 철컥 펴더니 그것을 젖가슴에다 갖다
댔다.
「이걸 통째로 잘라 기름에 튀겨 먹을까?」
「하기 싫으면 빨아!」
오른쪽 사내가 말했다. 그때 문이 홱 열렸다.
「모두 내려! 운전은 우리가 한다!」
누에 같은 사내가 돼지 배설물을 뒤집어쓴 채 권총으로 그들
을 위협했다. 운전수가 칼을 휘두르며 달려들자 그는 거침없이
방아쇠를 당겼다. 오른쪽 사내는 놀라서 밖으로 도망쳤다. 누에
는 어깨에서 피를 흘리고 있는 운전수를 밖으로 내동댕이쳤다.
그런 다음 운전석에 올라앉아 트럭을 몰기 시작했다.
「왜 가만히 있었죠? 순식간에 적의 특수요원들을 해치우던 솜
씨는 어디다 두고 가만히 당하고만 있었죠? 즐기고 있었나
요?」
그녀는 대꾸하지 않고 웃기만 했다.

잠시 후 트럭은 어느 레스토랑 앞에서 멈춰 섰다. 레스토랑의
출입문은 빨간 색이었다. 그리고 그 위에는 검은 박쥐 그림이 그
려져 있었다. 박쥐 밑에는 M이라는 영문글자가 붙어 있었다. 누
에가 그 문을 턱으로 가리켰다.
「들어가 봐요. 내 임무는 끝났어요.」
「여기서 헤어지는 거예요?」
그녀가 아쉬워하는 표정으로 물었다.
「잘 가요.」

그의 목소리에도 아쉬움이 담겨 있었다.

「안 돼요. 그대로 갈 수는 없어요. 그런 몸으로 어떻게 가겠다는 거예요. 치료를 받은 다음에 떠나세요.」

그녀는 누에를 잡아끌면서 문을 열었다. 그의 몸에서는 악취가 나고 있었다.

「안 돼. 이런 몸으로 들어가면 손님들이 질색할 거요.」

「상관없어요.」

문을 열자 와자지껄 떠드는 소리가 들려왔다. 별로 넓지 않은 실내는 손님들로 만원을 이루고 있었다.

이윽고 소음이 차츰 가라앉더니 음악소리만 남았고, 사람들의 시선은 막 안으로 들어선 두 사람에게 쏠리고 있었다.

「어휴, 냄새! 이거 무슨 냄새야? 술맛 다 잡쳤잖아?」

사람들은 더럽기 짝이 없는 두 사람의 몰골을 보고 얼굴을 찌푸리면서 노골적으로 적대감을 보였다. 웨이터가 달려오더니 두 사람을 막았다.

「들어오시면 안 됩니다! 나가 주십시오!」

「마담 M을 만나기로 했어요. 좀 불러 줘요.」

마담 M을 찾자 웨이터의 표정이 달라졌다.

「어디서 오셨다고 할까요?」

「우린 화성에서 왔어요.」

누에 같은 사내가 괴로운 표정으로 말했다.

「이쪽으로 오십시오.」

「밖에 트럭을 치워야 하는데. 우리 트럭이 아니에요. 주인은 아마 걸어오고 있을 거예요.」

「제가 알아서 처리하겠습니다. 이쪽으로 오십시오.」

웨이터는 그들을 데리고 밖으로 나갔다.

「안으로 해서 갈 수도 있습니다만, 사람들 눈에 띄지 않는 게 좋을 것 같아서 이쪽으로 가는 겁니다.」

그들은 레스토랑 건물 뒤로 돌아갔다.

뒤쪽에는 넓은 정원이 있었고, 마주보이는 곳에는 흰 색의 단층집이 하나 서 있었다. 웨이터는 그들을 그쪽으로 데리고 갔다.

「우선 목욕부터 하십시오. 그런 다음에 새옷으로 갈아입으시고 식사를 하십시오.」

「그럴 시간이 없어요. 우린 그럴려고 여기에 온 게 아니에요.」

「마담의 지시입니다. 마담은 지금 여기에 안 계십니다. 식사가 끝날 때쯤이면 돌아오실 겁니다.」

「이분은 당장 치료를 받아야 해요. 식사가 문제가 아니에요.」

「알고 있습니다. 우선 목욕이나 하십시오.」

웨이터는 잘라 말하고 나서 나가 버렸다.

흰 색의 단층집은 겉보기보다 실내가 훨씬 돋보였다.

욕실은 크고 호화롭게 꾸며져 있었다.

그들은 함께 목욕하자는 말도 없었는데 아주 자연스럽게 옷을 벗었다. 그리고 마치 서로의 나체에 익숙하기라도 한 듯 스스럼없이 물을 끼얹었다.

누에의 오른쪽 발목은 시퍼렇게 부어올라 있었다. 그가 힘들어하는 것을 보고 알파는 그의 몸을 씻겨 주었다.

옷장에는 각가지 옷들이 가득 들어 있었다. 그 가운데서 적당히 맞는 것을 골라 입으라고 한 것 같았다. 옷을 입고 나서 식당으로 들어가자 여자 한 명이 식탁을 차리고 있었다 . 그녀는 금발에 안경을 끼고 있었다.

「앉으세요. 우선 따뜻한 수프부터 드세요.」

그녀는 김이 나는 수프를 떠서 접시에다 담았다. 그리고 말랑말랑한 빵과 함께 와인을 내놓았다. 주식은 생선튀김과 소시지였다. 중년의 여인은 그들이 식사를 끝낼 때까지 식당에서 시중을 들고 있다가 식사가 끝나자 자연스럽게 식탁 한쪽에 합석했다. 그리고

「오시느라고 수고 많았어요. 제가 마담 M이에요.」

하고 말했다.

그들은 의아한 눈으로 그녀를 쳐다보았다. 그녀는 웃으면서 금발을 뒤로 잡아당겼다. 그러자 금발이 벗겨지면서 검은 머리가 나타났다. 그녀는 머리를 흔들어 가지런히 한 다음 안경을 벗었다.

「아, 당신은……?」

누에 같은 사내가 놀란 표정으로 말했다.

「제가 누군지 알겠어요?」

그녀는 다리를 포개면서 여유있게 물었다.

「N그룹 회장이신 최서린씨 아닙니까?」

「알아보시는군요. 반가워요.」

그녀는 손을 내밀었다. 누에 같은 사내가 먼저 공손한 태도로 그녀의 손을 잡았다가 놓았다. 그러나 알파는 내키지 않은 듯 형식적으로 악수했다.

「여긴 웬일이십니까?」

「마담 M으로서 임무를 완수하기 위해 왔죠. 다시 말하면 여러분을 만나기 위해 왔죠. 좀더 확실히 말한다면 알파25를 만나기 위해 마중나온 거예요.」

「마담 M은 비상시의 연락망이 아닌가요?」

알파가 누에 같은 사내에게 물었다.

「네, 하지만 마담 M에게 모든 것을 맡겨도 됩니다. M은 안전하게 일을 처리해 줄 겁니다.」

그러나 알파는 마음을 놓지 않았다.

「앞으로 어떻게 할 거죠?」

그녀는 M을 쏘아보면서 물었다. M은 담배를 꺼내 그들에게 권했다. 누에는 그것을 받았지만 알파는 거절했다.

「의심이 많군요. 이야기는 많이 들었어요.」

M은 담배에 불을 붙인 다음 연기를 깊이 빨아들였다가 알파를 향해 길게 내뿜었다.

「앞으로 어떻게 할 거죠?」

「나하고 함께 가면 돼요. 내가 안내하겠어요. 남자분은 돌아가도 좋아요. 참, 치료를 받고 가세요.」

「어디로 가는 거죠?」

「여러 사람이 당신을 기다리고 있어요. 머뭇거릴 시간이 없어요.」

M은 갑자기 출발을 서둘렀다.

알파는 누에 같은 사내와 작별의 포옹을 하고 나서 밖으로 나왔다.

밖에는 승용차가 한 대 대기하고 있었다. M이 운전석에 올라앉는 것을 보고 알파는 뒷좌석에 들어가 앉았다. 문이 닫히기 무섭게 차는 어둠 속을 질주하기 시작했다.

알파는 어디 가느냐고 묻지 않았다.

「X파일은 가져왔죠?」

　마담 M이 백미러로 그녀를 쳐다보면서 물었다.

「네, 가져왔어요.」

　알파는 클레오파트라한테서 더이상 연락이 없는 것을 이상하게 생각했다. 피닉스는 결코 포기할 인물이 아니었다. 혹시 수신장치가 고장나지 않았나 해서 점검해 보았지만 그것은 정상적으로 가동되고 있었다.

「그걸 나한테 줘요. 내가 전해 줄 테니까.」

　차의 속도가 갑자기 떨어지고 있었다.

「그럴 수 없어요. 내가 직접 전해야 해요.」

　M의 웃는 모습이 백미러에 나타났다가 사라졌다.

「수상은 만날 수 없게 됐어요.」

　차가 멈춰 섰다. 알파는 M의 움직임을 주시했다. 그녀는 수상을 만나기로 되어 있었다. 수상을 만나 그에게 직접 X파일을 전해 주어야 한다고 버블은 말했었다.

「왜 만날 수가 없다는 거죠?」

「수상은 저격을 당했어요. 죽지는 않았지만 지금 의식불명 상태로 병원침대에 누워 있어요. 일절 면회가 금지되어 있어서 그를 만나는 것은 불가능해요. 그래서 내가 그것을 받아서 보관하려는 거예요. 이걸 한번 읽어 보면 이해가 갈 거예요.」

　실내등이 환하게 켜졌다. 알파는 M이 건네준 종이를 받아 거기에 적혀 있는 내용을 읽어 보았다.

　거기에는 수상의 유고로 임시 수상직을 관방장관이 맡고 있으며, X파일을 수령할 수 있는 권한을 관방장관을 대신해서 M에게 위임한다는 내용이 적혀 있었다. 마지막으로 관방장관의 사인까지 그려져 있었다. 알파는 그것을 M에게 도로 돌려주었다.

「이제 이해가 가죠?」

M이 기대에 찬 눈으로 알파를 바라보았다. 알파는 고개를 끄덕였다.

「수상이 유고라니 유감이군요.」

「좌익 테러범이 저격을 했어요. 죽지 않은 게 다행이지만, 식물인간이나 다름없으니 죽은 거나 마찬가지죠. X파일을 나한테 넘기면 당신은 안전하게 돌아갈 수가 있어요. 원한다면 휴양지에서 쉬었다 가도 좋아요. 조금 있으면 헬리콥터가 도착할 거예요. 난 헬기를 타고 갈 거예요. 당신은 이 차를 타고 가세요. 당신을 안내해 줄 사람이 헬기편으로 올 거예요.」

알파는 고개를 흔들었다.

「미안하지만 파일을 넘길 수는 없어요. 누가 뭐래도 넘겨줄 수 없어요.」

M의 표정이 싸늘하게 변했다. 그녀는 무서운 눈으로 알파를 노려보다가 갑자기 권총을 빼들었다.

「순순히 말할 때 내놔!」

알파는 팔짱을 끼면서 코웃음쳤다.

「당신이 스메샤의 앞잡이라는 것은 다 알고 있어. 내가 파일을 내놓을 것 같아? 그건 여기에 없어!」

「그럼 넌 죽을 수밖에 없어.」

「내가 죽으면 파일을 찾을 수 없을걸.」

「망할 것 같으니!」

M은 알파의 이마를 겨누면서 금방이라도 방아쇠를 당길 듯이 바르르 떨었다.

「알파, 넌 어리석기 짝이 없어. 모든 것이 무너지고 새로운 질서가 재편되려고 하는 이때 넌 거꾸로 가려고 하고 있어. 이럴 때야말로 처신이 아주 중요한 거야. 처신을 어떻게 하느냐에 따라 운명이 바뀌는 거야. 이럴 때 우리한테 협조하면 넌 네가 원하는 것을 성취할 수 있어. 넌 돈과 권력을 가질 수 있고, 그밖에 원하는 것은 무엇이든지 가질 수 있어.」

M은 뒤로 넘어오더니 알파의 몸을 더듬기 시작했다. 그녀의 손이 은밀한 곳까지 더듬자 알파는 기분이 묘해지는 것을 느꼈다.

「일본은 세계의 대제국이 될 거야. 그것이 지금의 대세야. 기술력이나 경제력에서 현재 일본을 능가할 수 있는 나라는 없어. 일본은 지금까지 실력을 다져오기만 했지 그것을 밖으로 내비친 적이 없어. 2차 대전 이후 지금까지 말이야. 그것이 축적되어 오다가 이제 더이상 기다리지 못하고 폭발하려고 하고 있어. 만일 그것이 폭발할 경우 그 폭발력은 대단할 거야. 아무도 그것을 막을 수 없어. 중국은 종이 호랑이에 불과해. 러시아도 마찬가지야. 미국도 별수 없어. 하지만 미국은 이용가치가 있어. 일본은 대제국을 건설하는데 미국을 최대한 이용할 거야. 스메샤는 대제국 건설의 전위부대야.」

「흥, 이제야 마각을 드러내는군. 무국적 국제조직인 것처럼 암약하더니 이제야 정체를 드러내는군.」

「이제 더이상 숨길 필요가 없어졌으니까. 대제국을 건설하는데 걸리적거리는 것들은 스메샤가 모두 청소해 버릴 거야. 반항하는 것들은 아예 씨를 도려내 버릴 거야. 그래야 후환이 없거든.」

「오, 제발 이러지 말아요.」

M의 손이 옷 속으로 들어와 젖가슴을 주물러 대자 알파는 울쌍이 되어 그녀를 바라보았다.

「파일을 어디다 숨겨 뒀지?」

「숨기지 않았어. 여긴 없어.」

「그러지 말고 우리한테 협조해. 그건 바로 대세에 따르는 거야. 지금의 일본 집권층은 대제국을 건설할 의지가 없어. 그래서 그들을 모두 갈아치우려고 하는 거야. 쿠데타와 동시에 일본은 한국과 동맹을 맺을 거야. 물론 한국에서도 대제국 건설에 동조하는 세력이 집권하게 될 거야. 한국과 일본이 손을 잡으면 대제국 건설의 시동이 걸리는 거지. 알파, 잘 생각해 봐. 아니, 생각할 필요도 없어. X파일을 넘기는 것으로 넌 우리한테 협력하게 되는 거야.」

헬리콥터가 다가오고 있는 소리가 들려오고 있었다. 강렬한 탐조등 불빛이 그들이 타고 있는 자동차를 비추고 있었다.

M의 손은 이제 집요하게 알파의 다리 사이를 애무하고 있었다. 알파는 신음소리를 내다가 권총을 움켜 잡으면서 주먹으로 M의 얼굴을 후려갈겼다.

M은 권총을 뺏기지 않으려고 하면서 총구를 알파 쪽으로 돌리려고 했다. 그러나 알파의 힘이 워낙 세어서 당할 수가 없었다. 알파는 다시 한번 M의 턱을 올려치면서 그녀의 손목을 비틀어 권총이 반대쪽으로 꺾이도록 했다. 총구가 M의 복부를 찌르는 순간 총소리가 울렸다. M은 들썩하다가 입을 벌리면서 알파를 멍하니 쳐다보았다.

헬리콥터가 막 차도 옆 들판에 내려앉고 있었다.

알파는 얼른 운전석에 옮겨앉아 차를 출발시켰다.

「마담 M! 마담 M! 응답하시오!」

M을 부르는 소리가 차 안을 울리고 있었다.

「M이에요!」

알파는 응답했다.

「왜 도망가는 거죠? 차를 세워요!」

헬기가 따라오는 것이 보였다. 뒤이어 총소리가 콩볶듯이 들려왔다.

「난 지금 납치됐어요! 총 쏘지 말아요! 나까지 죽게 돼요!」

총소리가 멎었다. 그러나 이내 다시 들려오기 시작했다. 하지만 차를 겨냥하고 쏘는 것이 아닌, 위협사격에 지나지 않는 것이었다.

「납치범을 죽이면 안 돼요! 그를 죽이면 X파일을 찾을 수 없어요! 납치범의 요구를 들어 줘요!」

「요구하는 게 뭐죠?」

「난 수상을 만나야 해. 지금 당장 만나야 해.」

「당신이 알파인가?」

「그래요.」

「M하고 목소리가 같잖아?」

「M이 알파이고 알파가 M이야.」

「그게 무슨 말이야?」

「M과 알파는 같은 사람이란 말이야.」

「그런 말이 어딨어?」

「지금 그런 거 따지고 있을 시간이 없어! 빨리 수상한테 안내해!」

「좋아. 안내하겠다. 착륙할 테니까 차를 세워.」

그때 M의 목소리가 들려왔다. 그녀는 비스듬히 몸을 기운 채 입을 달싹거리고 있었다.

「안 돼. ……수상한테 안내하면 안 돼. ……알파를 죽여. ……
시금 당장……」

「왜 안 된다는 거지?」

하고 알파가 물었다.

「수상은 곧 쿠데타로 물러날 거야. 한 시간밖에 남지 않았어.
알파를 만나게 하면 쿠데타는 실패하고 말 거야.」

알파는 통신장치를 잡아뜯었다.

헬기가 들판에 막 착륙하고 있는 것이 보였다. 알파는 차를 세우고 밖으로 나왔다.

헬기 앞에는 네 명의 군인이 총을 들고 서 있었다. 갑자기 불빛이 쏟아지는 바람에 그녀는 눈을 뜰 수가 없었다.

「마담 M은 어디 있나?」

마이크 소리가 들려왔다.

「부상당했다.」

「손을 들고 천천히 걸어와라.」

그녀는 두 손을 높이 쳐들었다.

불빛에 완전히 노출된 그녀는 죽은 목숨이나 다름없었다.

그녀가 바로 앞에까지 다가오자 그들중 한 명이 그녀의 몸을 더듬었다.

「무기는 없습니다.」

그러자 장교가 다가와 다시 그녀의 몸을 샅샅이 뒤졌다. 그러나 찾는 것이 나오지 않자 총구로 그녀의 가슴을 찔렀다.

「X파일은 어디 있지?」

「난 안 가지고 있어. 수상한테 가서 있는 곳을 말해 주겠어.」
「수상은 조금 후면 죽게 돼 있어. 죽은 시체한테 말하겠다는 건가?」
장교가 총구로 그녀의 가슴을 찌르면서 물었다. 그녀는 고통을 참으면서 고개를 끄덕였다.
「시체라도 보겠어. 보기 전에는 알려 줄 수 없어.」
「흥, 시체를 보면 마음이 달라지겠지. 좋다. 타라!」
알파는 헬기 앞으로 다가서서 올라타려다 말고 갑자기 돌아서면서 두 손을 내렸다. 소매 속에서 살인광선이 번득이는 순간 바로 뒤에 붙어서 있던 장교가 얼굴을 감싸쥐면서 쓰러졌다. 뒤이어 나머지 세 명도 흡사 장난감 인형처럼 바닥에 나뒹굴었다. 총소리도 나지 않고 순식간에 일어난 일이었기 때문에 헬기 조종사는 잠시 어리둥절해 있었다. 그가 정신을 차리고 권총을 뽑아 들었을 때는 이미 살인광선이 그의 한쪽 어깨뼈를 파고들고 있었다. 그는 비명을 지르면서 허공에다 대고 권총을 발사했다.
「권총을 버리고 나를 수상한테 안내해라! 머리통을 뚫어 놓기 전에 권총을 버려!」
광선이 권총을 들고 있는 손에 명중하자 그는 다시 한번 비명을 지르면서 권총을 떨어뜨렸다. 그의 손은 어느 새 피에 젖어 있었고, 그는 손가락 하나 움직일 수가 없었다.
「이건 장난감이 아니야. 한 손으로 운전해. 빨리!」
「한 손으로는 힘들어.」
그는 헐떡거리면서 말했다.
「그럼 죽어 줘야겠어.」
「아, 알았어! 쏘지 마!」

헬기는 처박힐 듯하다가 공중으로 날아올랐다.

「제브라! 제브라!」

기내에 제브라를 부르는 소리가 들려왔다.

「여기는 제브라……」

기장이 숨넘어가는 소리로 응답했다.

「어떻게 됐나? 보고하라! 쿨럭쿨럭……」

「피닉스, 나 알파는 죽지 않고 살아 있어.」

알파는 송신기를 잡아챘다.

「알파!」

격렬한 기침소리 때문에 다음 말은 들리지가 않았다.

「알파, 제발 부탁이다! 우리 서로 잘해 볼 수 있잖아. 쿨럭쿨럭쿨럭…… X파일을 이제 넘겨줘. 네가 그걸 넘겨줄 사람은 이미 죽었어.」

「좋아요. 파일을 넘기겠어요. 그대신 수상의 시신이라도 봐야겠어요. 확인한 다음에 파일을 넘기겠어요.」

「20분 후에 만나자. 쿨럭쿨럭쿨럭…… 제브라, 알파를 수상관저로 데리고 와.」

수상관저는 대낮같이 불이 밝혀져 있었기 때문에 멀리서도 쉽게 알아볼 수 있었다.

관저 주위는 군인들로 포위되어 있었고, 그들이 들고 있는 총검들이 불빛에 반사되어 번쩍이고 있는 바람에 더욱 살벌해 보였다.

알파를 태운 헬기가 넓은 잔디밭에 착륙하자 군인들이 헬기 주위를 에워쌌다. 그들은 날카로운 총검 끝으로 그녀를 찌를 듯이 하면서 다가섰다.

「총리방으로 안내해요. 비무장인 여자 하나를 놓고 무슨 짓들이에요?!」

군인들은 머쓱해서 물러섰다. 그들 사이로 장교가 나타나더니 알파를 관저 건물 쪽으로 안내했다.

알파는 회의실로 들어갔다.

회의실에는 장방형의 대형 탁자를 놓고 두 줄로 사람들이 앉아 있었다. 탁자의 맞은편 끝 주빈석에는 수상이 앉아 있었다. 자그마한 체구에 머리가 허연 그는 참석자들 가운데서 제일 노쇠해 보였다. 그 앞에는 권총이 한 자루 놓여 있었다.

알파가 안으로 들어서자 모두가 그녀를 바라보았다. 수상은 그녀를 묵살한 채 떨리는 소리로 물었다.

「여기 모인 여러분들 모두 내가 자결하기를 바랍니까?」

「아무도 반대하는 사람이 없습니다. 쿨럭쿨럭쿨럭……」

마이크 소리가 방안을 울렸다. 피닉스의 모습은 보이지 않았고, 그의 목소리만이 기분나쁘게 들려올 뿐이었다.

「수상, 지금 당장 자결하시오! 자결하지 않으면 사살될 거요! 쿨럭쿨럭쿨럭……」

수상이 떨리는 손으로 권총을 집어드는 것을 보고 알파는 소리쳤다.

「안 됩니다! 자결하시면 안 됩니다! 이 파일을 보십시오!」

「알파! 파일을 보여 주면 안 돼! 쿨럭쿨럭쿨럭…… 그 파일을 나한테 넘겨!」

「좋아요! 파일을 줄 테니까 얼굴이나 좀 내밀어요. 피닉스, 당신의 얼굴을 보고 싶어요.」

「흐흐흐…… 나를 보고 싶다구? 난 얼굴이 없어. 나는 존재하지 않으면서 존재하는 현대의 신이야. 여기 있는 모든 사람들은 수상만 제외하고는 컴퓨터에 의해 조종되고 있어. 그들은 겉모습은 인간이지만 몸 속에는 조종 장치가 내장되어 있어. 쿨럭쿨럭쿨럭…… 그러니까 로봇이나 다름없지.」

사람들은 얼빠진 모습으로 눈을 멀뚱히 뜬 채 잠자코 앉아 있었다. 그들은 국회의원, 각료, 작가, 장군, 대기업, 사장 등 현재 일본을 움직이고 있는 대표적인 인물들이었다.

알파는 버클을 풀었다. 그것은 이중으로 되어 있었다. 표면과 뒷면 사이에는 가는 틈새가 있었다. 그 틈새를 벌리고 그 사이에서 그는 작고 얇은 디스켓을 꺼냈다. 그때 뒤에서 총소리가 났다. 알파는 앞으로 쓰러질 듯하다가 의자를 붙잡고 균형을 유지했다. 그리고 몸을 돌리면서 살인광선을 발사했다. 문앞에서 사격자세를 취하고 있던 장교가 얼굴을 싸쥐면서 비명을 질렀다.

그녀는 자리에 앉아 있는 실력자들을 바라보았다. 그들의 눈에 공포의 빛이 나타나고 있었다. 알파는 수상 바로 왼쪽에 앉아 있는 사람을 겨냥하고 광선을 쏘았다. 거기서부터 왼쪽으로 시계 반대 방향으로 광선을 한 바퀴 돌리자 두 줄로 앉아 있던 사내들이 일제히 피를 흘리면서 쓰러졌다. 그녀는 수상 앞에서 광선을 멈췄다. 그리고 수상을 향해 탁자 위에다 디스켓을 던졌다.

「X파일이에요! 지금 바로 검색해 보세요!」

디스켓은 탁자 위를 미끄러져 가다가 수상 앞에서 딱 멈췄다. 수상은 떨리는 손으로 그것을 집어들었다.

알파는 의자에 쓰러질듯 앉으면서 복부를 내려다보았다. 옆구리를 뚫고 들어온 총탄이 복부로 빠지는 바람에 복부는 피에 젖어들고 있었다.

문이 거칠게 열리더니 군인들이 안으로 밀려들어왔다. 그들은 사격자세를 취하면서 알파와 수상을 노려보았다.

「수상과 알파를 사살하라! 쿨럭쿨럭쿨럭……」

알파는 손을 들었다.

「내 말을 들어요! 수상 각하만 남고 모두 죽었어요! 인간 로봇은 모두 없어졌어요! 이들은 세계대전을 획책하고 있었어요! 그리고 스메샤의 조종에 따라 움직이는 인간 로봇에 지나지 않았어요! 스메샤는 중국과 전쟁을 일으켜 아시아를 제패하고 결국은 전세계를 손아귀에 넣겠다는 야욕을 품고 있었어요. 하지만 그것이 얼마나 어리석은 생각인가 하는 것은 X파일을 읽어 보면 알 수 있어요. 중국은 중국대로 일본을 정복할 계획을 세워 놓고 있어요. 결국 두 나라가 충돌하면 남는 것은 죽음과 파괴밖에 없어요. 우리는 그것을 피해야 해요. 중국한테 그 점을 인식시켜서 어떻게든 전쟁을 피해야 해요. 그리고 한국 미국과 함께 방어망을 구축해 놓아야 해요. 자, 저걸 한번 읽어 봐요!」

알파는 스크린에 나타난 영문글자를 가리키면서 소리쳤다. 군인들은 그것을 읽을 수가 없었다. 그러자 수상이 떨리는 소리로 그것을 통역해 주기 시작했다.

알파는 점점 내려덮이는 눈꺼풀을 밀어올리려고 무진 애를 쓰고 있었다. 피닉스의 목쉰 소리도 이젠 자장가처럼 들려오고 있었다. 그녀는 두 손으로 탁자를 짚으면서 온힘을 다해 몸을 일으켰다.

「그년을 사살해!」

수상이 몸을 일으키면서 손가락으로 알파를 가리켰다. 맨앞에서 있던 군인이 지체하지 않고 방아쇠를 당겼다. 무수히 총탄을 맞은 알파는 웃으면서 천천히 허물어져 내렸다.

「알파고 피닉스고 모두 귀찮아. 이제부터 새로 시작하는 거야.」

군인들이 쓰러져 있는 알파의 시체를 밖으로 끌어내는 것을 지켜보면서 수상이 중얼거렸다.

「무엇이 옳고 그른지 그런 것은 따질 필요가 없어. 따질 수도 없고 말이야.」

그러나 마지막 말은 입 밖으로 흘러나오지 않았다.

에필로그

　남창우 후보와 정보기관의 He가 죽고 코라마의 최회장이 실종되자 여론은 들끓듯했다. 매스컴은 모종의 정치적 음모가 진행되고 있는지도 모른다고 보도하기 시작했다. 야당성향이 짙은 신문들은 대통령 직속의 비밀기관이 있으며 이번 사태는 그 기관의 장난일 가능성이 높다고 보도했다.

　버블은 선거를 중단하고 계엄을 선포하라고 대통령에게 강력히 요구했다. 그러나 대통령은 버블의 주장을 일축했다.

「이제 자네의 역할은 끝났어. 여론이 이렇게 시끄러우니 비밀이 드러나기 전에 카오스를 해체하게. 내가 은퇴하고 나면 카오스는 말썽꾸러기가 될 가능성이 있어. 자네를 못 믿어서하는 말이 아니야. 설마 나를 배신하지는 않겠지?」

「그럴 리가 있습니까. 그럼 각하께서는 은퇴하실 겁니까?」

「내가 은퇴하기 바라나?」

「아닙니다. 전 각하의 은퇴를 반대해 오지 않았습니까?」

대통령은 고개를 끄덕이면서 회심의 미소를 지었다.

「은퇴하지 않으려면 어떻게 해야하지?」

알면서도 묻는 말이었다.

「헌법을 개정하셔야죠.」

「그래. 그 방법밖에 없겠지. 그렇다면 이번 선거를 중단하고 연기해야겠지.」

「그 동안에 헌법을 개정하시면 됩니다. 그리고 새 헌법에 따라 출마하시면 됩니다.」

「자네 힘이 컸어. 앞으로도 자네 도움이 필요해.」

대통령은 악수를 하기 위해 손을 내밀었다. 버블은 그것이 어쩌면 영원한 이별을 의미하는 것일지도 모른다고 생각하면서 그의 손을 잡았다.

「국내에 있으면 문제가 생길지도 모르니까 해외여행이나 하게. 필요한 경비는 충분히 준비되어 있으니까 그 점은 걱정하지 않아도 될 거야.」

버블의 얼굴에서 핏기가 가시고 있었다.

「저를 국외로 추방하시는 겁니까?!」

이렇게 물으려다가 그는 그것을 목구멍으로 꿀꺽 삼켰다. 배신감으로 그의 표정은 납덩이처럼 굳어져 있었다. 그러나 그는 정중히 인사를 한 다음 대통령 집무실을 조용히 빠져나갔다.

「연락이 갈 거야.」

그의 등 뒤에 대고 대통령이 말했지만 그는 뒤돌아보지 않았다.

일본 수상으로부터 X파일을 넘겨받은 미국 대통령은 직접 텔레비전에 나와 분노에 찬 모습으로 성명을 발표했다.

「한반도를 둘러싸고 세계대전을 촉발할지도 모르는 지극히 위태로운 사태가 벌어지고 있음을 미국은 주시하고 있다. 한반도를 지배하려는 인접국의 패권주의를 미국의 안전과 이익에 대한 치명적인 침략행위로 간주하고, 우리는 그러한 행위에 대해 단호한 조치를 취할 준비가 되어 있다.」

그와 함께 미국 대통령은 극동주둔 전미군과 태평양함대에게 전시태세에 돌입할 것을 명령했다.

일본 수상도 자위대에게 전시태세 동원령을 내렸다.

그러나 오직 한국만은 태풍의 눈 속에서 조용하기만 했다.

〈끝〉

김성종추리소설㉔
코리언X파일 · 下卷

지은이	金聖鍾
펴낸이	金憲鍾
초판인쇄일	1997년 2월 5일
초판발행일	1997년 2월 15일
펴낸데	추리문학사
	서울시강동구천호3동451산경빌딩B동302호
	전화:483-2115, FAX:483-2116
	ⓒ1997 Kim Sung Jong, Printed in Korea
등록	1988년 1월 8일 제 5-115호
값	6,500원

※ 잘못 만들어진 책은 바꾸어 드립니다.